편집자 분투기

정은숙 지음

편집자 ✛ 분투기

바다출판사

편집자 분투기

지은이 정은숙

표지 및 본문 사진 김홍희

초판 1쇄 발행 2004년 8월 10일

초판 5쇄 발행 2019년 1월 30일

펴낸곳 (주)바다출판사

펴낸이 김인호

주소 서울시 마포구 어울마당로5길 17, 5층(서교동)

전화 322-3885(편집부), 322-3575(마케팅부), 322-3858(팩스)

E-mail badabooks@daum.net

ISBN 89-5561-248-6 03810

* 값은 뒷표지에 있습니다.

나의 삶을 치열하게 만든 윤석인에게
그리고 삶의 거울이 되어준 모든 편집자에게
이 책을 바친다.

편집자로 살기는 어렵다. 무수히 많은 책이 나와 있는 서점의 점두에 서면 나는 항상 가벼운 현기증을 느낀다. 나 자신이 귀중한 펄프를 소비하면서 얼마나 세상에 유용한 책을 만들었는지 되돌아보곤 한다. 그리고 편집자로서 더 투철한 삶을 살아야겠다고 다짐한다.

이 원고를 쓰고 있는 동안에도 일상사에는 많은 일들이 있었다. 그러나 편집자로서 사는 것이 나의 본업이라는, 바로 그 점에서 많이 벗어나지 않으려고 노력했다. 왜냐하면 나는 갈 곳 없는 편집자요, 그 이상도 그 이하도 아니기 때문이다. 그러므로, 아니 그렇기 때문에 편집자의 모든 것은 결국 책으로 귀환되는 것이라는 생각을 나는 문득문득 하곤 했다.

영화가 그렇듯이 출판도 종합적인 그 무엇이다. 영화가 미술과 문학, 음악 등등 여러 인접 예술들과 함께 성립되는 것이라면 출판도 꼭 그러하다. 문학과 예술, 문자와 무수한 표현양식의 결합 속에서, 그런 의미망 속에서만 존재한다. 나는 이런 점에 착안하여 인문학적 출판 이야기를 적어보려고 했다. 또한 실무 테크닉보다는 정신적인 측면에서 이 속을 들여다보아야 한다고 말하려고 했다. 경험해보지 않은 일에 대해서는 잘 말하지 않으려고 했는데, 욕심이 그것을 앞선 것도 같다.

이 책의 근간이 된 원고를 연재했던 《송인소식》에 고마움을 전한다. 출판계 선후배, 동료들을 일일이 호명하며 깊은 감사를 전하고 싶은 마음을 꾹 누른다. 기록하지 않아도 나는 그들의 격려와 도움에서 한발짝도 더 벗어나지 못한다는 것을 잘 안다.

2004년 여름
정은숙

차 례

편집자는 책을 만들면서
세상의 일부를 만들어가는 사람이다.

한 편집자의 분투기

스티븐 킹의 『유혹하는 글쓰기』를 흥미롭게 읽었다. 책의 전반부에 씌어 있는 '이력서'는 스티븐 킹의 인생 역정에서 글쓰기의 의미가 무엇인가를 확연히 알 수 있게 해주는 부분이었다. 글만이 그를 구원하였다는 사실이 명징하게 드러나 있었다. 알코올과 약물중독 상태에서도 그가 멈추지 않고 글을 썼다는 것, 치명적인 교통사고 끝에 몸을 가누지 못하면서도 글을 쓰기 위해 부단히 노력했다는 사실에 나는 감동했다.

스티븐 킹은 성공한 대중작가다. 또한 그는 프로작가다. 그는 작품의 완성도를 추구하는 면에 있어서, 다른 정통작가와는 다르게(정통작가는 자기 자신과의 싸움에 몰두한다) 독자를 의식하고 배려했다. 그런 면에서 출판편집자는 이 작가에게 배울 것이 많다. 출판편집자는 글의 생산자인 저자보다 훨씬 더 독자들을 의식하는 사람들이므로.

스티븐 킹의 이력서를 읽으면서 혹시 오랜 시간이 지난 뒤에 나도 출판편집자로서의 '이력서'를 남길 수 있을까 하고 자문해보았다. 하지만 우리는 이력을 남기기 위해 살지는 않는다. 적어도 나는 나 자신이 조금이라도 만족하기 위해 살아가니까.

출판계에 들어온 지 20년. 앞으로 그 햇수보다 더 많은 날들을 출판일을 하면서 보내게 되리라는 예감을 갖는다. 그 예감은 나를 조울증에 빠뜨린다. 이런 신나는 일을 십수 년이나 해오다니 하다가도 금세 이 일이 나를 미치게 만들 거야, 나를 파괴할 거야 하면서 시큰둥해진다. 그만큼 출판일은 나의 온 신경을 곤두서게 만든다. 도대체가 누구에게 쉽게 권할 일은 아닌 것 같다. 오랜 시간이 지난 뒤 쓰고 싶었던 이력서를 너무도 빨리 쓰게 되었다. 물론 현재진행형인 나의 출판 인생의 이력서라는 것은 미흡하기 이를 데 없을 터인데, 다시 한 번 새롭게 각오를 다질 수 있는 계기도 되어줄 것이라는 희망에서 쓴다. 또한 이제 막 출판계에 발을 들여놓은 후배 편집자에게 한 선배의 편집자 분투기가 출판을 이해하는 데 도움이 될 수 있을 거라고 애써 자위해보기로 한다.

출판 기획편집이란 무엇일까? 그 전에 책이란 무엇일까? 책이 가진 정보라는 것은 이제 여러 형태로 갈무리되기에 이르렀다. 먼저 종이책, 그리고 e-book, 또는 날것 그대로의 원고 형태의 유무선상의 교환 등등 여러 방식이 오늘날 가능하게 되었다. 책이란 결국 내용과 형식, 정보와 체제로 이루어진 그 무엇이라 할 수 있다. 한 권의 책을 만든다는 것은 출판기획, 제작과정이라고 바꿔 말할 수 있다. 그런 점에서 책을 기획, 제작, 배포하는 사람은 세상을 편집, 유통시키는 사람이라고 할 수 있다. 이어지는 이야기들도 결국 책이란 무엇인가, 출판편집자는 무엇을 하는 존재인가 하는 점에 대해서 끊임없이 자문하는 과정이 될 것이다.

1985년, 1년차 초보 편집자

—교정 교열 맞춤법 익히기. 초교와 재교 삼교 볼 때의 유의사항 숙지하기. 제판소, 인쇄소, 제본소 등 제작 현장 다니기. 원고의 복사 그 외의 숱한 잡무들. 왜 나는 편집일을 하는가 수시로 대답 없는 가운데 묻기.

1984년 대학교 졸업반, 연말이 가까워오자 학우들은 모이기만 하면 서로의 진로에 대해 의견들을 나누었다. 나는 일찍이 일간지 기자가 되겠다는 꿈을 갖고 있었기에 신문사 시험 일정과 시험 경향 등등을 알아보고 다녔다. 매우 구체적인 진로를 설정해놓았지만 시험 준비를 잘하고 있었던 것은 아니었다. 도서관보다는 뒷산에 올라 몽상에 잠길 때가 많았다. 대학교 4년 내내 몸을 의탁했던 기숙사에서 곧 나와야 했으므로 그 이후의 거처에 대해서도 이런저런 궁리를 해야 했다.

그러던 어느 날 한 일간지 하단광고면에서 출판사 〈홍성사〉의 기자 채용 광고를 보게 되었다. 『소유냐 삶이냐』 『인간의 얼굴을 한 야만』 『몽상의 시학』 등 〈홍성사〉가 출간한 책을 인상 깊게 읽었던 나는 즉시 이 출판사의 채용 시험에 응시했다. 그때는 출판편집자에 대한 의식이 없었고 당시 〈홍성사〉에서 막 창간한 《꿈과 일터》라는 잡지의 기자가 되겠다는 생각에 따라 응시한 것이다. 신문 기자나 잡지 기자나 비슷한 일을 하는 거겠지 하는 것이 내 지레짐작이었다. 시험에 합격하지 못했으나 합격자 발표 며칠 후 무슨 연유에서인지 〈홍성사〉 사장에게 불려갔다. 합격자 중 누군가가 나오지 않아 후보자인 나를 채용하지 않았나 생각된다. 어쨌든 중요한 것은 내가 출판사에 첫 발을 디디게 된 것이었다. 1985년 3월 어느 날, 나는 종로 3가의 〈홍성사〉 사무실에 첫 출근을 했다.

취재편집을 하는 기자들로 가득한 편집부의 풍경은 내게 강렬한 인상을 남겼다. 편집부 선배들은 필자와 통화하고 디자인부에 원고들을 넘기느라 매우 분주했지만, 일단 교정지에 코를 박으면 옆에서 불러도 잘 모를 정도로 깊이 빠져 있었다. 그리고 그들은 대화중에 온갖 책들의 문구들을 줄줄이 인용하는 것이었다. 수습사원인 나는 취재, 교정일을 배우는 것도 벅찼지만 선배들이 언급하는 책들을 읽어내느라고 정신을 차릴 수가 없었다. 그 책들이야말로 소위 문화예술계로 진입하는 야곱의 사다리인 것처럼 나는 읽고 또 읽었다. 아, 나는 왜 이리 무식하단 말인가! 어떨 땐 부끄러워서 그들 앞에서 고개를 들 수가 없었다.

아침에 출근하다 보면 낡은 계단에 자장면 그릇들이 놓여 있었다. 어젯밤에 편집부의 누군가가 야근을 했다는 증거였다. 밤까지 쉬지 않고 일을 하고도 늘 일정에 쫓기는 것이 편집자의 운명임을 그때 이미 나는 깨달았다. 또한 잡지 마감에 닥쳐서는 편집부 선배들이 모두 예민해져 있었기에 막내사원으로서 분위기를 파악하여 대처하기가 만만치 않았다.

그런데 불행하게도 《꿈과 일터》는 창간된 지 몇 개월 만에 휴간되고 말았다. 그때 나는 단행본 전문 출판사의 잡지 경영의 의미 같은 것을 전혀 알 수 없을 때였으므로, 그저 내가 만들던 잡지가 이제 더 나오지 않게 되었다는 사실이 억울하게만 여겨졌다. 그후 나는 단행본 편집자로서 일하게 되었다.

잡지 일보다 정적인 단행본 일에서는 교정이 무엇보다도 중요한 작업이었다. 맞춤법 교재와 사전을 손이 닳도록 찾아가며 교정을 보았지만 나중에 보면 실수투성이였다. 당시에는 조판소 문선공에 의한 수공 제판을 했기에 오자와 탈자가 많았다. 오자 탈자를 잡느라고 어떨 땐 문맥을 놓쳐 다시 앞페이지로 돌아가느라고 교정 진도가 한없이 늦어지기 일쑤였다. 이때부터 시력이 빠른 속도로 나빠졌다고 기억한다.

초교가 끝나면 편집장이 여러 가지를 지적해주었다. 교정의 까다로움에 혀를 내두를 정도였다. 6개월이 지나자 서서히 교정일에 익숙해졌다. 하지만 여전히 사전을 찾는 횟수는 줄어들지 않았다. "확인 또 확인"이 그때 나의 교정 구호였던 성싶다.

〈홍성사〉에서 편집일을 했던 1년은 내게 편집자란 공부하는 사람이라는 사실을 뼛속 깊이 일깨워줬다. 내가 알고 있던 우리 말과 글의 상식을 버리고 바른 말과 글과 교재에 따라 새롭게 익혀나갔다. 글자를 하나하나 확인하는, 아마 초등학교 식의 수업방식이 아니었던가 싶다. 어려운 일만 있었던 것은 물론 아니었다. 한편으로 이미 문학에 빠져 있었던 나는 편집부 선배들 중에서 당시 문단에서 활동하고 있는 소설가, 시인이 있다는 사실에 즐거움과 자부심을 느꼈다. 그들에게서 문학 하기의 어려움과 즐거움을 간접 체험하는 설렘 속에 하루하루를 보냈다. 또한 그 선배 중 한 사람이 "좋은 작품을 교정 보는 것은 그 작품을 꼼꼼히 읽는 것 이상이다. 일을 통해서 문학 수업도 받을 수 있으니 일석이조 아닌가" 하는 말로 나의 일에 의미부여를 해주기도 하였다. 그러고 보니 나는 교정일을 통해서 새로운 단어들을 알아갔다. 그리고 교정지에서 발견한 감동적인 문구는 메모장에 기입하곤 했다. 결국 일은 사람을 통해 배운다고, 나는 교정 교열 실무를 익히는 한편 선배들의 활동을 지켜보면서 그 자양분을 흠뻑 흡수했었다.

가끔 선배를 따라 나가본 조판소, 인쇄소에서는 어떤 공정과정을 거쳐 그토록 매끈한 책이 생산되는지 알게 되었다. 일본어로만 구성된 실무용어들은 낯설었지만 그 제작 현장에서 비로소 출판사 내부의 편집 작업이 어떻게 연결되는지 깨닫게 되었다.

귀가하면 선배들이 언급했던 책들, 특히 동서양의 고전들을 읽어내느라 잠을 설치곤 했다. 대단한 교양을 기른다는 생각보다 선배들과 필자 선생들의 말귀를 잘 알아듣겠다는 욕심에서였다.

1986~1989년, 3년차 편집자
—저자와의 대화법 익히기. 책의 정보들을 어떻게 독자들에게 효과적으로 전달할 것인가 궁구하기. 광고문안, 표지문안 쓰기.

〈홍성사〉에서 1년을 보내고 1986년 〈고려원〉으로 직장을 옮겼다. 〈홍성사〉의 경영이 어려워져 선배들이 하나 둘 떠나자 나도 새직장을 알아보기 시작했다. 첫 직장을 떠난다는 아쉬움도 컸지만 새로운 출판사에서 또다른 경험을 쌓을 수 있으리라는 기대도 팽배했다. 당시 〈고려원〉 편집장이었던 시인 최승호 선생을 만난 것은 행운이었다. 선생은 작가에게 출판편집자가 어떤 사람이 되어주어야 하는지를 보여주는 실제 사례가 되어준 분이었다. 일하는 동안 선생은 어떤 작가의 글에 대해 경탄하고 아쉬워하되 경멸하는 모습은 보인 적이 없었다. 글쓰기의 고통을 아는 분이었기에 작가를 격려하는 마음이 더 컸던 것이다. 당장 책으로 낼 수 없는 수준의 원고에 대해서도 훗날을 기약하는 여유를 보여주었다.

〈고려원〉은 당시 『영웅문』을 통해 대중출판의 선두에 섰던 곳이며, 다른 한편으로는 우리 문학작품을 꾸준히 출간하고 있었다. 작은 규모로 가족적인 분위기를 연출했던 〈홍성사〉 때와는 다르게 〈고려원〉은 편집부도 장르별로 부서를 나누어, 대량출판체제를 유지하고 있었다. 나는 문학파트에서 일하게 되었다.

100권으로 기획된 중편소설선집과 시집, 장편소설들을 편집했다. 그때 만났던 필자들(박영한, 조성기, 남지심, 이윤기, 박정만, 이승훈, 안정효, 이균영 등)의 원고를 편집하는 것은 큰 즐거움이었다. 다른 한편으로는 일반 독자들보다 앞서서 작품을 읽는다는 점에서 편집자의 의미는 무겁고도 두려운 것임을 그때 알았다. 교정지의 오자, 탈자를 잡아내는 것은 물론이고 전체적인 문맥을 파악하고 부분적인 오류들을 수정해야 했다. 물론 이 수정은 편집자가 일방적으로 하는

23

것이 아니고 반드시 필자와의 협의를 통해서였다. 또 외국어 표기법에 민감했던 안정효, 이윤기 선생과는 맞춤법의 차원만이 아니라 언어와 소통 문제에 대한 개인강습을 받기까지 했다.

〈고려원〉에서는 책을 만들 때 독자에게 어떻게 책의 컨셉트를 이해시킬까 하는 점을 중요시하여 이를 납득시키는 훈련을 집중적으로 받았다. 기왕이면 잘 읽히는 책을 만들기 위해 뒤표지에는 책의 컨셉트를 한 문장으로 요약한 리드 문안을 실었다. 편집 레이아웃 자체도 실험적이기보다는 독자들이 접근하게 좋도록 편안하고 자연스러운 쪽을 선호했다. 그때 한 권의 책이 베스트셀러가 되는 요건 중에는 자연스럽고도 친절한 편집 방식이 한몫을 한다는 것을 깨달았다.

〈고려원〉에서 3년 동안 내가 배운 것들 가운데 가장 중요한 것은 저자와 어떻게 대화를 해나갈 것인가 하는 점이었다. 이를테면 내가 편집자로서 관철시켜야 할 사항들을 어떻게 설득력 있게 저자에게 전달할 것인가 하는 것과 독자들에게 어떻게 기획 의도를 효과적으로 이해시킬 것인가 하는 문제였다. 저자와의 대화는 그 작품에 대한 애정에 기초를 둬야 한다는 평범한 사실을 알 수 있었다. 또 독자에게 책이 지닌 메시지를 전달하는 방식 중 광고문안 쓰기를 통해 대중적인 감각을 익혔다. 호기심을 자아내는 리드 문안, 여운을 남기는 바디 문안, 간결하고도 핵심을 찌르는 문안을 쓰기 위해서 부단히 노력하였다. 지금도 그때 당시의 버릇대로 책을 만드는 동안 완성된 책의 광고문안을 떠올려보는 습관이 있다. 한마디로 이 책을 뭐라고 표현할까? 이런 질문들에 대답하는 과정에서 편집자는 책의 컨셉트를 더욱 명확하게 할 수 있는 것이다.

여기서 한 가지 생각해볼 것은 출판편집자의 자질로 글쓰기의 문제를 들 수 있다. 과연 출판편집자는 글을 잘 써야 하는 것일까? 가령 광고문안도 작성해야 하고 보도자료도 써야 하고 원고청탁서를 비롯한 독자에 대한 감사 편지 등 편집기획자의 글쓰기 영역은 말할 수 없이 다양하다. 당시 나는 출판편집자로서 능숙한 글쓰기에 대한 고민을 나름대로 열심히 했었던 것 같다. 글쓰기를 잘한다는 것은 업무 내용을 포함해서 자신을 잘 표현할 수 있다는 말에 다름 아니다.

출판편집자는 자신이 편집하는 책의 산모다. 산모만큼 그 책의 태생과 성장과정을 잘 아는 사람은 달리 없을 것이다. 책의 앞표지와 뒤표지에 책의 존재를 알리는 문안들, 그리고 그 책을 외부 독자에게 홍보하는 방식으로서의 보도자료와 광고문안을 잘 쓸 수 있다는 것은 책의 태생과 관련지어 생각해볼 수 있다. 출판편집자의 정성이 밴 한마디 문안이 그 책의 운명을 좌우할 수도 있다고 말한다면 지나친 것일까.

〈고려원〉에서 내가 작업했던 책들 가운데 조성기 소설『야훼의 밤』과 남지심 소설『우담바라』는 대형 베스트셀러가 되어 내게 큰 기쁨을 안겨주었던 것이 기억에 남는다. 그때 또 기억나는 작업 중에는 이윤기 신화소설『뮈토스』가 있다. 이윤기 선생은 당시 번역자로서 성가를 높였으나 실제 자신의 글을 책으로 펴내지는 않았었다. 나는 이미 선생이 문단에 데뷔한 소설가임을 알고 있었기에 언젠가는 선생의 저술이 나오겠지 하고 기대를 하고 있었던 터에 그가 쓴 신화소설을 편집하게 된 것이다. 세 권 분량의 『뮈토스』는 그리스 신화를 소설화한 것으로 인물들이 방대하여 애를 먹었다. 표기법에도 특별한 주의가 필요했다. 선생과 교정에 관련된 숱한 대화를 나눴다. 지금 돌이켜보면 이미 선생은 그때 본격적으로 그리스 신화를 읽는 시대를 열기 위해 맹렬히 노력하고 있었던 것이다. 그리고 나는 한 작가와 혼연일체가 되어 작업하는 즐거움을 실감했다.

1989~1991, 5년차 편집자
—후배 편집자 이끌기. 기획자의 눈으로 세상 읽기. 편집자로서 자신의 장점 발견하기. 관심 있는 장르를 집중적으로 파고들기.

편집자 5년차가 되던 1989년, 나는 〈삼성출판사〉로 자리를 옮겼다. 결혼을 포함하여 신상의 몇 가지 변화에 따라 직장을 옮기게 된 것이다. 당시 〈삼성출판사〉는 전집출판사로서 명성을 날리던 곳이었기에 좀더 다른 차원의 편집일을 해볼 수 있으리란 기대감에 차 있었다. 과연 전집출판사로서 〈삼성출판사〉의 조직은 컸다. 단행본 출판사의 인원과는 비교가 되지 않을 정도로 많은 인원들이 편집국을 구성하고 있었다. 내 경우에는 단행본 경력을 인정받아 교양파트에서 일하게 되었다.

전집 출판은 단행본 출판과는 공정이 확연히 달랐다. 기획 단계에서 철저히 시장조사를 했고, 기획안을 짜는 데 쏟는 노력부터가 치밀하고도 스케일이 컸다. 그렇게 기획안을 짜서 필자를 섭외하고 청탁

해서 받은 원고로 실제 편집 작업에 들어가도 이후 책이 나오기까지 보통 1, 2년이 더 필요했다. 시간이 많이 걸렸다. 단행본 출판에서는 순발력과 기민함이 우선시되었다면 전집출판에서는 인내력과 끈기, 일관성 등이 더 요청되었다. 물론 두 형태의 출판에서 공통적으로 요구하는 덕목은 성실성과 섬세함이었다.

〈삼성출판사〉에서 2년 동안 근무하면서 『세계의 역사』와 『애니메이션 어린이 명작동화』 등의 발간 작업에 참여했다. 전집 발간 작업은 팀워크가 아주 중요했다. 10명 정도의 팀원이 그 전집의 권수에 따라 작업량을 분담하여 책임편집을 하는 방식으로 일을 해나가는데, 전집의 특성상 서로간의 통일성 유지가 아주 중요한 문제였다.

이전의 〈고려원〉 시절에는 동료나 상사와의 인간관계보다 저자나 기타 거래처와의 인간관계가 더 작업 결과에 영향을 끼쳤다면, 〈삼성출판사〉에서는 동료와의 업무 협조와 편집방식의 조율이 일의 성패에 큰 영향을 미쳤다. 또 내가 담당한 파트의 후배 편집자를 잘 이끄는 것도 무척 중요한 업무였다. 내가 선배들에게서 실무작업과 출판 일반을 배워나갔듯 나도 누군가에게 출판 선생의 역할을 해야만 했던 것이다. 사실 알고 있는 실무 전반을 후배들에게 잘 전수한다는 것은 쉬운 일이 아니었다. 일일이 지적해주는 방식이 있을 수 있고 일단 맡겨놓고 스스로 깨우치게 하는 방법도 있을 것이다. 아니 어쩌면 그 두 가지 방식이 다 운용되어야 하는 것인지도 몰랐다. 그 당시 후배와의 사이에 언짢은 일이 발생하기도 했다. 조용한 회의실에서 대화를 통해 후배와 함께 실무와 관련된 일과 인간관계에서 오는 갈

등을 풀어내야 하는 일이 잦았다. 그러나 한번 잘못 배운 업무는 계속 반복되므로 그때그때 정확하게 빨리 알려주는 것이 필요하고, 인간관계는 또다른 차원에서 풀어나가야 했다.

내가 맡은 팀 내에서 후배와의 문제를 풀어나가는 동시에 나는 수차에 걸쳐 다른 팀 동료들과 만나 작업의 진행을 조율했다. 긴 작업 시간이 필요했으므로 먼저 지치면 안되었다. 또 동료들보다 편집진행 속도가 너무 빠르거나 느려도 안되었다. 일하는 데 있어 균형감각을 갖는다는 것이 무엇인가를 절실히 깨달은 때였다. 근무조건도 좋았고 대우도 만족스러웠지만 때로 단행본에 비해 독자들의 피드백이 잘 느껴지지 않아선지 공정이 실제보다 늘 길고 멀게 느껴졌다. 전집은 한 명 한 명 독자들의 반응을 크게 염두에 두지 않았다. 당시 만들어진 전집은 영업사원들의 가정 판매를 통해 이루어지던 때였으므로 시장 반응보다는 회사 내부 반응에 더 민감했다. 그래서일까, 출판사에 근무한다는 생각이 들지 않았고 기업체의 한 파트에서 일한다는 느낌이 강하게 들었다. 내가 원했던 것은 동시대의 독자들과 호흡하는 가운데 책을 기획하고 편집하는 것이었다.

그러나 한 질의 전집이 비로소 출간되고 나니 그 보람은 말할 수 없이 컸다. 회사 측에서는 전집 작업을 무사히 마친 대가로 포상휴가도 보내주었다. 유럽으로의 10일간 여행. 그리고 직원들의 복지와 관련하여 좋은 일들을 수시로 많이 베풀어주었다. 작은 단행본 출판사에서는 생각할 수 없는 일들이었다. 하지만 내 마음속의 갈증은 채워지지 않았다. 나는 지난날 〈고려원〉에서 작가들과 혼연일체가 되었던 편집일들이 그리워졌다. 그리고 여전히 문학에의 애정 때문인지 서점에 나가면 다른 기획물보다는 문학 코너를 서성이는 일이 많았다. 편집자들에게는 자신의 독서 경험이 편집일에 그대로 반영된다. 그러므로 자신의 독서 취향을 파악하면 하고 싶은 장르와 잘할 수 있는 장르가 드러나게 된다.

그때 당시 내가 잘할 수 있는 장르가 무엇인지 분명히 파악되었다. 나는 실용물이나 전집류보다 문예물을 좋아했다. 그래서 다시 문예물을 편집할 수 있는 기회가 오기를 학수고대하였다.

1992~1996년, 7년차 편집자

—편집부 리더로서 통솔력 발휘하기. 출판사 내부의 타부서와의 긴밀한 협조관계 유지하기. 매체에 홍보하기. 저자 발굴하기.

나는 1992년 출판경력 7년차 때 〈세계사〉로 자리를 옮겼다. 다시 문학출판으로 돌아오게 된 것이었는데, 나로서는 오래 바라고 있던 일이었다. 〈세계사〉로 옮기게 된 데는 〈고려원〉 때 편집장이었던 최승호 시인이 당시 〈세계사〉 주간으로 근무했던 이유도 일부 있었다. 〈세계사〉에서는 계간지 《작가세계》를 출간하고 있었다.

《작가세계》는 특집을 통해 한 작가를 집중 조명하는 신선한 기획으로 호평을 받았다. 나는 편집장으로서 많은 작가들을 만났고 원고를 섭외했으며 여러 권의 책들을 만들어냈다.

당시 《작가세계》 편집위원이었던 김원우, 황현산 선생과의 정례적인 만남을 통해 문예지 기획, 편집의 의미를 이해해나갔다. 신인작가 발굴과 문학적 쟁점 설정, 해외 문학의 소개 등 집중적인 작업을 통해 한국문학을 풍요롭게 하고 또 문학독자의 지평을 넓히는 일에 큰 사명감을 가졌었다.

편집위원들과의 회의가 끝나면 곧바로 회의에서 채택된 기획안대로 필자들에게 청탁하는 일이 기다리고 있었다. 특집 원고와 창작난의 원고를 청탁하는 일이 만만치 않았다. 그러나 필자 사정 등으로 청탁이 성사되지 않으면 묻혀 있는 새로운 필자를 발굴해야 했다. 그러기 위해서는 신진작가나 문학평론가들의 최근 발표작들을 놓치지 않고 그때그때 부지런히 읽어내야 했다. 청탁 전화의 첫머리에 사무적인 느낌보다는 읽었던 작품의 독후감을 이야기하는 것이 청탁 수락에 도움이 된다는 걸 일찌감치 깨달았다. 신진작가에게 늘 관심을 기울이는 것 또한 출판편집자의 의무였다.

당시 〈작가세계 문학상〉을 통해 화려하게 문단에 데뷔했던 소설가 이인화의 당선작이 표절 시비에 휘말렸다. 그후 2년 뒤 그는 두번째 작품 『영원한 제국』을 선보였다. 전작으로 출간하게 된 이 작품은 첫 작품의 표절 시비로 인해 독자들에게 과연 어떠한 평가를 얻게 될지 깊은 우려 속에서 출간되었다. 그러나 『영원한 제국』이 출간되던 그 주에 작가 이문열의 서평이 모 일간지에 실림으로써 큰 반향을 불러일으켰다. 그후 『영원한 제국』은 밀리언셀러가 되었고 영화화되어 역사소설의 새장을 열었다는 평가를 받게 되었다. 이 사례를 통해 신문 서평의 의미와 그 파장에 대해 깊이 생각해보게 되었다.

신문, 방송 등 매스미디어의 출판, 문학 담당 기자들과 잡지사, 출판사 편집장들은 일의 속성상 긴밀한 유대관계를 갖게 된다. 주로 작가 동정이나 발굴한 신인작가들의 원고, 기획특집 등등에 대해서 설명하게 되는데, 이때 확인되지 않은 사실을 전달하거나 아직 결정되지 않은 사안을 전달하면 안된다. 기사화될 수 있는 가능성이 항상 열려 있기 때문이다. 그래서 편집장은 출판사의 중핵이요, 편집 데스크다. 개인적인 호불호를 떠나서 회사의 홍보를 위해 좋은 이미지를 심어주려고 각별히 노력해야 한다.

편집장은 또한 자신의 책임하에 있는 편집부원들과 늘 소통하여, 현재 업무를 어떻게 진행하고 있고, 앞으로 무엇이 문제될 수 있는지를 파악하고 있어야 한다. 부원들의 일을 파악하고 있지 않으면 출간 일정에 무리가 따르게 되고, 또 내부 단합에도 문제가 생긴다. 인간적으로 배려하되 일의 공과를 철저히 가려서 프로다운 면모를 지닌 편집자가 되도록 부단히 지원해야 한다. 그런데 관리자가 되면 책을 만드는 일보다 이런 부분에서 스트레스가 많이 쌓이게 된다. 이것은 어느 출판사의 어느 경우에 국한된 문제라기보다 출판사라면 항상 있는 어려움들이다.

한편으로 편집부 이외의 타부서, 예컨대 영업부와 관리부의 요구 사항에 적극적으로 협력해야 한다. 매출과 출간계획, 광고계획 등등은 물론 기획편집에 따른 소소한 사항을 체크하고 원고료 지급, 제작비 지급, 자료구입비 등등의 상황을 파악해서 편집 업무가 원활하게 진행되도록 하고 서점 판촉물 제작, 저자 사인회 행사 등에 적극적으로 참여함으로써 출간된 책의 대외 이미지를 고취시키는 동시에 판매 증진에도 힘써야 한다.

편집장은 외부적으로는 저자와 매체 담당자들과 좋은 관계를 유지하고 내부적으로는 편집부원을 통솔하고 타부서와 협력하는 사람이라는 것을 이 기간에 절실히 깨달았다.

이때 항시 염두에 두고 있었던 것은 두 가지였다. 먼저 어떻게 하면 저자들을 잘 관리할 수 있는가 하는 점과 자신이 기획, 제작한 책을 어떻게 효과적으로 홍보할까 하는 문제였다.

저자 관리에 있어 왕도는 없다. 저자는 단지 텍스트를 생산하는 자가 아니기 때문이다. 저자는 여전히 잘 보이지 않는 존재다. 한 명의 저자를 발굴하는 일은 강가에서 바늘 찾기처럼 어려운 일이지만 이런 과정 없이 저자가 탄생할 수 있다고 생각해서는 안된다. 왜냐하면 책은 저자와 편집자의 만남의 산물이기 때문이다. 편집자는 저자가 '왜 쓰는가' '어떻게 쓰는가' 하는 등등의 문제에 봉착했을 때 같이 해결하려는 파트너십을 발휘해야 한다. 그런 점에서 출판에 대한 인식의 전환이 있어야 하는 것이다. 특히 편집자는 트렌드 읽기를 게을리하지 않아야 저자의 이런 물음에 응답할 수 있다. 다만 여기에서 저자의 작업에 간섭하는 인상을 주어서는 안된다. 문예물의 경우 작가가 글을 쓰는 것은 오롯이 독자적인 영역임이 분명하다. 다만 책으로 묶여 나올 때는 미처 작가가 고려하지 못한 문제들이 있을 수 있으므로 이를 함께 해결해보자는 자세로 임해야 한다.

그동안 출판계 생활을 통해 유능한 문학, 출판 담당 기자들을 만난 것을 행운으로 생각한다. 출판물의 홍보에 관건이 되는 언론매체 홍보에 있어서 가장 중요한 것은 객관성에 입각한 신뢰 쌓기라고 생각한다. 요즘 매체에서는 출판, 문학, 학술 등등의 담당 기자가 점차 전문화되고 있는 추세다. 한 담당자가 그 파트에 오래 있기도 하고 따

라서 식견이 있는 기자들이 다수다. 이들과 기삿거리에 대해 말할 때
는 편집자 자신부터 책이 담지하고 있는 사실들을 완전히 이해하고
있어야 하며 기타 유사 컨셉트의 타출판사 책들과의 차별성, 저자의
특수상황 등에 대해서 완전히 파악하고 소통해야 한다.

1996~2000년, 11년차 편집자
—주간으로서의 자신의 정체성 확립하기. 기획과 홍보에 힘쓰기.
판매동향 분석. 편집부원과 소통하기.

편집자로 11년차 되던 1996년에 〈열림원〉으로 자리를 옮겼다. 지
나고 보니 3년 정도의 간격으로 출판사를 옮겨다녔던 셈이 된다. 다
른 직종과는 달리 유난히 출판계의 자리 이동이 심하다고들 말한
다. 그리고 그 이유를 여러 가지 면에서 해석하고 또한 출판계의 영
세성을 한탄하기도 하는데, 나의 경우를 빗대어 말하자면 편집자는
한 권의 책을 낼 때마다 새로운 회사에서 일하는 것과 같다고 생각
한다.
출판사에 근무하다 보면 단순히 업무량이 많다거나 혹은 대우가
좋지 않다고 말하는 것 이상으로 존재의 결핍감을 느끼는 순간이 반
드시 온다. 내부 충전이 없는 상태에서 많이 소모되고 있다는 느낌
이 드는 것이다. 그럴 때 쉴 수 없다면, 방법적으로 곧장 전직을 생
각하게 된다. 좀더 다른 환경에서 새롭게 일하고 싶다는 욕구가 생
기는 것이다. 그래서 편집자들은 자기만의 독특한 휴식 혹은 여가

선용 방식을 갖고 있어야 한다. 일테면 일주일에 반드시 영화 한 편은 본다, 음악을 듣는다, 혹은 산에 오른다 등등의 취미생활을 통해 새로운 마음가짐으로 다음 편집일을 할 수 있도록 자신을 컨트롤해야 한다.

어쨌든 나는 자신을 컨트롤할 수 있는 좋은 방법을 찾지 못해 전직을 했다. 또 더 좋은 조건의 전직 제의도 그 한 이유였다.

편집주간의 직책을 맡아 〈열림원〉에서 일하게 됨에 따라 무거운 책임감을 느꼈다. 〈열림원〉이 기존에 가지고 있던 출판 성격에 문학성을 더하는 방식으로 기획의 방향을 세워나갔다. '프랑스 여성작가 선집' 시리즈를 기획, 해외 저작권 계약을 맺어나갔다. 이미 계약되어 있던 '무라카미 하루키 전집'을 진행하면서 기타 시집과 산문집 등등을 기획했다.

입사하던 해에 류시화의 시집 『외눈박이 물고기의 사랑』이 출간되었다. 내가 입사하기 이전에 계약되었던 원고였는데, 입사한 후 막 출간한 이 시집이 대형 베스트셀러가 되었다. 그후 류시화 시인과 몇몇 책의 작업을 같이 했다. 편집자는 베스트셀러를 냈던 저자의 후속작은 다 베스트셀러가 될 것이라는 안이한 생각을 하기 쉽다. 물론 보통의 독자들은 유명 저자들에 신뢰를 보내지만 그렇다고 그 저자의 모든 책을 다 구입하는 것은 아니어서 편집자는 잘 알려진 저자와 작업할 경우에도 초심을 유지하고 처음 작업하는 심정으로 책을 만들어야 한다.

시인 정호승, 김용택, 곽재구, 이해인 수녀의 시집 등도 만들었다. 당시 〈열림원〉의 시집들은 서점 베스트셀러 집계에서 빠질 날이 없을 정도로 인기가 좋았다. 시집을 만들 때 편집자는 수동적으로 되기 쉽다. 교정이라야 오자를 잡아내는 정도고 레이아웃도 시집이라는 장르의 특성상 파격을 가할 수 없기 때문이다. 그러나 독자의 입장에 서서 시의 배열이나 해설자 섭외 등에 편집자의 의견을 내놓을 수 있어야 한다.

한국문학의 거장인 이청준 선생의 전집 기획도 진행했다. 기획위원인 이인성, 정민, 김경수, 권택영, 우찬제 선생들이 설정한 전집 방향을 기초로 출간 일정을 잡아나갔다. 1998년 이청준 선생의 전집 간행의 첫 결실로 세 권의 소설책이 출간되었다. 이 첫 결실을 축하하는 의미로 이청준 선생의 고향으로 편집위원들을 포함한 여러 작가선생님들이 동행하여 여행을 떠났던 것이 오래 기억에 남는다.

현각 스님의 『만행』을 기획했다. 텔레비전을 통해 많은 사람들에게 강렬한 인상을 남겼던 벽안의 스님을 섭외하여 원고를 진행하는 일은 쉽지 않았다. 왜 책을 내려고 하는지, 어떤 내용의 책을 만들려고 하는지, 누구를 위해 책을 내려고 하는지에 대해 스님에게 설득력 있는 답을 내주어야 했다.

주간은 편집장과는 다르게 편집부만 통솔하는 것이 아니다. 주간은 회사 전체의 운영에 깊이 관여하게 된다. 한 해 동안 몇 권의 책을 출간할 것인가, 또 회사 운영과 관련지어 시기별로 무슨 책을 먼저 낼 것인가를 결정해야 한다. 경영자에게는 직원들을 대표해서 의견을 전달하고, 직원들에게는 경영자를 대신하여 의견을 전달하는 중재자가 되어야 한다.

2000～현재, 20년차 편집자

—출판사 창업. 출판편집자와 경영자, 그 역할 변동에 대한 이해.

2000년 8월 나는 〈푸른숲〉의 자회사 형태로 〈마음산책〉을 창업했다. 그리고 1년 뒤 완전히 독립하여 출판사의 대표가 되었다. 창업당시 파악했던 새로운 출판의 경향은 '읽는 책에서 보는 책'이었다. 나는 사진을 좋아했으므로 비주얼 작업에도 조금은 자신이 있었다. 산문과 인물 이야기에 관심이 많았던 나는 전작산문을 기획했다. 여기저기 발표했던 글을 주제에 맞게 모은 산문집도 좋지만 그보다는 주제를 정하고 그에 따라 원고를 작성하는 전작 형태의 산문집을 출간하고 싶었다. 구효서의 『인생은 지나간다』, 조은의 『벼랑에서 살다』, 박영택의 『예술가로 산다는 것』, 김현종의 『유럽인물열전』, 조경란의 『조경란의 악어이야기』, 김나미의 『환속』은 그렇게 해서 전작으로 간행한 책이다. 이렇게 전작산문을 기획하기 위해서는 먼저 필자의 관심사와 독자들의 성향 등등을 직관적으로 재빨리 파악해내야 했다. 그러려면 그 필자들이 여러 지면에 발표했던 글들을 사전에 읽고 필자와 만나서 깊이 있는 대화를 나누어야만 했다.

사실 출판편집자로서 경영을 한다는 것은 매우 의미 있는 일이다. 그것은 책의 사회적 효용성에 대해 새롭게 자각한다는 의미이기도 하다. 책의 완성도를 더 깊이 생각하는 편집자의 영역과 독자와의 소통을 더 생각하는 영업자의 영역을 아우르며 책을 만드는 것은 이전의 소극적인 의미의 편집자와는 근본적으로 다르다고 할 수 있다. 내가 읽고 싶은 책과 만들고 싶은 책의 차이, 혹은 내가 만들고 싶은 책

과 만들 수 있는 책의 차이, 또 독자에 대한 배려 등에 대한 생각을
보듬으며 나는 이 시간에도 책을 만들고 있다.

제본 대기중인 용지 뭉치.
편집자에게 죄책감과 전투력의
묘한 양가 감정을 불러일으킨다.

편집자로
산다는
것

출판은 마술이 아니다

글을 시작하면서 상당히 오랫동안 나 자신이 이런 글을 쓴다는 것은 무모한 일이 아닌가 하는 생각이 떠나지 않았다. 그래서 회피할 생각도 여러 번 해보았다. 그러다가 어느 주말 텔레비전에서 랜디의 마술쇼를 보면서 불현듯 '출판은 마술이 아니다'는 글을 떠올리게 되었다.

책 출판은 '마술'이 아니다. (…) 흔히 사람들은 책을 출간하는 결정을 신비롭고 감히 도달할 수 없는 그 무엇(행운, 경이로운 판단력, 재능!)의 결과물로 생각하는 경향이 있다. 물론 운도 따라야 하고 이성적이면서 냉철한 판단력도 필요하다. 그러나 실제로는 항상 효율성과 합리성을 지향하며, 보다 나은 커뮤니케이션을 주도하려고 노력할 때 비로소 출판인으로서 성공할 수 있다. 지극히 평범한 '재능'

으로 보이지만 그 힘은 막대하다.

—질 데이비스, 『편집자의 일 *Book Comminssioning and Acquisi-tion*』(Blueprint, 1995)

만일 출판이 마술이 아니고, 또 내가 하는 일이 마술이 아니라면, 출판과 편집자의 일에 대해 한번 말해볼 수 있을지도 모른다는 생각을 하게 되었다.

또 하나 위안이 되는 것은 출판은 우연히 어떤 책을 내서, 세칭 대박을 터뜨려 성공할 수는 있지만 적어도 출판편집자로 살려면 우연히 한 거물 작가의 책을 상재해서 대박이나 노리는 그런 투기 형태의 출판을 할 수는 없을 것이라는 생각이다. 하면 할수록 출판은 과학에 가깝다는 것이 이즈음 나의 생각이다. 상황과 시장의 흐름을 읽고, 또 자신의 정체성을 인식하고 마땅히 해야 할 작업에 대한 일정표를 견지하면서 조금씩 온몸을 다해 밀어가는 것, 그것이 진정한 출판편집자의 길이라는 생각이 들었다. 이 글은 그런 노력에 가까워지고자 하는 한 편집자의 작은 노력의 기록이다. 따라서 애초에 출판이 갖는 마술 같은 측면을 기대하는 분들에게는 도움이 되지 않을 것이라는 점을 분명히 밝히고 싶다. 출판이 주는 매혹적 측면은 많지만 그 가운데서도 금방 금전적으로 환원할 수 있는 어떤 이론은 있을 수 없다는 것이 나의 생각이다. 합리적인 사고와 많은 경험, 데이터의 축적 등등이 전제되지 않은 출판은 사상누각에 불과하다. 이 글이 향하는 지점에는 그런 사상누각을 짓지 않겠다는 나의 초심도 일면 작용하였음을 적어둔다.

편집자, 책을 통해 세상을 편집하는 사람

나는 출판편집자다. 요즈음 자의반 타의반 출판기획자로 불리지만 그런 때에도 나는 출판편집자(기획도 하는)라는 사실을 한순간도 잊어본 적이 없다. 사실 편집자의 정체성에 대한 나의 인식은 그런 자의식과도 맞닿아 있다. 출판계에 몸담은 이후 여러 차례 이 문제에 대해 적을 기회가 있었는데, 그럴 때마다 나는 편집자의 정의에 대한 물음에 답하기가 몹시 어렵다는 사실을 거듭 토로하곤 했다.

"편집자는 책을 만들면서 세상의 일부를 만들어가는 사람이다. 물론 오늘날 책의 의미는 전과는 많이 달라졌다. 그 의미가 더 무거워진 부분도 있고, 가벼워진 부분도 있다. 그런데 책의 의미를 일련의 정연한 사고체계 그 자체라고 확대해서 보면 인류가 가진 모든 지혜가 다 이 가운데 내포된 것을 알 수 있다. 그러므로 책을 만든다는 것은 비단 책만이 아니라 세상을 편집하는 작업 한가운데 있다는 의미도 된다."

"요즘은 물음을 던지기보다는 대답을 해야 하는 입장에 서는 경우가 많은데, 그럴 때마다 나는 내가 책, 혹은 편집을 잘 모른다는 생각을 반추하곤 한다. 그것은 책의 의미가 어느 한 가지로 고정되어 있는 것이 아니라 우리 삶이 그러하듯이 끊임없이 변화하는 역동적인 상황 속에서 만들어지고 있기 때문이다."

"편집자로 살기가 어려운 것은 책 만들기의 어려움에서 나온다기보다는 이런 삶의 자세를 유지하면서 살기가 어렵다는 데에서 기인한다. 남들은 어떤 사물이나 상황을 즐기는 데 비해 편집자는 어느새 저걸 어떤 그릇에 어떻게 담아야겠구나 하는 생각을 전개하고 있다"

(이하 인용에서 저자명이 없는 것은 모두 글쓴이가 적은 것임).

편집자의 정체성 탐구는 무엇보다 중요하다. 최소한 글쓰는 이가 글쓰기 자체에 대해 갖는 정체성만큼, 편집자도 자신이 하는 일에 대해서 정체성을 갖기를 당부하고 싶다. 이것은 출판을 통한 세속적인 성공에도 긴요하다. 편집자의 정체성이란 많은 부분 프로의식에서 나오기 때문이다. 자신이 낸 책이 시장에 나가 투자한 만큼 혹은 그 이상 돈을 벌기 위해서는 편집자로서 숙고하지 않으면 안된다.

너무 비근하고 단순한 예 같지만 작가는 혹은 저자는 책을 내서 상업적으로 성공하지 못한다고 해도 그 저작이 갖는 텍스트 의미는 훼손되지 않는다. 또 처음부터 아주 적은 독자만을 상정하고 책을 내는 경우도 있다. 그러나 기획 과정과 숙성 과정, 또 검토와 집필, 나무를 베어서 만든 종이에 잉크를 묻혀 책으로 만드는 전 과정에서 재화와 정성을 투입하는 편집자의 입장은 저자의 경우와는 많이 다르다. 손해를 감수하면서 책을 내야 할 경우에도 아주 작은 손해만을 보면서 목적을 달성해야 하는 것이다.

편집자가 세상을 편집하다니! 나는 그렇다고 생각한다. 신문을 편집하는 이는 그날의 뉴스와 레이아웃으로 세상을 편집하고, 단행본을 만드는 사람은 내용과 형식으로 세계를 편집하는 사람이다. 어떤 책에도 이런 여러 겹의 세상 읽기가 포개어져 있으며 방점을 어디에 찍느냐에 따라 그 책의 의미가 완전히 달라질 수가 있다. 따라서 편집자는 무릇 자신이 어디에 서 있고 무엇을 해야 하는지 거듭해서 물어 보아야 한다. 그럴 때 편집자는 편집을 하는 사람이 아니라 질문하는 사람이 된다.

편집자여 세상에 질문을 던져라

편집자는 세상에 질문을 던진다. 무슨 질문을 던질까. 모두 스스로 생각해보자. 최근에 나는 '예술 장르들의 퓨전'이라는 질문을 던져보았다. 문학과 음악이, 시와 미술이, 미술과 음악이, 또 구상과 추상이 만나면 어떻게 될까 하는 질문이다. 사실 이런 생각을 한 것은 오래되었다. 하지만 나 자신도 이런 생각을 어떻게 구현할 수 있을지 잘 알지 못했을 뿐 아니라 이런 것들이 우리 출판 상황에서 어느 정도 통할 것인지 심히 걱정스러웠다. 그러나 오랜 시간 이런 물음들을 던지는 과정에서 저자도 선정할 수 있었고, 또 어느 정도 나와 같은 생각을 하는 독자가 있구나 하는 확인도 스스로 하게 되었다. 이럴 때 편집자는 편집을 하는 자가 아니라 질문을 던지는 자구나 하는 사고를 키울 수 있게 된다.

잘 물은 물음 속에는 이미 답이 들어 있다. 이것은 나의 경험에서 나온 것이다. 잘 물어보자, 편집자여. 자신의 물음이 황당한 것은 아닌지. 그 물음을 받아서 실제로 구현해줄 저자가 이 세상에 없는 것은 아닌지. 이때 무턱대고 묻는 것이 능사가 아니라는 것은 말할 것도 없다. 예컨대 이제까지의 나의 출판 경험을 뒤돌아보면 너무 성급하게 물었던 물음들이 적지 않았음을 알게 된다. 가령 출판 선진국들에서 나온 책들을 성급하게 소개한다든가(우리 출판시장의 사정, 즉 트렌드라 할 만한 것들은 도외시하고), 또 너무 소수가 관심을 가질 만한 주제를 다중들을 상대로 출판한다든가. 하지만 그 어떤 것보다도 후회스러운 것은 그 당시 마땅히 물었어야 할 물음들을 던지지 않은 것이다. 그 결과 느끼는 자괴감과 부담은 너무 크다. 또 이런 후회는 시간이 흘러도 회복하기 어렵다. 그러므로 편집자는 잘 물어보아야 하는 것이다.

새삼 부연설명하자면 잘 모르면서도 안 묻고, 잘 아는 것처럼 위장하는 태도만큼 편집자에게 나쁜 태도도 없다.

맨 땅 에   헤 딩 !   두 려 워 하 지   말 자

에너제틱한 사람이 되자. 편집자는 에너제틱해야 한다고 생각한다. 편집자가 하는 일은 때론 '맨땅에 헤딩하기'에 가깝다. 맨땅에 헤딩을 하면 아프다. 주위에서 이렇게 몇 번 맨땅에 헤딩을 하다가 아, 출판이란 어려운 것이구나 하고 이 바닥을 떠나는 사람을 많이 보았다. 오해 없기를 바라는데 나라고 해서 맨땅에 헤딩을 하지 않는다는 것은 결코 아니다. 오히려 나야말로 맨땅에 헤딩하기를 두려워하지 않아야 한다고 수시로 최면을 걸고 있는 사람이다. 어떤 면에서 맨땅에 헤딩한 결과가 좋을 때 비로소 출판의 새 지평이 열린다고도 생각한다. 그리고 사실 이런 경험에 관해서는 이 정도로밖에 말할 수 없음이 안타깝다. 왜냐하면 한 권의 책을 출판하기란 그 전과정이 이런 맨땅에 널브러지기를 두려워하지 않는 과정, 그 자체이기 때문이다. 편집자들이라면 에너제틱하게 일하지 않은 결과 드러난 성과물의 하자가 무엇인지 누구보다도 자신이 더 잘 알리라.

출판의 요소 요소, 과정 과정마다 부정적인 상황이 너무나 많이 도사리고 있다. 자신의 마음을 바꾸기 어려운 것이 사람 아닌가. 가령 잘 안 가본 길을 가자면 그만큼 겁도 나고 힘들 것을 알기에 누구나 저어하는 심정이 된다. 또 출판은 저자, 편집자 등등 많은 스태프들이 움직이는 작업이다. 그 가운데는 생각이 다른 사람들도 있다. 그렇다고 투표를 하듯(민주적으로) 작업할 수도 없다. 출판편집자는 카리스마가 있어야 한다. 편집자들간에 활발한 의견 개진보다도 더 중요한 것은 통찰할 수 있는 힘이요, 집중할 수 있는 태도다. 따라서 부정적인 상황을 긍정적인 힘으로 돌파해야 할 때가 많다. 그러므로 편집자는 에너제틱해야 한다고 말하는 것이다.

관찰자가 되자. 편집자는 관찰자가 되어야 한다. 관찰을 한다는 것은 무엇인가. 그것은 제3의 시선을 견지해야 한다는 것이다. 이해 당사자처럼 흥분해서도, 또 국외자처럼 방관해서도 안된다. 편집자에게 가장 타기해야 할 것은 세상에 대한 무관심이다. 관심이란 자신이 무엇을 하는 사람인가 하는 자의식에서 비롯된다. 편집자는 세상을 관찰하면서 그것을 질료로 새로운 세계를 창출해낸다. 그저 버티거나 견디면서 편집자로 살아서는 안된다. 출판계가 영세한 업종이라는 것은 그런 사람들에게 줄 열매가 없다는 말도 된다. 자신이 서 있는 자리에서 그 시간을 자기 것으로 만들 때 온전히 다른 시간으로 넘어갈 수 있다. 출판계 초년 시절 나는 출판사에서 그저 연명할 돈만 받으면서 일도 조금만 하고 뭐 그런 식으로 시간을 보내고 싶다고 한순간 원했던 적이 있다. 그런데 어느 순간 복잡한 세상을 편집자의 눈으로 읽지 않으면 가벼운 출판도 결코 이루어질 수 없다는 자각이 생겼다. 일의 양과 상관없이 편집자의 눈으로 사물 보기를 게을리하지 않는 것이 중요하다는 것을 알게 되었다. 적어도 출판에 뜻을 둔 사람에게는 세상 그 어느 것도 헛되이 넘길 일이 아니라고 생각한다.

그 어떤 것(책이 될 수 있고)도, 그 어떤 사람(저자일 수 있는)도 스승이 될 수 있기 때문이다. 관찰을 잘하려면 이해를 해야 한다. 이해를 잘하기 위해서는 역시 앎이 전제되어야 한다. 하지만 출판편집자가 세상 이치를 다 알 수는 없다. 그렇다면 어떻게 할 것인가. 세상 모든 것들에 대해 책을 낸다고 했을 때 출판편집자의 자양분은 어디에서 올 것인가. 그것은 관찰하는 자아에서 온다. 그것이 발아하여 텍스트도 되고 책도 되고 세상의 일부도 된다.

맥락을 짚어내는 혜안을 갖자. 편집자가 세상 읽기를 질료로 작업한다는 것은 앞서 적었다. 그럼 출판과 관련된 세상 읽기에 한정해서 생각해보자. 맥락을 읽는다는 것은 숱한 세상 읽기를 관통하는 그 무엇을 찾아내는 작업이다. 우연적인 사건, 대상들에 혼을 불어넣어 주는 작업이다. 책을 읽을 때에도 맥락의 의미를 찾아야 그 글 읽기가 완성되듯이 단순히 사실을 나열해서는 세상 읽기가 가능하지 않다. 출판 어드바이저가 요청되는 것은 바로 이 때문이다.

출판 어드바이저의 활용은 출판시장의 기류와 무관하게 이루어져서는 안된다. 여기에서 우리가 출판 트렌드에 대한 이해를 가져야 할 필요성이 다시 한번 대두된다. 예컨대 물고기가 있는 곳에 낚싯대를 드리워야 하는 것이다. 삶은 다기하고 다향악적이다. 삶에는 실로 다양한 층위가 함께 존재하는 것이다. 여러 차원이 공존하는 곳이 출판이다.

일반적인 출판 상황에 대해 잠시 살펴보면, 먼저 우리 출판의 현단계는 편집자로 하여금 만능인이 되어야 한다고 주문하고 있다. 특히 세상의 이미지를 읽어내는 힘과 트렌드 읽기에 만능이어야 하는 점을 아울러 요구하고 있다. 그런데 정작 이미지를 읽는다고 했을 때 우리는 심상 속에서 문자를 찾아 읽고 있다는 사실 자체를 망각하는 경우가 많다. 적어도 출판과 관련해서는 이미지 따로, 문자 따로란 존재하지 않는 것이다. 그런데 글 따로 비주얼 따로의 착시 현상이 종종 문자에 대한 이미지의 우월성으로, 혹은 문자에 종속적인 그림 삽화식으로 나타나는 것은 유감스럽다. 모든 읽는다는 행위는 문자로 읽는다는 것이 전제되어 있다. 그런데 이 말이 문자의 우위를 보여주는 것은 아니다. 적어도 출판에는 서사의 맥락이 오롯이 존재하고 있는 것이다. 이야기성이란 그 이미지가 서사의 가능성을 부인할 때에도 존재하고 있는 법이다.

최근 책에 대한 독자들의 관심의 추이는 다음과 같이 이동하고 있다고 한다.

첫째, 책이 텍스트 즉 내용만 담지하는 것이 아니라 저자의 숨결, 마음까지를 담지해야 한다는 것이다. 발터 벤야민식으로 말한다면 아우라를 담지하는 책이 많이 읽힌다는 것이다. 가령 책 속에 저자의 사인을 넣어 팔거나 일련번호를 적어놓거나 하는 노력들이 책에 아우라를 불어넣는 작업의 일환이라고 이해할 수 있다. 1970년대 혹은 1980년대까지는 책이 자신이 속한 커뮤니티의 이념, 동질성을 담고 있을 때 많이 사랑받았다면 현재는 영상과 심성까지 읽을 수 있는 책이 사랑받는다고 볼 수 있다.

둘째, 인문·문예 도서의 경량화 현상을 들 수 있다. 분량의 경량화가 아니라 내용의 경량화이고 방법론의 경량화다. 같은 텍스트도 사진과 도판 등등의 비주얼(아예 만화로 다시 내기도 한다) 작업을 통해 재출간하기도 한다. 글쓰기 방식 자체도 변하고 있다. 논문이 에세이류로, 또 강경한 어조의 칼럼이 연성의 설득조 글로 바뀌고 있다. 이런 패러다임 변화는 책 자체에 관한 인식의 변화를 가파르게 추동하고 있다.

셋째, 정보의 맞춤화 경향과 에듀테인먼트 경향을 들 수 있다. 매뉴얼 출판에서는 알기 쉽고 재미있는 편집으로 어렵고 심각한 주제들을 친근하게 탈바꿈시킨다. 그 외 경영·처세·실용서의 그야말로 실용적인 접근(가령 서사화 경향과 도해 방식의 해설, 영역간 종합화 경향 등등)으로 출판 세계의 변동은 숨가쁘게 이동하고 있다. 이 모든 것들에 대한 이해가 종합적으로 출판 편집인의 선 자리, 갈 길을 보여준다고 할 수 있다.

나 만 의 관 점 이 필 요 한 이 유

편집자는 무엇으로 작업을 하는가. 편집자의 작업은 앞장에서도 언급했듯 세상을 읽어내는 데서부터 시작한다. 그런데 아무것도 없는 상태에서 읽어낸다는 것은 한갓 수사학에 불과하고 어떤 경우에라도 자기를 떠나서 무엇이 이루어진다고 할 수는 없다. 왜냐하면 출판이란 것도 결국 삶의 한 과정이기 때문이다. 이런 점을 나는 거칠게 '자기만의 요소'라고 부르겠다. 흔히들 출판을 '무에서 유를 창조하는 작업'이라고 말하지만 이건 어디까지나 우스갯소리이고 결국 출판에서도 자신만의 요소(개성), 전에 갖고 있던 앎, 삶을 보는 방식, 태도 등등이 가장 중요한 핵을 이룬다고 할 수 있다. 출판이 만약 좋은 직종이라면 그것은 자신을 표현할 수 있는 방법이 다양하다는 데 있다고도 할 수 있을 것이다.

이 자기만의 요소는 곧 필요한 정보를 획득할 수 있는 방식의 개발로 전이된다. 그것은 또한 시장 사정에 정통한 눈을 갖는다는 말과 동전의 안팎을 이룬다. 필요한 정보를 획득한다는 말은 곧 무엇이 필요한지를 안다는 것이고, 그것은 정보를 선별할 줄 안다는 뜻도 된다. 여기에서 타인의 힘을 빌리는 능력도 길러진다.

그런데 여기까지는 그저 일반적 요소에 불과하다. 진짜 출판의 문으로 들기 위해서는 바로 이 장의 핵심문제라고 할 수 있는 '관점'이 요청된다. 이것이야말로 너의 출판, 나의 출판, 또는 우리의 출판과 선진 외국의 출판이 나뉘는 분기점이다. 메이저 출판과 인디 출판이, 소출판과 대형출판이 바로 이 관점에서 분화되기 시작한다. 여기에서 나는 왜 출판에서 '관점'이 중요한 것인지 말하고자 한다. 이 관문을 통과할 때 비로소 왜 출판비평이 중요한지, 그것이 어떻게 기능하는지를 알 수 있을 것이기 때문이다.

미흡한 관점이라도 있는 것이 낫다

출판계에 관점이 없다는 것은 사실 하루이틀 된 이야기는 아니다. 용어는 다를지언정 많은 논의들이 있었다고도 본다. 그럼에도 왜 또 관점의 부재를 말하는가? 그것은 관점이 없는 출판을 하면 폐해가 너무나 크기 때문이다. 이 장의 결론격으로 나는 우리 출판의 가장 큰 문제점은 바로 여기에서 발생한다고 본다. 출판사는 많고 출판대국이라는 말이 있을 정도로 책도 많이 쏟아져 나오는데 다양성은 없고, 도서 비평다운 비평 또한 많지 않다. 그런 점에서 나는 여전히 우리 독자들에게 도서 선택의 기회가 많지 않은 것 같아서 안타깝다.

출판문화의 진흥이 국가적으로 중요하다고 말들은 많지만 실천적인 예 또한 많지 않고 그저 구호로만 떠돈다. 이 모든 것이 출판을 보는, 또는 출판 종사자들이 보는 관점의 결여에서 파생된다고 생각한다. 이 시점에서 우리가 출판의 관점에 대해서 숙고해야 할 이유는 너무나 많다.

관점이 없다고 하면 왜 관점이 없느냐고, 많은 출판사들이 영리를 추구하는 한 사기업으로서 왜 관점이 없느냐고 되물을 것이다(그러나 그것보다 본질적 물음은 더 우위의 관점을 묻는 물음이리라). 하지만 그것은 관점은 관점이되 부실한 관점이요, 미흡한 관점이다. 그러나 내가 보건대 그런 관점이라도 없는 것보다는 있는 것이 낫다고 생각하는 편이다. 그러나 그 경우에도 진정한 관점을 획득하려는 노력을 게을리하지 말아야 한다는 것을 부연해두기로 하자. 우리는 오늘의 책을 만들지만 새로운 세대는 책을 보고 미래를 만들어나갈 것이기 때문이다.

미래 출판의 모습은 전 시대와 달라야 한다. 가령 우리가 전자책과 종이책의 미래에 대해 갖는 많은 오해들에 대해 생각해보자. 나는 일찍이 종이책의 의미에 대해 다음과 같이 쓴 적이 있다. 이 인용에 이어지는 일본 출판계 관계자와의 대담을 비교하여 읽어주기 바란다.

오늘날의 시대는 과연 종이책의 시대일까, 전자출판의 시대일까? 이런 질문을 스스로에게 던져보는 것은 워낙 우리 시대의 변화의 속도가 빠르고, 그에 따라서 새로운 멀티미디어 상황에 대한 욕망도 그만큼 강하기 때문일 것이다. 앞의 우문에 대한 어리석은 대답을 거칠

게나마 내놓는다면 그것은 오늘날은 새로운 전자출판의 시대라는 것이다. 이 답의 타당성의 규명 여부로 힘을 낭비하는 것이 의미도 없거니와 전자출판의 시대는 이미 시작되었으므로 그 현실을 들여다보는 것이 더 현명할 듯하다.

그 세부 중 하나는 종이책으로 갈무리하기 어려운 방대한 정보들을 수용하는 데 있어 전자출판보다 우수한 매체를 찾아보기 어렵다는 점을 들 수 있을 것이다. 가령 백과사전 시디롬의 열람 기능 같은 것은 일찍이 종이책으로 가능치 못했던 현란한 검색기능을 극대화한 대표적인 예일 것이다. 그런데 이렇게 적으면 종이책과 전자출판이 (앞으로는 구체적으로 e-book으로 적기로 한다) 서로 불화하는 관계인 것으로 오해하는 경향이 있는데 이는 전혀 다른 문제라는 것을 염두에 둘 필요가 있다.

또한 문서의 작성이나 분류(과문한 탓인지 아직 문서를 생산하는 컴퓨터에 대해서는 들어본 적이 없다), 저장 및 체계화에 컴퓨터가 훌륭히 기능하는 것을 염두에 두고 보면 출판과 컴퓨터는 특히 긴밀히 연관되는 보족적 관계임이 분명해진다. 문제는 종이책과 e-book의 문제를 두 '책'이 모두 '책'이라는 당연한 사실을 잊고, 정보의 최종 갈무리 형태에만 집중하는 일반의 잘못된 관념을 지적할 수 있다.

자, 여기에서 두 가지 점을 생각해보기로 하자. 나의 경우를 예로 들면 이 원고의 작성도 그러하지만 이제는 모니터를 보며 원고를 작성하거나 수정하는 것이 더 용이한 편이다. 불과 몇 년 전 처음 컴퓨터를 사용할 때는 언제나 종이에다 출력을 해서 교정을 보곤 했었다. 그러나 이제는 모니터상의 글 읽기에 비교적 익숙해져서 프린터를 사용하지 않는 경우가 많다.

그런데 여기에서 한 가지 또 간과할 수 없는 문제는, 내 경우 원고를 다른 장소로 가져가서 어디서 좀 느긋하게 퇴고를 하고 싶다면 바로 프린트를 하게 된다는 바로 그 점이다. 이 상이한 두 모습이 상호 모순처럼 느껴지는가?

〈랜덤하우스〉와 〈하퍼콜린스〉가 모여 있는 미국의 맨해튼에서는 오히려 종이의 소비가 더 늘었다고 한다. 디지털 시대 종이의 소비량은 오히려 급증하는 경향을 보이고 있다는 것이다. 뿐만 아니라 가장 많이 컴퓨터가 보급된 나라 가운데 하나인 미국에서 오히려 종이책을 통한 독서가 더 늘었다고 한다. 그렇다고 해서 미국의 경우 e-book을 통한 독서가 우리나라처럼 아직 초기 단계인 것도 아니다. 널리 알려진 예로 스티븐 킹의 『총알탄 사나이』 경우와 〈브리태니커사〉의 침몰의 예를 들 수 있을 것이다.

이러한 상황 속에서도 종이책의 생명은 이 세기(21세기를 지칭함)에도 이어질 것임은 너무나 분명하다. 그런데 여기에 또 오해가 개입한다. 현재의 멀티미디어 환경은 오늘날 종이책이든 전자책이든 모든 책을 통한 정보의 흐름을 근본적으로 바꿀 것으로 보인다. 가령 전자책의 시대라는 말은 그저 정보를 종이 위, 혹은 모니터상에 떠올리는 정도의 변화가 아니라 더 심저에서 일어날 것임을 우리는 내다볼 수 있다.

그것은 우선 우리 심성상의 내면적 모니터화, 심성화로 나타날 것이다. 이제 활자만 가득한 책은 그것이 종이책이든, e-book이든 외면당하기 쉬울 것이다. 비근한 예를 들면 흑백 텔레비전으로 영상물을 대하던 사람이 어느날 컬러 텔레비전을 보다가 다시 흑백 텔레비전을 보게 되지 않는 것처럼 그것은 아주 빠른 속도로 과거의 편집 관행이 되어갈 것이다. 이제 그것이 화상이든 활자든 남이 쉽게 모방할 수 있는 정보는 절대 생명력을 갖지 못할 것이다. 흔히들 간과하기 쉬운 사실이지만 우리의 경우 전자출판의 시대가 저작권의 강화 문제와 함께 열렸다는 것을 잊어서는 안될 것이다.

그것은 고급 정보에 대한 선호 현상을 더욱 강하게 추동할 것이 분명하다. 정보가 힘이고, 필요한 정보를 얻을 수 있는 방식을 아는 것이 진정한 앎인 시대가 도래하고 있다. 정보만 우수하다면 종이에 적히면 어떻고, 시디롬에 수록되면 또 어떤가. 문제는 정보의 내용과 갈무리 방식이고 그것 전체가 곧 책이라는 것이다. 그런데 여기에서 정보는 다 책이 되는가 하는 의문이 든다. 나는 이제 현재와 같은 다수의 독자가 아니라 소수의 독자를 위한 책의 시대가 열릴 것 같은 예감에 사로잡히게 된다.

서구의 하드커버와 페이퍼백의 출판 관행이 별개의 독자를 상정하고 간행되는 것처럼 이제 정보에도 가공의 방식에 따라 우위가 나뉘는 시대가 올 것으로 보인다. 이런 시대에는 책의 판매 방식도 달라야 할 것임은 말할 것도 없다. 가령 소수의 몇 사람이 아주 비싼 돈을 지불해서라도 그 책을 입수하겠다고 한다면 언제나 다중들을 상대로 출간되는 현재의 방식은 재고될 것이다. 주문형 출판, 주제별 검색 출판 등등의 방식도 실현하는 데 많은 시간이 걸리지는 않을 것이다. 예컨대 종이처럼 우수한 지적 내용의 담지체가 아직까지는 없었다. 새로운 도서관을 하나 신축하려 한다고 할 때 이제 우리는 그 도서관의 한켠(아니 어쩌면 가장 좋은 공간)에 시디롬 타이틀을 구비한 방을 만들어야 할 것이다. 이제 책의 진로는 명확해졌다. 책은 종이 위에서도 모니터 위에서도 꽃피울 수 있다. 그런데 여기에서 우리 출판계의 고질병이라 할 수 있는 졸속주의가 싹트고 있음은 참으로 안타까운 일이다. 그저 정보의 나열에 불과한, 기실 이런 말도 아까울 문건들이 화면을 가득 메우고 있는 세태가 오히려 진정 종이책의 장래를 어둡게 하고 있다.

─〈전자출판 시대의 종이책에 대한 오해와 전망〉(《출판문화》 2000년 10월)

출판 불황이 더 심각해져도 책이 죽는 일은 없을 테고 독자가 사라질 리도 없습니다. 인터넷이 출현하기 전까지 최대, 최강의 정보원이었던 책에서 정보나 지혜를 얻었던 행동을 사람들이 쉽게 버릴 수 없을 테니까요. 단, 현재와 같은 상황이 계속된다면 책은 살아남겠지만 어쩌면 출판산업은 수년 안에 무너질지도 모릅니다. 제 나름대로 희망적 관측을 해보면 앞으로는 저자-출판사-도매상-독자라는 종래의 시스템에서 벗어나 인터넷을 포함한 '팬 클럽' 같은 조직을 통해 저자와 독자가 직접 연결되어 그 독자들에 의해 작가가 살아남는 시대로 바뀌게 될 겁니다. 출판의 미래는 그곳에 존재하지 않을까요?

─〈심각해지는 출판불황과 '해리포터 현상'〉(《創창》 2003년 3월호, 시노키 히로유키 발언)

이제 보면 지극히 소박한 첫번째 인용글은 내가 종이책에 대한 전망으로 약 4년 전에 쓴 것이다. 이제 보면 결함도 많고 다시 고쳐 쓰고 싶은 부분도 많다. 이런 반성은 후자의 글을 보면서 보다 더 절실하게 다가왔다. 일본의 출판계의 경우 무려 6년 동안이나 마이너스 성장에 머물러 있다고 한다. 따라서 종이책을 보는 관점도 상당히 비관적이다. 그렇다면 우리의 경우는 어떤가? 우리는 너무 쉽게 종이책의 우위를 선언해버린 것 아닌가? 종이책을 대신할 것처럼 전자출판에 대한 장밋빛 전망들이 난무하다 어느 날 급격히 이런 담론이 종이책의 일방적 우위선언(그것은 거의 선언적이었다)으로 퇴조하더니 이제 전자출판은 아예 출판동네의 일이 아닌 것으로 치부하고 있지는 않은가? 그러나 앞서 일본의 예가 보여주듯 종이책의 장래에 대해서 전자출판의 성격을 도외시하면서 이뤄질 수 있는 것은 현단계에서 그리 많지 않은 것 아닌가, 하는 것이 최근에 내가 느낀 e-book에 대한 관점이다.

관점은 질문과 대답 속에서 길러진다

그렇다면 관점은 어떻게 기르나 하는 점을 생각해보기로 한다. 관점이란 물론 보는 방식을 뜻하는 것으로 현상을 해석하고, 갈 길을 정하는 자리에서 반드시 요청된다. 관점을 기른다는 것은 사실 출판에 대한 인식을 기른다는 것과 같은 의미다.

책은 많다. 출판의 형태도 많다. 그러나 우리 현실에는 '시장에서 잘 팔리는 종이책'이라는 오직 한 가지 형태의 출판밖에는 없는 것 같다. 그러니 자신의 출판과 타인의 출판을 비교하고 또 바람직한 형태를 상정해야 하는 가장 중요한 출판 행위가 형성될 수가 없다.

우리가 한 권의 책을 본다고 하자. 어디부터 먼저 볼 것인가 하는 것에서 이미 관점이 작용한다. 표지를 본다고 답을 냈다면 표지의 무엇을 보는가가 또 문제다. 제목을 보고, 비주얼을 보고, 저자를 보고. 그러나 이런 단순한 관점이 진짜 관점일 리는 없다. 이 책이 지향하는 바가 뭐고 편집은 또 어떻게 앞서의 사실을 구현하고 있으며 내용은 부합하는지, 또 저자가 왜 이런 주장을, 어떤 도구와 과정을 통해 실현하는지 종합적으로 판단할 수 있을 때 관점이 생겼다고 할 수 있다. 왜 같은 물을 먹고도 독도 되고 우유도 되는 것인지, 왜 같은 메시지로 만든 책이 악서도 되고 양서도 되는지 등등의 숱한 물음들에 대해 응답하는 과정이 곧 출판 행위의 A to Z이라 할 수 있다.

메이저 출판의 관행들, 풍부한 물량과 광고 공세 등등 이런 방식만이 오직 유일한 출판의 지향점인 세계에서는 제대로 된 관점이 있을 수 없다(이런 출판사들은 그 수가 많지도 않다. 그리고 또한 일반화할 수 있는 것도 아니다). 게다가 미래의 출판의 모습을 상정할 때 시사하는 바는 크지도 않다. 진정 문제는 이런 것이 아닐까? 저자와 독자 사이의 소통을 편집자가 매개한다고 할 때 양자의 대화가 바람직하게 이루어지도록 돕고 배려해야 하는 것. 쌍방향의 교통에서 편집자의 새로운 위상이 찾아진다는 점에 착안해서 한 권의 책이라도, 한 장의 원고라도 신중한 손길을 부여한다면 편집자의 관점은 점진적으로 진화하리라고 감히 나는 믿는다.

신간은 표지를 드러내며 누워 있고, 구간은 책등을 보이며 꽂혀 있다.
구간이면서 누워 있는 책은? 바로 베스트셀러다.
편집자에게 '누워 있는 책'에 대한 소회가 각별할 수밖에.

기획 타령, 이제 그만하자

최근 출판 담론의 대부분은 기획의 문제인 것처럼 되어 있다. 하여튼 기획이 도깨비 방망이란 것이다. 따라서 이 장을 써내려갈 생각을 하니 중압감이 느껴지는 것도 사실이다. 먼저 이 '기획'의 장들은 기획 일반에 대해 내가 느끼는 소회를 먼저 전제한 뒤 기획이란 무엇인지 또 어떻게 하는 것인지를 서술한 후 성공 사례와 실패 사례를 각각 적시하게 될 것이다.

요즘 출판계 내부, 또 출판사 내부의 문제는 모두 '기획'에 수렴되는 듯하다는 것은 앞서 적은 바와 같다. 가령 '그 출판사는 기획력이 약해' 혹은 '그 출판사의 기획들이 좋더라구' 하는 말을 종종 듣게 된다. 표현은 다를지언정 언제나 기획의 부재만이 가장 큰 문제인 것처럼 이야기되는 것을 수시로, 최근에 이르러서는 더욱 많이 듣고 있다. 나는 이것을 '기획 타령'이라고 명명하고 싶다. 그리고 이렇게 말하고 싶다. '제발 기획 타령 좀 그만하자'고 말이다.

그것은 왜 그런가. 먼저 '기획 타령'이 더 좋은 기획을 낳지 않는다는 명백한 사실 때문이고, 또 모든 것을 다 해결해준다는 식의, 즉 만능 기획 따위는 애초에 존재하지 않기 때문이다. 그렇다, 다시 한번 강조하건대 이제 출판을 하면서 기획의 문제를 필요 이상으로 부각하는, 즉 출판＝기획이라는 그릇된 인식은 그만두기로 하자.

최근에 내가 읽은 아래의 글은 기획이 출판의 모든 것이고, 결과고, 그런 고로 최상이라는 출판계의 편향된 인식에 대해 명확하게 적시해놓고 있다.

최근 들어와 출판 트렌드 분석, 출판 기획의 과학화, 기획출판시대의 본격적인 도래, 이런 말들을 자주 들을 수 있다. 보다 합리적이고 예측이 가능한 출판이라는 점에서 보면 바람직한 말들이라고 할 수 있다. 주먹구구식 출판에서 탈피하여 기획, 편집, 제작, 마케팅 등의 모든 과정을 일련의 합리적 의사 결정 과정으로 구성하는 것, 그래서 결과적으로 최소 투입과 최대 산출의 효율성을 기하는 것, 정말 바람직해보인다.

하지만 트렌드, 과학화, 기획출판, 이런 것들을 맹신하거나 절대화한다면 곤란하다. 도서시장에서 속된 말로 대박의 신화를 이룩한 몇몇 사례를 놓고 그것의 성공 요인을 말하는 경우, 대부분 '뒤돌아보기 편향'이나 충족 이유의 무한 소급에서 크게 벗어나지 못한다. 소 뒷걸음치다 쥐 잡은 격에 해당하는 경우를 놓고서도, 앞을 내다보는 기획자의 혜안이나 사회문화 트렌드를 정확히 읽어내는 출판사 대표

의 통찰력을 거론하는 어처구니없는 일은 또 얼마나 많은지. 심하게
말하면 도서 판매량이 모든 걸 말해준다는 식, 결과가 좋으면 다 좋
다는 식의 태도와 다를 바 없다.

— 표정훈, 〈책에는 나름의 운명이 있다〉(문학과지성사 홈페이지 칼럼)

　　출판에 대한 일반인(일부 출판인도 있다)의 오해 중 하나는 출판은
기획자가 하는 것이라는 인식이다. 편집자 위에 출판기획자라는 사
람들이 위치하고 그 출판기획자들이 지시하는 방향으로 편집자가 편
집하는 것으로 생각을 하기까지 한다. 이런 예를 들어보자. 건물 내
장을 하는 사람이 자신은 천장만 내장을 할 뿐, 벽은 내장을 하지 않
는다고 주장한다면 이 얼마나 우스운 노릇인가.

　　현재 기획자와 편집자의 개념 설정이 새롭게 요청되는 것은 이와
같은 형국 때문이다. 나로서는 기획은 기획자가 하고 편집은 편집자
가 한다는 등식을 단호히 거부하고 싶다. 기획을 모르고 어떻게 편집
을 할 수 있으며, 편집을 모르고 어떻게 기획을 할 수 있겠는가. 그리
고 애초에 어디부터가 기획의 몫이고 어디부터는 편집의 몫인지를
나눌 수가 없는 것이 출판편집 일이다. 부연설명하면 이렇다. 편집자
가 결국 밥을 짓는 데 있어서 쌀을 씻거나 화력을 공급하는 등등의
일을 잘할 수 있도록 도와주는 그런 의미의 기획자는 애당초 없다.
그러므로 (모든) 기획자는 편집자고(가 되어야 하고), (모든) 편집자
는 기획자(가 되어야 한다)다.

여기에서 최근 기획에 대한 생각 중 하나를 자세히 피력하고 싶다. 일종의 '기획 만능인 세태'에 대한 부분이다.

한 출판사에서 기획회의를 하는 장면을 먼저 떠올려보자. 각자에게 어느 기간 동안 연구 과제로 주어졌던 것이든, 혹은 자유 주제였든 스스로 제출해놓은 기획안들을 먼저 숙독한 후 이제 막 활발한 의견 개진을 앞두고 있는 바로 그 시점을 심상 속에서 떠올려보자. 무슨 생각이 드는가? 나는 그럴 때마다 어김없이 생각나는 것이 하나있다. 책을 만드는 데 있어 발아되지 않은 아이디어가 먼저인가, 원고가 먼저인가 하는 바로 그 점이다. 왜 이런 말을 하는가 하면, 출판은 많은 사람들이 꿈을 실현하는 공간이지만 무엇보다도 저자가 그의 원고를 통해 이상을 실현하는 공간이라는 점 또한 잊어서는 안되기 때문이다. 왜 이런 점을 기획과 관련지어 강조하는가 하면, 기획자 혹은 편집자가 실수할 수 있다는 당연한 사실을 결코 잊어서는 안된다는 것을 강조하기 위해서다. 프루스트의 천재성을 발견하지 못한 앙드레 지드가 되지 않기 위해서, 또는 카프카의 원고를 불태우지 않고 출판한 막스 브로트 같은 사람이 되기 위하여.

신선한 기획 아이디어라 해도 저자의 원고로 생성되지 않으면 그 기획은 세상에 없는 것이다. 내 경우를 이야기하는 것은 쑥스럽지만, 나는 내 앞으로 온 원고에 대해서는, 그 어떤 원고에 대해서도 경의를 표하고자 노력한다. 편집자가 기획 컨셉트를 강한 의지를 갖고 관철하기 위해서는 저자를 '이끄는' 힘이 필요한 것이 아니라 '이해시키는' 힘이 필요하다. '원고는 저자가 쓴다', 이 명명백백한 단순한 사실을 잠시도 잊어서는 안된다.

기획이 무엇인지 답하는 것은 그 말뜻의 명확성과는 달리 쉬운 일이 아니다. 출판기획에 대해 다음과 같이 응답한 적이 있다.

어떤 디자이너의 경우, 디자인을 부탁하면서 이미 판형과 제본 형식, 심지어 종이의 종류까지 다 결정해놓은 후 디자인을 의뢰할 때 당황한다고 한다. 나도 이런 비슷한 경험이 많다. 가령 인문교양서적을 주로 출간하는 출판사인데 어떻게 (팔리는) 책을 기획하느냐, 어떻게 편집해야 (잘) 팔리느냐고 단도직입적으로 물어올 때, 그리고 그 대답을 한두 마디의 말로 간결하게 해주기를 원할 때 나는 곤혹스러움을 느낀다.

내 경험에 따르면 사실 편집이나 기획처럼 변수가 많은 작업도 드물다. 한 권의 책을 만들 때면 그때마다 어김없이 산고에 가까운 고통이 따른다. 이렇게 말하면 엄살이나 과장이라고 할 수도 있지만 이 일처럼 어떤 익숙한 방식을 따라 일을 처리하기가 어려운 작업도 없다는 것이 내 생각이다. 결론적으로 매번 새로 다시, 하는 초발심만이 유일하게 내가 기대볼 언덕이다.

편집자는 무엇을 하는 사람일까? 저자는 책을 쓰는 사람이고 독자는 책을 읽는 사람이라면 편집자의 역할은 무엇일까? 나는 여기에서 편집자는 저자와 독자 사이의 매개자라는 식의 모범 대답 이상의 그 무엇이 개재되어 있다고 생각하는 편이다. 기본적으로 편집자는 기획, 편집, 제작의 주체적인 집행자다. 또 기획은 그저 어떤 책을 만들 것인가 하는 아이디어만이 아니라 그것을 실행할 수 있는 파일을 만드는 작업까지를 포함하는 총체적인 일괄 작업의 '첫단추 끼우기'에 해당한다고 믿는다.

편집자는 책을 만들면서 세상의 일부를 만들어가는 사람이다. 물론 오늘날 책의 의미는 전과는 많이 달라졌다. 그 의미가 더 무거워진 부분도 있고, 가벼워진 부분도 있다. 그런데 책의 의미를 일련의 정연한 사고체계라는 식으로 확대해서 보면 인류가 가진 모든 지혜가 다 이 가운데 내포된 것을 알 수 있다. 그러므로 책을 만든다는 것은 비단 책만이 아니라 세상을 편집하는 작업 한가운데 있다는 의미도 된다.

이런저런 이유로 요즘은 물음을 던지기보다는 대답을 해야 하는 입장에 서는 경우가 많은데, 그럴 때마다 나는 내가 책 혹은 편집을 잘 모른다는 생각을 반추하곤 한다. 그것은 책의 의미가 어느 한 가지로 고정되어 있는 것이 아니라 우리 삶이 그러하듯이 끊임없이 변화하는 역동적인 상황 속에서 만들어지고 있기 때문이다.

세상에는 내용이 쉬운 책과 어려운 책이 있지만 기획, 편집 작업에 있어 쉬운 책은 있을 수 없다. 그런데 이런 일을 한두 마디로 말해야 한다면 차라리 나는 침묵하기를 택할 것이다.

우리 삶의 풍토와도 무관한 것은 아니겠는데, 세상에는 애초에 아주 단순화하기 어려운 일이 있는 법이다. 가령 출판기획이라고 해보자. 이것을 단 몇 마디로 요약하는 것은 별로 의미 있는 작업이 아니다. 거기엔 잘 요약하기 어려운 그 무엇이 있기 때문이다. 무슨 책을 누구를 향해 내놓기 위해 기획을 하는 것인가 하는 근원적인 사고 없이, 이런 책이 나왔으니까 저런 책도 있어야 하지 않겠는가 하는 식의 발상은 기획의 어려움을 가중시키는 한 원인이 된다. 그러므로 기획은 삶의 어떤 부면을 찬찬히 잘 들여다보는 작은 노력에서부터 시작되어야 한다. 그것은 책으로 구현되지 않을 수도 있다. 그러나 이런 작업은 편집자로 생활하는 한 언젠가는 책 또는 책과 비슷한 어떤 체계적인 내용물로 재생산된다. 부연설명하면 시를 쓰는 사람도 있지만 시를 사는 사람도 있을 수 있듯이, 꼭 책이라는 매개체로 눈앞에 드러나지 않는다고 해도 삶이라는 더 큰 공간에서 편집이라는 것은 구현될 수 있다. 레이아웃이란 말이 원래는 공간을 가로지르면서 하는 잔디깎기에서 나온 말이라지 않은가?

편집자로 살기가 어려운 것은 책 만들기의 어려움에서 나온다기보다는 이런 삶의 자세를 갖거나 유지하기가 어렵다는 데서 기인한다. 남들은 어떤 사물이나 상황을 즐기는 데 비해 편집자는 어느새 저걸 어떤 그릇에 어떻게 담아야겠구나 하는 생각을 전개하고 있다.

—출판인회의 〈출판편집아카데미 강의안〉 중에서

장황하게 출판기획을 말하고 있지만 결국 기획이란 것이 말하기 어렵고 또 제대로 하기 어렵다는 점으로 요약할 수 있다. 나로서는 여러 차례, 여러 자리에서 되풀이하여 강조해온 내용인데 출판편집자는 책을 통해 세상의 일부를 만들어가는 사람이고, 출판편집은 편집자의 이상을 실현하는 설계도라고 생각한다.

나는 앞서 「한 편집자의 분투기」에서 '책을 기획, 제작, 배포하는 사람은 세상을 편집, 유통시키는 사람'이라고도 적었다. 두루 여러 차례에 걸쳐 말한 협의의 개념으로 좁혀 말하면 출판기획은 출판행위의 비교적 앞머리(서열상의 앞이 아니라 시간 순서상의 앞을 말한다)에 놓이는 작업으로, 건축 구상도 혹은 설계도와 유사한 성격을 지닌다.

나만의 안테나로 세상을 읽어라

앞에서 이미 얘기했듯이 기획에 독특한 노하우나 왕도가 있을 수 없음은 새삼 적을 것도 없다. 다만 내 자신의 경험에서 나오는 몇 가지를 기술할 수 있을 따름이다. 어떤 방식이 최적의 기획법인지 말하기 어려운 이유는 단적으로 말해 출판 자체가 갖는 속성 때문이라고 말할 수 있다.

매번 책을 만들 때마다 내가 느끼는 어려움을 말하자면 일을 하면 할수록 모르는 것이 더 많다는 것을 절감하고 언제나 낯선 상황 앞에서 갈 길을 찾아헤매는 형국이 된다는 것이다. 그것은 출판의 세계가 삶의 국면들이 그러하듯이 깊고 다양하다는 점 때문이다. 예를 들어 시대 상황의 변화라는 측면에서 보자. 건강부회하는 것인지는 모르지만 오늘의 한국인처럼 시대 변동을 많이 겪고 또 겪어가야 할 사람들이 달리 있겠는가. 서구가 오랜 시간 이룩한 산업화, 근대화, 민주화를 불과 몇십 년 만에 이룩했고 또 이룩해나가는 과정에서 많은 문제점 또한 파생된 것이 사실 아닌가. 출판 트렌드란 측면에서도 지난

날 우리 부모세대 시절, 읽을 것이 드물어 신문 한 조각도 소중히했던 시대에서부터 겉만 화려했던 전집을 몇 질씩 장식용으로 부둥켜안고 살던 시절을 거쳐 오늘날 양적으로는 출판과잉의 시대를 맞기까지 책에 대한 독자들의 성향도 참으로 다기하게 변화하였다.

출판 내부의 제작 과정도 불과 15여 년 사이에 활자조판에서 컴퓨터 조판으로 바뀌는 혁명이 이루어졌다. 내가 출판계에 입문하여 배웠던 출판편집 실무는 이제는 비실용적인 추억담의 소잿거리가 되고 말았다. 그렇다면 이렇게 빨리 변해버린 출판 내부, 외부환경에서 '기획매뉴얼'이 큰 소용이 있겠는가.

그런데 바로 여기에서 출판기획에 대한 중요한 시사를 받을 수 있다. 그것은 출판편집자가 이처럼 변전하는 세상을 잘 읽는 것이 기획을 잘할 수 있는 단초가 되어준다는 것이다. 내 식대로 말하자면 '안테나'를 높이 세우고 세상과 주파수를 잘 맞추는 것이 곧 트렌드를 읽고 기획을 집행하는 일인 것이다.

그렇다, 출판기획의 첫머리는 바로 세상에 대한 이해, 세상 읽기다. 물론 세상 읽기란 것은 너무 막연하지 않은가라는 질문이 있을 수 있다. 무턱대고 세상일과 세상 사는 이치를 다 이해하라는 의미가 아니다. 경험의 폭과 깊이를 확보하라는 것이다. 직접 경험도 중요하지만 간접 경험도 중요하다. 간접 경험이라면 독서가 가장 우선이고 또 일찍이 인류가 그 어느 때도 실현한 적이 없는 정보의 천국(역설적으로 지옥이 되기도 하는)에서의 여러 형태의 자극과 경험이 그것이다.

실제로 나는 다른 이들이 만든 좋은 책에서 기획에 대한 아이디어를 많이 얻는 편이다. 하물며 세상 읽기에 대해서라면 텍스트가 얼마나 많은가? 그 가운데서도 특히 자신의 관심 분야에 대해서는 전문가에 육박하는 정보와 지식을 갖는 것이 필요하다. 출판편집자는 다재다능해야 하는가, 전문적이어야 하는가 하는 어리석은 질문을 던지지는 말자. 그 두 조건은 상호 배척하는 조건이 아니기 때문이다.

한 출판편집자의 독서 이력은 곧 출간 이력으로 이어진다. 편집자가 읽고 이해하고 좋아하게 된 저자와 주제를 만났을 때 기획은 구체적이고 생생해진다. 편집자가 알지 못하는 분야의 저자를 만났을 때 그는 그 저자와 기획에 관한 이야기를 나눌 수 없게 된다. 기획은 기능이 아니기 때문이다. "어떤 원고든 맡겨만 주세요" "자, 선생님은 어떤 문제에 관심이 많으신 거지요"라고 묻는 편집자에게는 좋은 원고가 올 리 없다. 이를테면 "선생님의 전작에 감동했습니다. 세번째 꼭지 부분은 실로 흥미로웠는데, 그 부문을 ○○○장 정도의 에세이 형태로 풀어보시면 어떨까요?"라고 말하는 편집자에게는 돌아갈 몫이 있다.

균형을 잡고 나만의 주파수를 찾아라

기획을 잘하려면 세상 읽기라는 관문을 잘 통과해야 한다. 앞서 말한 대로 자신만의 안테나로 세상과 주파수를 맞추는 일이 중요하다. 문학, 실용서, 인문서, 경영서 등 자신이 선명하게 들을 수 있는 주파수를 찾아내고 그 흐름에 따라 기획하게 되면 편집자의 개성 따라 다양한 책이 나올 수 있다. "내가 잘할 수 있는 것을 하자"라는 것은 현장에서 보면 얼마나 절실한 명제인지 모른다.

　그런데 주파수는 달라도 모든 세상 읽기에 반드시 요청되는 것이 있으니, 그건 바로 '균형감각'이다. 어느 정도 균형감각이 필요하냐고 묻는다면 '실패하지 않을 정도의 균형감각'이라고 답하겠다. 편집자가 애정을 갖고 기획한 책과 주어진 업무의 일환으로 기획한 책은 분명히 생산과정에서 에너지 효율이 달라진다. 그러나 현장에서는 편집자 개인의 애정에 따른 기획만 가능한 것은 아니다. 때론 전임자가 수립해놓은 기획에 따라 진행되어온 원고를 받아 실무진행을 할 때도 있고, 개인의 취향을 반영하지 않는 회사의 큰 계획에 따라 기획을 해야 하는 원고도 있다(이 경우가 더 많은 것으로 알고 있다). 이때 필요한 것이 균형감각이다. 편집자는 예술가처럼 영감에 의존하여 작업을 하기보다는 합리적인 조건에 따라 작업한다. 크게는 경제적인 원칙과 문화적인 사명감을 말할 수 있고 작게는 출판사 내부의 조건들 속에서 작업한다. 흔히 말하는 손익분기점을 맞추기 위해 종이 선택과 비주얼 작업의 형태가 달라질 수 있다.

　그런 합리적인 조건을 맞추기 위해서 편집자에게 필요한 것이 바로 '균형감각'이다. 모든 책에서 상업적인 이익을 기대할 수는 없다. 하지만 적어도 크게 손해보지 않기 위해서 '실패하지 않을 정도의 균형감각'은 필요한 것이다.

미 세 조 정 에 서　기 획 의　일 관 성 이　나 온 다

　책의 첫머리에서 언급한 대로 출판은 마술이 아니다. 따라서 마술

같은 출판 기술은 없다. 다만 출판기획의 기술이 있다면 '미세조정 fine-tune'이라고 말할 수 있다. 미세조정은 기획 디테일의 ABC다. 출판기획, 편집을 지망하는 사람들을 볼 때마다 나는 저 사람이 미세조정을 잘할 수 있겠는가 없겠는가를 제일 먼저 본다.

편집자의 자질은 미세조정 능력에서 나온다고 생각한다. 기획의 일관성 또한 이 미세조정에서 온다. 본문 글자 크기의 한두 포인트 차이에서, 서체의 굵고 가늘기의 차이에서, 먹 농도의 10퍼센트와 20퍼센트의 차이에서 기획은 달라진다. 과장이 아니다. 글씨 급수가 바뀌면 그 책의 성격 또한 연동하여 바뀌는 것이다. 단색으로 찍으려던 책이 2도 인쇄가 되면 책의 개념 자체에 변화가 오는 것이다. 이 점은 기획의 사례편에서 구체적으로 살펴볼 것이다.

기 획 의
현 장

기 획 의   이 해   2

출판기획과 관련한 여러 문제들 가운데 하나는 무엇보다도 출판기획이 아주 어려운 일이라는 사실에서 나온다. 출판의 전 공정과정 가운데 출판기획이 유일하고 또 가장 어려운 영역이라고는 말할 수 없지만, 출판기획이 비교적 출판 과정의 앞머리에 놓이는 일이므로 주춧돌을 잘 놓으면 그만큼 더 일이 쉬워진다는 측면이 분명히 있다. 왜 첫단추를 잘 꿰야 한다는 말도 있지 않은가. 하여튼 기획이 잘된다고 해서 최종 결과물인 책이 잘 나온다는 보장은 없지만, 기획이 나쁘면 좋은 책이 안 나오는 것은 분명하다.

그렇다면 어떻게 하면 그 첫단추를 잘 꿸 수 있을까. 앞서의 장에서 일단 '균형감각'과 '미세조정'의 능력을 말했다. 이번에는 그 구체적인 실례를 들어 이 점들을 상술하고, 다시 기획의 ABC로 돌아가기로 하자.

이 상황에서 어떤 방식으로 구체적인 사례를 드는 것이 효과적일까를 고민했음을 솔직히 고백하는 것이 좋겠다. 결론적으로 이 글이 이론 위주로 공허해지는 것을 막기 위해 구체적인 사례를 적시할 것이다. 예컨대 나 자신의 경험뿐만 아니라 많은 현장에서 일하는 사람들의 경험과 구체적인 사례를 통해 배워보자는 취지에서다. 그런데 여기에서 한 가지 문제가 발생한다. 우선 출판과 관련된 모든 쟁점들은 책이라는 대해大海로 결국 수렴된다. 이것은 큰 문제가 아니다. 해석이나 시점이 달라도 결국 책이라는 오브제는 엄연히 남는 법이니까. 예컨대 극단적으로 내가 어떤 책에 대해 그릇된 판단으로 인해 고평, 혹은 혹평했다고 했을 때에도 독자들은 그 책을 보고 내 평가에 대해 다시 말할 수 있는 방식이 엄존하니까, 사실을 호도할 위험도 그만큼 더 적다고 평가할 수 있다. 그러나 어떤 경험적 사실이나 추상적인 문제에 대한 논평은 책처럼 명확한 오브제가 아니므로 왜곡되어도(물론 왜곡되지 않도록 최선을 다할 생각이지만) 교정하기가 몹시 어렵다는 것이다. 따라서 나로서는 이 점에 대해 숙고하지 않을 수 없었다.

여기에서 내 자신의 경험을 조금 앞세우면, 내가 만들었던 책에 대한 평가 중에서 어떤 것은 결코 이해하기 어려운 것들도 있었다. 고맙게도 독자들이 책 그 자체에 대해 선입견 없는 합당한 독후감을 들려줄 경우에는 아, 이런 독자도 있구나, 새삼 깨닫고 책의 생명력을 다시 한번 확인하게 되지만, 책과 관련되지 않은 풍문들은 정말 교정하기가 어렵다. 따라서 구체적인 사례를 드는 것은 참으로 어려운 일이다. 특히 기획을 다루는 장에서의 사례라면 더욱 조심스럽지 않을 수 없었다. 예컨대 너무 유명한 성공사례는 주의 깊은 독자라면 누구나 다 아는 사실이기 십상이고, 또 너무 보편성을 벗어난 사례 같은 것은 이 글이 지향하는 바와도 맞지 않을 것이기 때문이다.

그래서 고민 끝에 택한 결정은 나의 기획 경험을 통해 앞서 제시한 내용들을 살펴보는 것이었다. 그 이유는 무엇보다도 풍문에 의존해서 말하는 경우와는 달리 내 자신이 비교적 잘 아는 내용이기 때문에 그만큼 왜곡의 위험도 줄어들 것이라고 생각했기 때문이다. 또 하나는 무슨 말을 해도 결국 나 자신이 책을 통해 심판받는 편집자이므로 내가 생각하는 바가 그대로 드러나 있는 책을 보여주는 것이 가장 합당한 것 아닌가 하는 판단도 섰다.

아무튼 이 글이 지향하는 바가 그렇듯 소위 '대박'을 치는 비법이 아닌, 책에 대한 올바른 이해를 위해서도 이런 방식이 갖는 장점이 충분히 있으리라고 자위한다. 노파심에서 말해두지만 이런 방식이 갖는 위험인 자화자찬이나 견강부회 혹은 자기합리화가 있다면 대표적인 사례를 드는 것보다 그 결과가 당연히 더 나쁠 것이다. 그런 고로 거듭 강조하지만 이것은 내 경험이고, 한 사람의 출판관이 반영된 것일 뿐 출판의 왕도는 결코 아니라는 점을 당부하고 싶다.

방법적으로 적시할 두 사례는 각각 성공사례와 실패사례로 선정된 것이다. 그런데 이는 단지 그 책들이 조금 많이 팔렸다거나 적게 팔렸다는 이유만으로 성공사례와 실패사례로 적시된 것은 아니라는 점을 말해둔다.

앞서도 말했지만 '무엇을' 만들 것인가와 '어떻게' 만들 것인가는 선명히 구분되는 독자적 영역을 지닌 문제들이 아니다. '어떻게' 만들까 하는 고민에는 '무엇을' 만들까 하는 고민이 묻어 있고, 또 '무엇을' 만들 것인가 하는 의도에는 '어떻게' 그것을 만들 것인가 하는 컨셉트에 대한 고민이 삼투적으로 작용하고 있다. 기획과 내용은, 그리고 내용과 편집은 삼위일체로 결국 '무엇을' 말하기 위한 '어떤' 책인가 하는 한 주제로 수렴된다고 할 수 있다.

그런 점에서 나는 내가 만든 책 가운데 『예술가로 산다는 것』(박영택 지음, 마음산책)을 성공한 사례로 들고 싶다. 저자의 역량과 성실성, 편집의 기능, 주제의 깊이가 비교적 균형 잡혀 구현된 사례로 들고 싶은 것이다. 이 책은 2002년 〈한국출판문화상 편집상〉을 수상하기도 했다. 또한 판매에도 호조를 보여 고가임에도 불구하고 현재 십수 쇄 증쇄를 거듭하고 있다.

이 책이 내가 만든 책 가운데 성공적인 기획 사례라고 스스로 생각하고 있는 이유들 가운데, 저자의 책에 대한 헌신적인 노력을 제일 먼저 꼽을 수 있다. 그런 점에서 이 책의 편집은 처음부터 완성도 높은 원고 상태로 시작됨으로써 성공할 가능성이 높았던 것이다. 뿐만 아니라 저자는 애초부터 이 책의 방향에 대해서도 명확하게 인식하고 있었다. 이 점은 지금까지도 편집자로서 내가 저자에 대해 감사하고 있는 부분이기도 하다. 저자의 의도는 '글머리에'와 이 책의 프롤로그인 '숨어사는 예술가를 찾아서'에 제시되어 있다.

　　그동안 큐레이터로, 미술평론가로 만났던 수많은 작가들 중 내게
상처 같은 기억을 남긴 열 명만을 골라 다시 작업실을 방문하고, 새
삼 작가와 작품과 삶에 대한 감상들을 불러모아 이렇게 책으로 엮게
되었다. 격정적인 미술의 삶을 보여준 그들은 '거품 속의 비수' 같은
존재들이었다.
―박영택,『예술가로 산다는 것』글머리에 중에서

　　미술관 큐레이터로 근무하던 때나 지금 학교에 있으면서 평론활동
을 하는 내게 가장 중요한 일이자 가슴 설레는 일의 하나가 바로 작
가들의 작업실을 방문하는 일이다. 사실 큐레이터의 일이란 작가를

끊임없이 만나고 그들 중에서 좋은 작가를 선별해내는 일에 다름아니었기에 작업실을 방문하고 작가를 만나러 다닌다는 것은 일상적인 일이었다. 그렇지만 그 일은 분명 큐레이터라는 직업이 지닌 매력의 하나였음을 기억한다 (…) 특히 가족을 부양해야 하는 처지에서 자신의 화업을 위해 가족과 집을 떠나 홀로 깊은 산 속이나 외진 곳에 들어가 손수 밥을 지어 먹고 불을 지피고 외롭고 고독한 시골생활을 용케도 버텨나가는 모습은 '장난이 아니다.' 자연으로부터 뜨인 눈과 마음을 일러 받으면서 그림을 그리는 행복감과 곧이어 파고드는 막막함 같은 것을 그 작가와 함께 나누고 있노라면, 한 인간으로 태어나 지금까지 살아오면서 운명적으로 그림을 택하고 그림 그리기에 자신의 전부를 걸고 살아온 한 인간의 생애, 그 고달프고 끝이 보이지 않는 욕망과 맞닥뜨린다.

작업하는 것이 좋아서 모든 것을 희생하면서 이 먼 곳까지 내려와 궁핍하고 힘든 생활을 하는 그들의 모습을 보는 건 사실 그리 마음 편한 일이 아니다. 그러나 예술가의 집념과 인간으로서의 자존의 길을 보는 것 같아 경건하기도 하고 새삼 많은 것을 깨닫는다. 그런 작가들의 삶에 비하면 나의 일상이나 인생이라는 것이 또 얼마나 허약하고 나약하며 게으른 것이냐 하는 자괴감이 어깨를 누름과 동시에 산다는 것에 대해 숙고하게 된다. 작업실에 가서 함께 시간을 보내는 것이 나로서는 커다란 인생공부요 깨닫고 뉘우치는 시간이라는 건 새삼 말할 필요도 없다.

—박영택, 『예술가로 산다는 것』 프롤로그 중에서

『예술가로 산다는 것』은 저자 박영택의 첫 저작이다. 그러나 저자는 그간 미술계에서는 알아주는 글꾼이었다. 서정적인 감성과 비평적인 엄정성을 잘 결합한 글을 여러 매체에 기고해 나름으로 많은 독자를 확보하고 있었다. 또한 저자는 〈금호갤러리〉의 큐레이터로 10년을 일했다. 이 점은 그가 현장에 대해서도 해박한 강단 비평가라는 점을 보여준다. 과연 그의 글을 보니 현장에 서 있는 사람만이 느낄 수 있는 현실감각이 여실하였다.

『예술가로 산다는 것』은 모두 전작으로 씌어진 원고들이다. 저자와 함께 기획 토의를 하고 난 후 원고 청탁을 했다. 또한 텍스트와 함께 예술가들의 작업실 광경을 생생하게 보여줄 사진 작업도 동시에 청탁했다. 사진 작업은 이후에 『방랑』으로 단독 작업도 함께 하게 된 김홍희 선생이 맡아주었다. 전국에 산재해 있는 예술가들의 삶의 모습을 생생히 담기 위해 이 두 분은 지방 출장도 마다하지 않았고, 결국 500장(200자 원고지 기준)의 텍스트, 11컷의 예술가들의 작업실 사진과 50컷 이상의 작품 사진이 수록된 『예술가로 산다는 것』이 나오게 된 것이다.

전작 원고를 편집할 경우, 연재를 했거나 기왕에 어떤 지면에 발표했던 글의 모음보다 더 까다로운 원고 교정이 필요하다. 전작 원고란 말 그대로 처음 세상에 발표되는 생짜 원고이기 때문에 기획편집자의 의견이 절대적인 것이다. 기왕에 발표했던 글에 대해서는 독자 소감도 참조할 수 있고 또 저자 스스로의 후일담 성격의 반성도 도움이 된다. 그러나 전작 원고는 그런 참조사항이 없기에 편집자가 첫 독자로서의 역할을 충실히 해내야 한다.

『예술가로 산다는 것』 본문

　　사실 박영택 선생에게는 책 한 권 분량의 기발표 원고가 있었지만, 그 책으로 첫 저작물을 삼기에는 성격이 다소 약했다. 그만큼 박영택 선생에게는 감춰진 천재가 있었던 것이다. 첫 저작물로는 그 천재를 충분히 발휘할 수 있는 신선한 주제와 전작 원고가 필요하다고 판단했다.

　　이 책이 나올 2001년 당시만 해도 화집이나 미술 평론집은 많았지만 예술가 개인의 삶과 예술세계를 밀착해서 조망하는 일은 드물었다. 이 책이 나왔을 때 언론매체의 높은 관심도는 이 점을 잘 말해준다. 그리고 그 이후 이런 컨셉트의 책들이 많이 나오게 된 것에 나는 일면 자부심을 느끼고 있다.

　　앞서 저자의 말로도 직접 들었지만 『예술가로 산다는 것』의 매력은 피상적인 예술가의 작품 뒷이야기가 아니라 투철한 주제의식에서

81

나온다고 나는 생각한다. 먼저 인문학적 글쓰기의 정도를 보여주는 저자의 필치는 '인생'의 깊은 곳에 자리한 그 무엇을 끄집어낸다. 그런 점에서 나는 인문학적인 책을 만든다는 심정으로 일했다. 따라서 이 책에는 많은 비주얼들이 실려 있지만 적어도 이 책은 보는 책이 아니라 읽는 책이 되었다는 점에서 나로서는 일단 성공적이었다고 자평한다.

이 점은 아주 중요한 사실로 나는 비단 이 책의 편집 과정에서뿐만 아니라 평소에도 그림에 딸린 설명문 같은 글들을 별로 좋아하지 않는다. 책에 실린 그림이 아무리 좋아도 현장에 가서 본 것만 못하고, 또 단지 보여주는 것의 의미는 어쨌든 일차원적이라고 보기 때문이다. 주제의 깊이와 조응하지 않는 비주얼은 어지러운 시각효과일 뿐이라는 것이 나의 지론이다. 그런 점에서 이 책의 의미는 예술혼을 불태우는 개별 예술가의 삶에 많은 부분 빚지고 있다.

'산다는 것에 대해 숙고하게 만드는 것'. 책이 '미술가 산책'으로 읽히는 것이 아니라 허약하기만 한 자신의 삶을 '반성케 하는 강타'로 다가오는 이유다. (⋯) "민감한 감수성과 집중력으로 자기 자신을 소멸시켜가면서 회화를 통해 자신의 내면세계와 존재의 의미, 정신의 정점에 육박하고자 하는 이 행위는 어떤 면에서는 고립무원일 것이다." 결국 저자는 이 지독한 고난의 길을 자청해서 걷고 있는 이들이야말로 '사람의 길'을 가고 있다고 말하고 있다.

—배문성,《문화일보》2001년 10월 5일

산다는 일에 조금은 지쳤거나 왠지 심드렁해진 사람들이라면 『예술가로 산다는 것』을 읽어볼 필요가 있을 듯싶다. 저자의 말대로 지독한 가난과 궁핍을 자청해 '소신燒身 공양하듯' 미술행위에 매달리고 있는 이 시대의 미술가 열 명의 삶은 그토록 절실하게 묘사된다. 이 책을 읽어둘 필요가 있는 사람들은 이밖에도 적지 않을 게다. 시멘트 벽에 갇혀 사는 도회지 사람들, 그래서 신선한 공기가 필요하다고 간혹 느끼는 이들은 당연히 이 책을 선택할 만하다. (…) "오늘날 그림 그리는 일은 수완 좋고 인맥과 학연의 끈을 활용해야 하는 비즈니스에 불과하다"고 저자는 책의 곳곳에서 말한다. 따라서 사는 일에 충분히 밝거나 이런 정신없는 세상과는 불화를 겪어볼 필요가 없다고 생각하는 분들은 굳이 이 책을 들춰볼 필요가 없을 듯하다. 아니다. 그런 분들이야말로 이 책을 한번 접해볼 필요가 있다. 자신의 내부에 간직된 잠재적인 요구를 한번쯤 보듬어보고 싶다면 말이다.

—조우석, 《중앙일보》 2001년 10월 13일

두 기자의 『예술가로 산다는 것』에 대한 서평은 이 책의 주제가 '예술'이 아닌 '예술가'라는 점을 명확히 짚어내고 있다.

그후 한 출판사에서 출간된 『로베르네 집』(장은아 지음, 시공사)은 흡사 『예술가로 산다는 것』의 프랑스판 같은 느낌을 나에게 주었다. 반가웠다. 치열하게 사는 예술가들의 모습은 언제나 감동을 준다. 특히 그 뛰어난 예술혼에도 불구하고 잘 알려지지 않은 예술가들의 삶은 숭고하기까지 하다. 나는 『로베르네 집』의 저자가 『예술가로 산다는 것』을 보았는지 안 보았는지 알지 못한다. 하지만 그게 뭐 대순가.

우리는 책을 통해 진화한다.

출판 기획편집자에게 줄 찬사는 책을 잘 만들었다는, 또는 편집이 잘되었다는 말로는 부족하다. 편집자는 책을 통해 세상을 조금이라도 바꾸는 데 기여하고 싶은 것이다.

왜 실패했을까?

이제부터는 앞서의 미세조정 방식이 잘못 되어서 실패한 케이스다. 사실 이런 말을 한다는 것은 창피하지만 자신이 실패한 것을 바로 보는 것도 필요하다고 생각한다. 왜냐하면 매번 책을 만들 때마다 늘 새로운 환경, 상황에 처하지만 사실 연륜이 축적된 후 되돌아보면 역시 늘 매양 같은 실수가 반복되고 있었구나 하고 자책하게 되니까.

실패한 혹은 실수한 기획의 예로 들 책은 『우리 집은 어디인가 1 · 2』(장주주 · 루이나이웨이 지음, 마음산책)이다. 사실 이 책은 여러 가지 점에서 나에게는 참으로 아쉬운, 생각만 해도 벌써 가슴이 아려오는 책이다. 이 책이 실패하게 된 데에는 기획자인 나의 잘못이 가장 컸다. 그래서 나는 지금도 문득문득 반성하게 된다. 그것은 이 책의 어떤 부분이 순금처럼 빛나는 메시지와 표현을 지니고 있기에 더욱 그렇다. 이 잘못은 모두 미세조정의 잘못이라고 할 수 있다.

『우리 집은 어디인가』를 왜 출간하였는가? 냉정하게 말해보자. 먼저 나는 이들 부부의 삶에 매료되었다. 그들이 머나먼 중국땅에서 오직 방해받지 않고 바둑 하나만을 두고 싶다는 열망으로 미국(장주주의 경우), 일본(루이나이웨이의 경우)을 거쳐 우리나라로 왔다는 말을 들었을 때 나는 그것이 마치 한 편의 시처럼 느껴졌다. 실제로 그들과 만나 대화를 나눠보니 애초에 내가 그들의 이야기를 들었을 때와는 또 다른 깊은 감동이 생겨났다. 이 이야기를 책으로 한번 만들어보자고 결심하기까지는 불과 몇 시간도 걸리지 않았다. 나는 내 감동에서 출발하기로 했다.

따라서 이 책의 독자들을 바둑독자가 아닌 일반인, 특히 삶의 무게, 일상의 의무감에 짓눌려 꿈을 펼치지 못하고 있는 30대 이상의 연령층으로 규정했다. 그래서 바둑을 전혀 모르는 독자들의 이해를 돕기 위해 편집자 주를 많이 달았다. 이런 독자 타깃과 편집 방식을 채택한 데에는 『만행』(현각 지음, 열림원)의 기획편집 경험이 많이 작용했다. 그런데 바로 이런 경험이 실패를 불러온 것이 아닌가 하는 생각이 든다.

시간을 역순으로 생각해보면 책이 거의 다 만들어질 때쯤 나는 이상한 예감(?)에 사로잡혔다. 당시 나는 이 책이 현재의 상태보다 좀더 친절하면 좋겠다는 생각에 내몰렸다. 그래서 편집자로서는 숙고해야 하고, 꼭 필요하지 않으면 안해야 하는(편집자는 편집을 통해 이미 자신의 말을 다한 것이나 다름없다) 장문의 '편집자의 말'도 썼다. 그런데 결과적으로 그것도 좋은 결과를 낳지 못했다. '편집자와 대상과의 거리 취하기'라는 가장 기본적인 기획, 편집 방식을 어긴 결과는 참담했다. 이 '편집자의 말' 제목은 「장과 루이의 삶이 우리에게 말하는 것―오로지 한 길을 간다」였다.

나는 『우리 집은 어디인가 1·2』의 출간 과정에 얽힌 이야기를 이 지면에서 털어놓으려 한다. 이 책에는 조금 긴 일러두기가 필요하다고 생각했다.

루이나이웨이를 처음 만난 것은 2002년 3월 9일 토요일, 그녀의 집에서였다. '반상의 철녀'라고 불리는 그녀를 매스컴에서 익히 보아왔지만 이처럼 직접 만나게 된 계기는 한 대형서점의 웹진에 실린 그녀의 인터뷰 기사 때문이었다.

내가 잘 아는 시인이 인터뷰어로 나선 그 기사에서 그녀는 소박하면서도 명료한 대답을 하고 있었는데, 가령 이런 식이었다. "중국의 386세대인데, (천안문 사태와 관련지어) 중국을 떠나온 것은 정치적

인 이유에서냐?"라는 질문에 "아니오. 오직 바둑 때문에"라고 바로
대답했다. 또 "바둑에 매달리고 바둑을 공부하는 것은 무슨 의미냐"
는 질문에 "바둑과 저는 하나예요. 딴 거 생각 안합니다. 해본 적 없
어요"라고 답했다. 어눌하고 특별할 것 없는(너무 단순한) 이 대답의
진정성이 나는 좋았다.
—『우리 집은 어디인가』 '편집자의 말' 중에서

그러나 그 욕심은 결과적으로 절제되어야 할 욕심이었고, 편집자
로서 미세조정과 균형감각을 마땅히 더 가했어야 했을 터였다.

실 패 에 는 반 드 시 이 유 가 있 다

어느 편인가 하면 나는 어떤 기획이 실패하는 데에는 반드시 이유
가 있다고 생각하는 편이다. 그것은 왜 그런가? 성공하는 기획에는
그 이유가 채 다 설명되지 않을 때가 많다. 무엇보다도 시대적 상황,
개인 기호도의 변화 등등 우연적 요소가 많이 개재되기 때문이다. 그
러나 실패하는 기획의 경우는 다르다. 거기에는 반드시 이유가 있다.
그 이유를 한번 찾아나서기로 하자.

거듭 강조하지만 어떤 책이 실패했다면 우선 기획 단계에서부터
그 원인을 찾아보아야 마땅하다. 적어도 나의 경험에 따르면 그렇다.
철저히 준비가 안된 기획이 그런 결과를 낳았을 수 있는 확률이 높
고, 또는 기획의 실행과정에서 편집자가 자신의 능력을 과신한 나머
지 체크해야 할 것을 놓쳐버리는 경우도 있다. 출판 실행과정에서 단

계별 체크 리스트를 만들어 제대로 따져보지 않으면 꼭 놓치는 것이 생기는 것이 출판의 속성이다.

『우리 집은 어디인가』가 기획의 실패사례가 될 수밖에 없었던 요인을 나는 세 가지로 파악하고 있다.

첫째, 독자 대상 설정의 잘못을 들 수 있다. 『우리 집은 어디인가』를 출간한 결정적 이유는 편집자가 장주주, 루이나이웨이라는 천재 기사들에게, 그리고 그들의 삶의 역정에 감동되었기 때문이다. 따라서 편집자는 이 책을 '바둑애호가'가 아닌 소위 '인간적인 관심 human Interesting'에 초점을 두고 기획하였다. 또한 삶의 무게를 이해하고, 자신의 진로에 대해 깊이 각성하기 시작하는 제2의 사춘기라고 하는 30대 연령층의 독자들을 타깃으로 하였다. 그러나 성급하게 결론부터 제시하면 이것은 오산이었다. 책이 출간된 후 출판사에 반응을 보여준 독자들은 '바둑애호가'였고, 또 바둑계에 있는 사람들이 구입하였음이 드러났다.

그렇다면 왜 이 점이 잘못된 기획의 요소인가? 이 책에 숱하게 삽입되어 있는 미세한 편집자 주가 무용한 것으로 드러났다는 점을 우선적으로 지적할 수 있다. 이 점이 이 책의 가독성을 결정적으로 떨어뜨렸다. 결과적으로 지나친 친절이었던 것이다. 바둑애호가에게는 하등 정보 역할을 하지 못하는 단순한 주가 달려 있으니, 출판사에 항의 전화가 올 법도 하지 않은가.

또 하나 부기해둘 사실은 일반 독자들의 경우 장주주와 루이나이웨이란 개인에 대해서 큰 관심을(책을 구입해서 읽고 싶을 정도의) 보이지 않았다는 사실이다. 바둑계 독자들의 경우 장주주와 루이나이

『우리 집은 어디인가 1 · 2』 본문

웨이는 '입신入神'의 프로 9단으로서 참으로 존경할 만한 대상이요 커플이었지만, 일반 독자들의 경우에는 우리나라에 사는 중국인의 의미 그 이상은 아니었다. 그러니까 그들은 결과적으로 '인간적인 관심'을 크게 불러일으키지 못했던 것이다.

그런데 여기에서 편집자로서 약간의 변명을 하고 싶다. 나는 우리 사회가 타자에 대한 이해가 점차 깊어져가는 성숙한 사회라고 생각했다. 그런데 이 책을 출간한 후에 그것은 나만의 착각이었다는 쪽으로 생각이 기울 수밖에 없었다. 여전히 우리 사회는 자신들과 다른 국적의 사람들을 향해 손을 뻗어주지 않고 있었다. 『만행』을 편집한 경험까지 미루어 판단하건대 어쩌면 우리 사회에서는 서양인보다 동양인에 대한 편견이 더 심한 것은 아닐까 싶다.

그것만이 아니었다. 일반 독자들에게 '인간적인 관심'을 증폭시키는 매력적인 인물이 되려면 그 사상적인 궤적, 최소한 사고의 이면이라도 깊이 있게 보여주어야 한다는 것이다. 독자들은 몇 줄의 약력으로 다 설명할 수 없는 추상적인 세계를 보유한 사람의 메시지를 책으로 접하고 싶어하는 것이다. 높은 기대 지평선이 엄존한다는 것을 편집자는 간과했던 것이다. 독자들은 텔레비전이나 잡지에서 접하는 인물이야기 이상의 것을 원했던 것이다. 여기에서 운동선수나 연예계 스타들의 자서전이 반짝 인기에 머물고 마는 이유를 찾을 수도 있다. 부연설명하자면 이렇다. 텔레비전 화면이나 신문 지상에 자주 오르내리는 인물들의 경우, 독자들은 그들의 삶의 이모저모를 속속들이 알지 못하면서도 지레짐작으로 다 알았다고 생각한다는 점이다.

『우리 집은 어디인가1·2』가 출간된 이후 언론에서 소개될 때 책으로서의 의미를 부여하는 기사보다는 장주주, 루이나이웨이 부부가 책을 냈다는 인물 기사가 더 많았다는 점도 이 책에 대한 컨셉트와 마케팅에 영향을 주었다. '그들이' 책을 냈다는 것과 그들의 '책'이 나왔다는 것은 그 의미의 증폭에 있어 확연히 다르다. 그래서 출판사 입장에서는 가능한 한 서평 형식으로 다루어지기를 바라는 것이다.

두번째 기획의 실패는 이 책이 '번역서'로 분류되었다는 점이다. 이 책은 사실 단순한 번역서가 아니다. 원서의 텍스트를 잘 옮겨놓은 한국어책이 아닌 것이다. 그렇다고 전적으로 전작으로 씌어진 기획물도 아니다. 기획 과정에서 장주주, 루이나이웨이의 중국판 자서전 『천애기객天涯棋客』이 있다는 것을 알았고 그것을 철저히 해체하여

90

재구성하고 새롭게 쓴 것이 『우리 집은 어디인가』다. 그뿐이 아니었다. 그들은 글쓰기에 능숙한 작가가 아니었으므로 새롭게 써준 원고를 편집자가 인터뷰를 통해 보완, 첨삭했다. 그들의 글쓰기는 중국어로 기록되었기에 당연히 역자는 있었지만 여느 역자의 역할과는 달랐다. 그런데도 역자의 이름을 앞표지와 판권에 명기함으로써 스스로 번역서임을 드러내고 말았다. 부질없는 가정이지만 판권에 '중국어 번역 진행'으로 역자를 표기하고 앞표지에 그 이름을 기록하지 않았더라면 저자로서 장주주와 루이나이웨이의 성격이 더 강하게 부각될 수도 있지 않았을까 반성하게 된다.

인물이야기에서는 독자들이 육성의 느낌을 전달받는 것이 아주 중요하다. 아무래도 번역서는 역자의 언어 필터망에 걸러진 목소리라는 느낌이 들기 때문에 독자들이 받는 강렬함의 농도는 약해질 수밖에 없다. 역자가 있다는 사실을 분명히 밝혀둔다는 점에만 집착하여 독자들에게 어떻게 전달될 것인가의 문제를 깊이 생각하지 못하고 표지에 역자 이름을 기록한 것이다.

여기에서 거스 히딩크 감독의 『마이 웨이』라는 책이 떠오른다. 그의 구술을 받아 기록한 글쓴이가 있음에도 불구하고 이 책의 저자는 거스 히딩크로 명기되어 있다. 이 경우 저자로 표기하는 것이 옳은가의 도덕적인 물음은 일단 괄호로 묶기로 하고 구술정리자들이 있다는 팩트를 제공하면서도 동시에 독자들에게 히딩크를 저자로서 인식시키는 하나의 전략인 것만은 사실이다.

이런 예를 생각하면 『우리 집은 어디인가』가 기존의 번역서의 패러다임과는 달리 재창조된 결과물이면서도 번역서로 분류되는 것에는 큰 아쉬움이 남는다. 더구나 역서로 분류된 책의 저자는 한국 내 우리 곁에서 숨쉬고 호흡하는 인물들이니 그 생생함이 생명일 텐데, 그들을 다소 거리감이 있는 외국인으로 남기고 만 것은 실책이다.

그러나 이것만으로 이 책의 실패 이유를 전부 말했다고는 할 수 없다. 가장 중요한 실패 요인은 바로 이 세번째 항목에 있다. 이 책의 제목이 잘못 정해졌던 것이다. 이 책의 제목은 "바둑을 둘 수 있는 곳은 어디나 우리 집이다"는 루이나이웨이의 말에서 따왔다. 이 말은 그들의 세계관 전체를 요약한 말이라고 해도 과언이 아니다. 그러나 야심차게 붙인 이 제목에 대해 독자들은 혼란을 일으켰다. 제목 자체로만 보면 평이하달 수도 있는 말이 편집자의 의도와는 달리 혼란이라는 뜻하지 않은 결과를 초래했다.

서점 주문전화에서, 또 독자 문의전화에서 이 책의 제목이 제대로 불리는 것을 듣지 못했다. 어떤 이는 〈내 친구의 집은 어디인가〉란 영화를 떠올리고 웬 영화 제목 패러디인가를 묻기도 하고 또 어떤 이는 "우리 집은 누구인가"란 시적인 제목으로 바꿔 부르기도 하였다. 그 외에도 "내 집은 어디" 혹은 "우리 집 어쩌고" 하면서 뒤를 흘리는 경우도 다반사였다.

지금 생각해보니 애당초 이 제목을 장주주와 루이나이웨이 두 사람의 인생을 복기한다는 의미에서 '복기復棋' 또는 세계 유일의 바둑 9단 커플인 저자를 강조하기 위해서 '입신入神' 등 바둑계 용어를 사용했으면 더 뚜렷하게 독자들의 머리에 제목이 각인되지 않았을까 싶다. 이럴 경우 장주주와 루이나이웨이의 자서전이라는 느낌은 분명히 들었을 테니까. 그러면 이 책이 어떤 성격의 책인지 모르겠다는 독자도 조금은 줄어들지 않았을까. 여하튼 제목을 잘 붙이는 것은 출판편집자의 영원한 화두다.

주인의 성향을 잘 드러내는 한 편집자의 서가.
손때 묻은 책과 자료들이 어수선하게 섞여 있어도
주인만은 필요한 것들을 정확하게 찾아낸다.

창의적인
기획

기획의 이해 3

번역서도 기획의 산물로 거듭날 수 있다

　기획이 결국 편집자의 의도를 구현하는 것이라면, 과연 어떻게 하면 기획을 잘할 수 있는가 하는 점이 문제될 것이다. 매번 다시 이야기하자면 앞에서 적은 것처럼 그저 기획에 한없이 집중하자고만 해서는 기획이 잘될 수 없다는 것이 바로 기획이 가지는 중요한 속성이다. 결국 기획의 질료는 삶이다. 하지만 삶이란 또 얼마나 광대무변한가? 따라서 나는 이 기획의 이해를 위해 먼저 다소 단순한 케이스라고 할 수 있는 한 권의 번역서를 예로 들어, 기획이 결국 삶의 재가공이자 문화적 변이의 이해이고 그것을 이해한 사람의 미세한 손길에 의해서 비로소 책으로 탄생하게 된다는 것을 이야기해보려고 한다.

　종종 어떤 이들은 내게 묻곤 한다. 번역서도 기획서라고 할 수 있느냐고. 그럴 때마다 나는 전제를 붙여서, "물론 그렇다"고 말하곤 한다. 그 전제란 번역은 반역이고, 그저 언어만 옮겨놓는 것이 아니라는 것. 뿐만 아니라 책은 어떤 문화권에서 타 문화권으로 이행될 때에는 새로 탄생하는 과정이 반드시 있어야 한다는 인식이다. 이런 차원에서 '재가공의 기술'도 기획이라는 점을 번역서를 통해 살펴보기로 한다. 번역서의 경우 재가공의 의미를 보다 명료하게 보여줄 수 있기 때문이다. 하지만 단순 번역한 책이라면 그것은 결코 기획의 산물이라고 할 수 없다(사실 단순 번역이란 말이 성립되지도 않겠지만). 각주 하나, 팁tip 하나도 창의적으로 새롭게 적어넣을 때 그 책은 다시 태어난다고 할 수 있다. 그러나 이것은 어디까지나 원론적인 수준의 말이고, 실제에 있어서는 지난한 일이 될 것이다. 무엇보다도 원작이 가진 성격을 해치지 않고, 개악하지 않는 범위를 설정한다는 것은 쉬운 일이 아니기 때문이다.

번역서의 경우 무엇보다도 중요한 것은 원서가 가진 정체성을 제대로 파악하는 점이다. 보통의 경우 편집자가 번역에 앞서 전체를 대충 훑어보는 과정을 먼저 갖는 것은 바로 그 책이 말하고자 하는 토픽을 제대로 파악하고자 함이다. 그 책의 성격을 제대로 파악하고 있지 않으면 자신이 선 자리와 갈 길을 제대로 안다고 할 수 없다. 자신이 선 자리를 제대로 모르는데 가야 할 곳에 대해선들 알겠는가? 편집자는 이 점에 있어 역자와의 긴밀한 공조를 통해 자신이 서 있는 자리를 잘 파악하도록 해야 한다.

여기에서 또 하나 덧붙일 것은 역자가 원서의 성격을 파악하는 과정에서 문체를 조정하는 문제다. 역자들은 원서에 맞게 자신의 문체를 조정해야 한다는 것이 나의 소신이다. 가령 원서의 문장들이 복문에 만연체의 특징을 가지고 있는데 이것을 번역의 편이성, 의미 전달의 편이성을 위해 단문으로 고쳐놓아서는 제대로 그 맛이 살지 않을 것이다.

반면에 이런 문제도 있다. 번역 과정에서 의미 전달이 잘 안되는 문화적, 언어적인 차이점 등등의 변이점을 독해만 가능하고 뉘앙스가 살지 않도록 직역하는 경우 독자들은 많은 혼란을 느낀다. 때때로 독해 자체도 잘 안되는 경우가 있음을 역서들을 볼 때마다 종종 알게 된다. 이럴 경우 나는 우리말의 아름다움과 적확성을 활용하여 의역해야 한다고 믿는다.

각 주 하 나 , 팁 하 나 도 창 의 적 으 로

편집자는 원서의 내용과 정체성을 파악함으로써 다가올 재구성의, 혹은 재가공의 문제를 보다 뚜렷이 할 수 있다. 재가공의 기술이라 함은 번역이 가진 숙명적인 한계를 이해하는 데서 출발해야 한다. 원작 혹은 원서는 다른 상황, 다른 환경의 독자들을 위해 준비된 것이고 타문화와 만날 준비가 안된 원재료라 할 수 있다. 하지만 여기에서 원작, 원서의 원의미를 훼손하는 일이 있어서는 안된다는 것을 재삼 강조하고 싶다.

〈마음산책〉에서 출간된 『알코올과 예술가』(알렉상드르 라크루아 지음, 백선희 옮김)의 예를 보자. 원래 이 책은 소논문 형태의 책자로 발간된 것으로 현재 한국어 번역판의 장정과 형태, 그리고 소위 곁다리 텍스트라고 하는 것에 있어 많이 다르다. 그럴 수밖에 없는 이유는

다음과 같다.

　우선 이 책에 나오는 예술가들은 서방세계에서는 너무나 많이 알려져 있지만 우리나라에서는 역시 소수의 마니아 외에는 잘 모르는 예술가들이 많았다. 게다가 저자 자신이 소설가로서, 학자나 저널리스트라면 구사하지 않았을 것 같은 서술이 많았고, 소논문의 형태에서 보기 힘든 비약과 상상적 이동, 여러 케이스의 종합을 통한 새로운 담론으로의 진전 등등을 볼 수 있다. 따라서 나는 이 책을 어떻게 우리 현실에 맞게 성공적으로 옮겨놓을 것인지 적잖게 고민했다. 그래서 나온 것이 편집자의 주석쓰기였다. 그리고 그 과정에서 이 책이 말하고자 하는 알코올을 매체로 한 자유연상적 예술 추구, 초현실주의적 글쓰기 등등을 확인할 수 있었다.

이 책에서 저자는 예술가가 술을 왜 많이 마시게 되는지, 그것이 좋은지 나쁜지 등등은 별로 따지지 않고 있다. 그것은 이 저자의 관심 사항이 아니기 때문이다. 우리는 누구나 어떤 유전자 구조를 갖고 태어난다. 그리고 실제 그 유전자의 영향을 많이 받고 있지만 우리 자신들을 말할 때 그 어떤 유전자 구조를 말하지 않는 것처럼 적어도 예술가에게 있어서 술 그 자체는 하나의 음료에 지나지 않는다는 전제가 이 저자에게 있다. 그에게 중요한 것은 술을 마시는 과정과 술을 마시고 난 이후 그들의 예술에 어떤 변화와 모색의 지평선이 다가왔는지, 또 술이 어떤 작용을 하여 이들의 삶을 파괴시키는지를 날카롭게 조응하는 것이다.

술을 마신다고 해서 누구나 예술가가 되는 것은 아니다. 하지만 술을 마시면 평소보다는 예술적 세계에 조금 더 다가가게 되는 것은 사실인 듯하다. 오감이 보다 더 예민해지고(물론 많이 마실 경우에는 오히려 무뎌지지만) 감정이 증폭되는 것이 사실이다. 그러나 음주가 생활이 될 경우는 양상이 달라진다. 예컨대 『연인』의 작가 마르그리트 뒤라스는 이 점을 잘 보여준다.

서방세계에서도 음주에 대해서 공개적으로는 쉬쉬하는 분위기가 분명 있었다. 마르그리트 뒤라스는 술에 대한 자신의 습벽을 숨기지 않은 여성작가로도 유명하다. 그녀의 문학세계는 단적으로 술을 마시면서 쓴 작품과 술을 마시지 않고 쓴 작품으로 대별된다고 한다. 그런데 중요한 것은 술을 마시면서 쓴 작품이 그렇지 않은 작품에 비해 더 낫지도 더 어둡지도 않으며 더 통제되지 않은 것도 아니라는

『알코올과 예술가』 본문

점이다. 이 부분이 이 책이 보여주는 가장 놀라운 통찰력이다.

뒤라스는 알코올 중독 상태에서 글을 쓰는 능력을 지녔다. 그녀가 술을 끊어야만 했던 것은 작품에 전념하기 위해서가 아니라 의사의 지시 때문이었다. 그런가 하면, 진지하게 일을 시작하려면 술을 끊어야만 하는 작가들도 있다. 그러한 경우엔 금주가 해방처럼 경험된다. 금주에 성공하게 되면 작가의 삶은 둘로 나뉘게 된다. 경험을 쌓느라 시간을 허비하는, 음주와 방황의 세월인 이전과, 청춘기의 과실들을 토대로 삼는, 규율 잡히고, 요구가 많고, 면밀한 절제의 기간인 이후로.

—『알코올과 예술가』, 60쪽

우리가 잘 아는 보들레르나 랭보, 윌리엄 스타이론(『소피의 선택』의 작가)과 제임스 엘로이(『LA컨피덴셜』의 작가)의 삶을 술과 떼놓고 설명하기는 어렵다. 『알코올과 예술가』의 편집자 주는 이 점을 그들의 삶에 대한 자세한 소개와 함께 관련지어 적어놓았다. 제임스 엘로이는 술을 끊고 문학을 시작한 사람이고, 윌리엄 스타이론은 술과 함께 문학을 하다 술을 끊고서 사실상 문학에서 멀어진 사람이다. 윌리엄 스타이론은 이 번역서가 나오던 무렵 발간된 『보이는 어둠』(문학동네)에서 자신의 우울증과 술의 상관관계를 처절하게 묘사해놓고 있기도 하다.

'각'을 세우는 편집

『알코올과 예술가』에서 편집자가 적은 각주는 이 책의 분량 가운데서도 상당한 부분을 차지한다. 양만 많은 것이 아니라 주제와 관련된 서술로 정보 전달과 일관성을 부여하는 중요한 역할을 하고 있다고 나는 믿는다. 또 이들의 사진도 함께 수록하여 건조한 서술과 어두운 술의 이면이 집중 묘사된 이 책의 분위기를 다소 밝게(?) 하는 데 일조를 했다고 자부하는 편이다. 그런데 왜 그 사진들의 주인공들은 하나같이 어둡고 심각한 표정일까? 이 점이 그들의 예술세계와 그 이면에 자리하고 있는 알코올이라는 망령(?)을 잘 보여주고 있다고 느낀다면 그것은 단지 이 책의 한국어판을 만든 편집자의 망령된 소견에 불과한 것일까?

『알코올과 예술가』에 한정해서 말하는 것이기는 하지만 번역서를 이처럼 원작과 여러 점에서 다르게 번역하기 위해서는 일관성과 함께 보편성, 문제성이라는 두 측면도 고려해야 한다. 아무리 잘 옮겨 놓아도 보편성이 없다면 무슨 소용이 있겠는가. 그런 점에서 이 책이 나오기 전후에 문인들 가운데 술의 문제, 그 필요성과 폐해를 지적한 글들이 많이 나온 점은 편집자의 추측이 그저 틀리지만은 않았음을 보여주는 예라고 믿는다.

번역서를 고를 때에도 그리고 재가공을 할 때에도 언제나 보편성과 함께 문제성 또한 견지해야 하리라고 믿는다.

흔히 우리 편집자들 사이에서는 원고를 두고 "각이 나온다" 또는 "각이 안 나온다"란 표현을 쓴다. 그건 그 주제가 문제의식이 있다, 없다 하는 정도의 뉘앙스일 것이다.

편 집 자 의 길

기 획 의 이 해 4

열 정 과 행 동 을 대 신 할 노 하 우 는 없 다

모든 출판편집자는 '기획'이 무엇인지 알고 있다. 그러나 모든 출판편집자가 '기획을 잘할 수 있는 방법'을 알고 있지는 않다. 내가 「기획의 이해」 초입부에서 "기획의 처음은 세상 읽기다"라고 쓴 것을 읽고, 어떻게 세상 읽기를 잘할 수 있는가를 물어온 편집자도 있었다. '기획은 세상 읽기'라고 말했다고 해서 기획의 용이함을 설명할 수 있는 것은 아니므로 명쾌한 답을 해주지 못했다. 근래에 본 영화 한 편을 예로 들어 기획에 대한 생각을 정리해볼까 한다.

어느 날 나는 〈어댑테이션〉이라는 영화를 보았다. 많은 관객을 불러모으지는 않았지만 영화를 보는 동안 나의 직업과 관련된 중요한 시사를 얻은 영화였다.

영화는 몇 개의 큰 이야기를 중심으로 복잡하게 전개된다. 너무 극사실적이어서 오히려 환상적인 구성(가령 할리우드 영화 제작 시스템이나 잡지사 이야기, 또 주인공 니콜라스 케이지의 쌍둥이 1인 2역 등)이 있는가 하면 원작 소설의 개작을 둘러싼 예술가 영화 같은 측면이 서로 혼융되어 있어 정밀하게 인과관계를 따져보려는 관객에게는 큰 매력이 없는 영화였다.

그런데 이 영화를 보면서 내가 계속 화면에서 눈을 떼지 못하게 된 것은 다음 두 가지 점 때문이었다. 한 가지는 이 영화에서 배우들이 연기하는 모델이 모두 실제 인물이고, 영화는 실제와 영화적 상황이 계속해서 오버랩된다는 점이다. 먼저 이 영화에서 원작 『난초도둑』의 각색을 맡은 주인공 찰리 카우프만은 이 영화 이전에 자신이 시나리오를 쓴 영화 〈존 말코비치 되기〉의 촬영현장을 방문한다. 그리고 실제 작가 자신의 모습을 배우(니콜라스 케이지 분)가 연기하는 모습을 본다. 주인공이 각색하는 작품 『난초도둑』의 작가 수잔 올린도 주인공에 해당하는 비중으로 나오고, 수잔 올린이 쓴 작품 『난초도둑』의 주인공인 실존인물, 존 라로쉬도 이 영화 속에서 실제에 가까운 캐릭터로 그려진다. 그뿐만 아니라 영화사 간부로 나오는 발레리 토머스, 시나리오 작가로서 세상 모든 영화의 흥행 공식을 줄줄 외는 강사 로버트 맥기까지 모두 실존인물인 것이다. 서사의 혼돈이야 영화적 장치라고 생각하지만 나는 이 영화의 실제 인물들이 각각 영화에 등장하는 것을 용인했다는 데 크게 놀랐다. 가령 메릴 스트립이 열연한 수잔 올린의 불륜(이 상황은 영화적 각색이긴 하지만)까지도 정밀하게 그려지는데, 실제의 인물이 그것을 허락했다는 사실이 놀라웠다.

출판편집자는 여러 가지 제약 속에서 작업을 하는 사람이다. 예술적 영감이나 자신의 미감에만 의존해 작업하는 것이 아니라 한국 출판시장의 조건, 또 소속된 출판사의 조건들 속에서 합리적인 작업을 꾀하는 사람인 것이다. 편집자가 원하는 대로, 혹은 표현하고 싶은 대로 일한다는 것은 어불성설인 것이다. 그 조건에는 저자와 소속 출판사 발행인의 '진보성'도 중요한 자리를 차지한다. 관례대로 일해주기만을 바라는 보수적인 저자나 발행인을 만나면 편집 작업의 어려움은 가중된다.

다시 영화 〈어댑테이션〉 이야기를 계속하자면, 영화의 등장인물들은 실제 모델들이 흔쾌히 영화 속의 캐릭터로 그려지는 것에 대해 허락해줬다는 말을 듣게 된다. 바로 이 대목에서 편집기획자들의 조건의 차이와 해야 할 작업에 대해 간접적으로 시사받았다.

저자뿐만 아니라 편집자의 경우에도 표현의 자유에 대해서 항상 의식하게 된다. 불과 몇 년 전 한 작가가 순수한 창작품 때문에, 그리고 그 작품을 출간했다는 이유로 출판인이 유죄선고까지 받은 일을 떠올리면 이해될 것이다. '사회적인 통념'이라고 하는 문제는 한두 해 사이에 해결되는 문제는 아니지만 표현의 수위를 조절하는 정도는 편집자의 의식에 따라 조금씩 조금씩 나아지게 될 것이라고 믿는다.

다른 한 가지 놀라운 점은, 〈어댑테이션〉의 주인공 찰리 카우프만과 도널드 카우프만, 즉 쌍둥이 형제에 관한 부분에서 찾아진다. 찰리는 매사에 자신이 없고 내성적인 인물로 처음 시나리오 각색 작업을 의뢰받고 고민을 거듭하는 사이 생활이 엉망진창이 되어가고 출구를 찾지 못하는 인물로 묘사되어 있다. 그에 비해 동생 도널드는 매사에 자신감이 넘치는 인물로 무슨 일이든 쉽게쉽게 생각하는 캐릭터다. 그런데 시사적인 것은 형 찰리의 시나리오 작업을 동생 도널드가 돕는다는 사실이다. 도널드는 한마디로 행동하는 인간이다. 그는 형에게 시나리오 작업에 대해서라면 흥행작가 로버트 맥기가 단연 최고라고 추천하여 그의 강의를 듣게 만들며, 그것조차 큰 효과를 거두지 못하자 원작의 저자 수잔 올린의 삶을 관찰하라고 들쑤신다. 바로 이 지점에서 이 영화가 내게 스파크를 불러일으켰다.

찰리의 시나리오를 잠정적으로 '책'이라고 해보자. 그리고 원작을 현실세계 또는 눈에 보이는 세상이라고 해보자. 그럴 경우 각색 작업은 기획이라고 할 수 있겠다. 찰리가 각색이 잘 안될 때 최종적으로 이르른 돌파구가 어디인가. 바로 이 점이 중요하다.

찰리는 현실을 다시 보는 것으로, 즉 눈을 뜨고 보면서도 보지 못했던 것을 행동하는 캐릭터인 동생 도널드의 술회를 통해 다시 봄으로써 시나리오를 완성하게 된다. 편집자도 마찬가지다. 편집자는 기획을 잘할 수 있는 조력자 도널드 같은 사람을 통해, 눈 뜨고 번연히 보고 있으면서도 사실은 제대로 보지 못했던 현실을 '다시 봄'으로써 기획을 완성할 수 있는 것이다.

그것은 도전하고 행동하는 과정에서 생성된다. 내가 구상한 기획안을 현실에서 집행하는 것은, 말장난 같지만 움직이지 않으면 그저 서류조각, 혹은 백일몽에 불과한 것이다. 기획안을 집행하는 과정에서 변수가 발생하고 그 변수를 따라 몸을 바꾸어가다 보면 기획 초안보다 더 매력적인 컨셉트를 가진 원고를 만날 수 있다.

가령 내가 원고를 꼭 받고 싶었던 저자를 만난다고 치자. 처음부터

수긋하게 나의 뜻을 이해하고 받아들일 저자보다는 일단 '생각해보 겠다'는 저자가 더 많다. 저자가 그 '생각하는 시간' 동안 긍정적인 결과를 얻기 위해서는 기획에 대한 설명이 아주 생생해야 한다. 왜 당신의 글이어야 하는가, 왜 몇 꼭지로 구성하려고 하는가, 왜 사진 작업을 병행하려고 하는가, 왜 이 시점에서 책을 내야 하는가에 대해서 '행동이 가득 찬 말'로 설명해야 하는 것이다. 그리고 애초에 설득하려던 저자와의 작업이 이루어지지 않았어도 편집자는 처음부터 다시 그 일을 하는 것이 아니다. 저자와의 커뮤니케이션을 하는 동안 얻은 소중한 정보들과 또 스스로 그 과정에서 깨우친 것들을 토대로 한 발짝 앞서서 다른 작가를 만날 수 있다. 기획안대로 되지 않았다고 의지가 꺾인다면 이 세상에 출간되어 있는 책 90퍼센트는 빛을 보지 못했을 것이다. 편집자는 기획을 실행하기 위해서 이렇듯 여러 조건 안에서 힘들게 일하며, 그 난관을 겪으면서 더 구체적인 기획을 수립할 수 있게 되는 것이다.

경력이 많은 편집자들은 가끔 이런 말을 하게 될 때가 있다. "그때 그 저자와 잘되지 않았던 것은 일이 이런 방향으로 가려고 그랬나 봐." 혹은 "그때 일이 성사되지 않은 것은 오히려 다행이야. 준비가 부족한 상태에서 성급하게 굴었다면 얼치기 기획도서가 나왔을 거야. 전화위복!" 그렇다, 실제로 움직이지 않으면 일의 처음도 없을 뿐더러 한 발짝도 더 나갈 수 없다.

편집자의 삶에서 희열이란 자신이 의도한 기획이 성공했을 때 나오는 것이다. 그것의 일차적인 평가는 저자다. 그 다음에 더 무서운 평가자가 기다리고 있는데 바로 독자다. 그렇다고 편집자가 그 평가에 계속 연연해할 필요는 없다. 그런 것에 지나치게 의존하면 출판 일에 흥미가 식는다. 편집자의 덕목은 '열정을 갖고 기획'하는 것, 바로 그것이다.

영화 〈어댑테이션〉 이야기를 꺼냈으니 이제 마무리를 짓자. 동생 도널드가 죽음으로써 형 찰리의 자아는 새롭게 깨어난다. 새로운 자아를 가진 작가가 탄생한다는 것, 나는 이 점에 감명받았다. 그런 점에서 책은 편집자의 상처를 자양분으로 하여 자라난 결과물이기도 하다.

나는 영화평론가가 아니다. 〈어댑테이션〉의 오독이라고 지적해도 할말이 없을 정도로 자의적인 해석을 했다. 하지만 모든 문화의 생성은 편집자의 정체성 확립과 밀접한 관계를 갖는다. 음식점에서도 영화관에서도 콘서트장에서도 나는 편집자라는 사실을 언제나 잊지 못한다.

머리 아픈 편집자여, 아픔을 즐겨라

서점에 가면 무수히 많은 책이 꽂혀 있다. 그 책들에 '하나 더하기' 책을 만들 것인가, 아니면 '전에 없던' 책을 만들 것인가. 서점에 가면 편집자는 생각이 더 많아진다.

후배 편집자들에게 기획안을 제출하라고 하면 제일 먼저 시장조사를 하겠다고 서점에 나가는 경우가 많다. 서점에야 신간을 포함하여 많은 책들이 구비되어 있으니 도움이 될 것이다. 하지만 중요한 것은 그 이전에 내가 읽어온 책의 목록을 살펴보는 것이 중요하다.

편집자가 평생 기획할 수 있는 책이 몇 권이나 될까. 극단적으로 한 달에 한 권을 만든다고 치자. 40년 동안 현장에서 일할 수 있다면 480권을 만들 수 있다. 480권의 목록을 어떻게 구성할 수 있을까. 아마도 처음 50권은 편집자의 독서 편력에서 비롯된 취향과 기질이 반영된 기획도서가 아닐까 싶다. 나머지 400여 권은 그 50권이 가지 치고 혹은 뿌리 나누기를 해서 스스로 숲을 이루어나갈 것이다. 물론 이 비유는 편집자란 모름지기 책 한권 한권을 신명 다해 만들어야 한다는 개념과 배치되는 비유법이 아니다. 편집자가 자신이 잘 아는 분야, 좋아하는 분야의 책을 내다 보면 그 책이 다른 책을 불러온다. 책 한 권을 만들면서 그만큼 성숙해지는 것이 편집자인 것이다. 그러니까 한 권을 출간하고 나면 몇 권의 기획 아이디어가 샘솟는다고 할 수 있다.

어떤 경우, 출간된 책의 편집 컨셉트나 홍보가 마음에 들어 자청해서 원고를 주겠다는 저자도 나타날 수 있다. 또 한 작가와 호흡이 잘 맞아 작업을 성공적으로 끝내고 나면 그 다음 작품도 같이 할 가능성이 높아진다. 그러니까 편집자는 400여 권을 모두 한권 한권 따로 만드는 것이 아니다. 책이 또 다른 책을 만들고 그 책들 속에서 편집자는 성숙해가고 늙어가는 것이다.

그러니까 시장조사한다고 서점에 나가는 것보다 우선 그동안 자신이 읽으면서 감명받았던 책을 샅샅이 재검해보는 것이 중요하다. 읽으면서 독자로서 느꼈던 점을 반영해 그와 유사한 컨셉트의 책을 기획해보는 것이다. 그러면 적어도 컨셉트를 잘못 이해하는 데서 비롯되는 실수는 막을 수 있다. 시장조사 끝에 트렌드라고 해서 기획했더니, 웬걸 완전히 한물 간 기획, 지나치게 대중추수적인 기획이었더라는 말은 심심찮게 들을 수 있는 기획 실패담이다.

어린 시절 본 영화 〈나이트메어〉가 생각난다. 잠만 자면 똑같은 괴물이 등장하는 악몽이 한없이 전개되는 영화. 끊임없이 반복되는 '기획'이라는 말에 서서히 머리가 아파온다면 당신은 이제 편집자로서의 직업의식이 생긴 것이다.

'혼의 전사'라고 불리는 일본의 전설적인 편집자 겐조 도루도 자신의 기획들이 성공하는 까닭을 다음과 같이 대답하고 있다.

우리가 출판이라는 일에 흘린 피와 눈물과 땀, 그리고 재능 있는 작가와의 만남뿐이라고 답할 것입니다.
—《편집회의》 2003년 6월호, 인터뷰 중에서

〈가도카와角川 출판사〉의 새로운 전통을 만들어온 불세출의 편집자가 한 말치고는 너무 평범하다고 생각하지 않는가. 무라카미 하루키, 무라카미 류, 이시하라 신타로 등 문제작가를 독점하고 있는 편집자가 이런 말을 하다니. 역시 출판에는 열정과 성의를 대신할 어떤 노하우도 없기 때문이라고 나는 믿는다. 뒤에서 말할 홍보와 관련해서도 역시 이 말은 진리이리라.

글을 잘 쓴다고 알려진 겐조는 왜 작가가 아니라 편집자가 되었느냐는 물음에 다음과 같이 말하고 있다.

작가는 자신의 내부에서 스며나오는 어쩔 수 없는 마음을 쓰는 겁니다. 그런 사람의 이상한 구석이 내게는 전혀 없었어요. 비뚤어져도 남보다 못해도 좋으니까 자신의 고유의 세계를 만드는 사람이 진짜입니다. 나는 가짜입니다. 하지만 가짜에는 가짜의 영광도 있습니다. 진짜들을 프로듀스하는 행위죠. 그것은 표현할 수 있는 사람들에게 여러 가지 작용을 합니다. 작가가 고통으로 짜낼 작품에 자극을 주고, 끊이지 않는 폭주를 위해 보조선을 그어주는 것입니다. 작가로서는 가짜인 나라도 프로듀서로서는 진짜가 될 수 있는 것입니다.

—상동 인터뷰 중에서

겐조의 이런 말은 저자의 보족적인 기능 이상의 깊은 의미를 지닌 편집자의 일에 대한 자부심을 잘 드러내고 있다. 겐조는 작가마다 세 장의 비장의 카드를 갖고 있다고 믿는데, 작가 이시하라 신타로 같은 경우, 겐조가 〈겐토샤幻冬舍〉를 차려 독립한 이후 스스로 찾아와서 돕고 싶다고 했을 때 그 중 한 장의 카드를 작가에게 제시해서 베스트셀러를 만들었다고 술회한다. 이 편집자는 작가도 모르는(알고 있는 경우도 있지만) 세 장의 카드를 알고 있다. 그것을 알기 위해서 선행되는 일이 무엇이겠는가. 그 작가의 작품을 정독하는 것이다. 그리고 국내뿐만 아니라 세계문학의 맥락 속에서 그 작가의 위치를 파악할 수 있어야 한다. 그래야만 그 작가의 비장의 카드를 파악할 수 있다. 순수한 문학작품도 이러한데, 전공분야가 확실하고 관심분야를 확연히 드러낸 저자들의 전작들을 잘 읽어보면 다음 기획에 대해서 나눌 이야기가 왜 없겠는가.

자, 이 정도면 편집자의 머리가 안 아픈 것이 오히려 이상하다. 머리가 아픈 편집자여, 그냥 머리 아픈 것을 즐겨라. 당신이 세상을, 지적 세계를 편집하는 동안 머리는 늘 아플 거니까.

준 비 된 기 획 편 집 자 를 위 한 4 계 명

기획의 장에서는 어떻게 해도 성공하는 기획에 대한 구체적인 이야기를 할 수가 없다. 일반론만이 가능한 이 장의 특성에 대해 나는 더 이상 변명하지 않겠다. '기획의 속성이 이러하니, 이러이러하게 하면 된다'는 식의 논급은 숱한 변수를 지닌 출판의 공정 가운데에서는 애초에 성립되지 않으니까.

다시 첫머리로 돌아가 편집자가 기획을 성공시키려면 어떤 노력을 해야 하는지, 몇 가지로 정리해보고자 한다.

첫째, 세상과 삶의 여러 가지 양태에 대해 왕성한 탐구 정신을 가지고 있어야 한다. 세상과 인생에 대해 무관심한 사람은 결코 성공적인 기획을 할 수가 없다. 이것은 편집자의 성격이 외향적이냐 내향적이냐는 질문과 전혀 무관하다. 밖으로 표출되느냐 안되느냐의 문제가 아니라 영혼의 심저에 세상에 대한 관심이 있느냐 없느냐의 문제인 것이다. 탐구정신이 없는 편집자, 기획자는 그저 직장인일 따름이다.

둘째, 지혜로워야 한다. 이때의 지혜는 세상을 살아가는 지혜와는 조금 성격이 다르다. 편집자의 지혜는 타인의 두뇌를 잘 빌릴 줄 알아야 한다는 데서 나온다. 저자, 회사 내부인사, 제작협력업체, 외부 홍보매체 관련자들과의 관계에서 그들의 두뇌를 빌려서 좋은 조건을

만들어가며 일을 해야 한다. 그러니까 때로는 필요한 정보와 지식을 그에 합당한 예의를 갖춰 청구할 줄 알아야 한다. 이런 예의 중 으뜸은 겸손이다. 편집자가 만능일 수는 없다. 특히 지적인 세계에서 이런 존재는 없다. 타인의 능력을 적절히 사용할 수 있을 정도로 편집자는 지혜를 가지고 있어야 한다.

셋째, 열정적으로 행동해야 한다. 열정은 자신의 무지를 상쇄하고 상대방으로 하여금 바싹 자신의 편으로 옮겨앉게 하는 거의 유일한 방법이다. 자신조차 설득하지 못하면서 어떻게 상대방에게 동참해달라고 호소할 수 있을까. 탐구정신이 왕성하고 지혜로운 사람도 열정적이지 않으면 일을 성사시킬 수가 없다.

넷째, 감동 마케터가 되어야 한다. 감동 마케터는 그냥 책을 파는 것이 아니라 감동 그 자체를 파는 것이다. 자본주의 사회에서 편집자는 책을 팔아야 생존이 가능하다. 그러므로 더욱더 감동을 팔아야 한다. 편집자가 팔아야 할 것은 책이라는 상품이 아니라 '저자'고 '주제'고 '오브제'다. 이도저도 자신이 없으면 오히려 책을 판다고 생각하지 않는 것이 낫다. 감동을 팔려면 책을 만든 자신이 먼저 그 책에 감동되어야 한다. 책이 사용되려면 일차적으로 감동시켜야 한다. 이것은 실용적인 책에도 마찬가지로 적용되는 법칙이다. 정보에 대한 신뢰, 그것이야말로 감동의 요체 아닌가.

이 네 가지를 항목화하고 분류해서 편집자인 당신의 머리에 담아두고 가슴에 새겨두자.

"나는 감동을 아는, 감동을 팔 준비가 되어 있는 편집자다. 그리고 그 편집자를 내 뇌의 한 쪽에다, 가슴 한 켠에 숨겨놓지 않고 자주 꺼

내 들이댈 것이다" 하고 스스로에게 암시해라. 이 계명이 편집일의 매너리즘과 슬럼프에서 당신을 구해줄 수 있을 것이다.

이제 이렇게 암시를 거는 당신은 저자를 만나든, 책을 읽든, 한 3분의 1쯤은 준비된 기획편집자라고 할 수 있다.

(갑) 저작권자 성명 : 남지○

(을) 출판권자 도서출판 〈마음산책〉

주소 : 서울 서대문구 충정로 3가 2

전화번호 : (02)362-1452

홈페이지 : www.maumsan.com

대표 : 정은숙 (인)

입회인(갑의 지인어나 을의 ?

주소 :

주민등록번호 : (인)

성명 :

기 획 안

© 김홍희

ne event provided for in Article 6 or if the Pu
any of the obligations specified by the preceding p
) days, this Agreement shall, as the Owner thinks fit, be te
Any and all amounts due to the Owner shall become payable
emain vested in the Owner, without prejudice to an eventual claim for d
The Owner shall recover the free disposal of the rights assigned by this
Correlatively, the Publisher shall no longer be entitled to print new copi
ather, the Publisher shall destroy the copies of said work in stock on the day of terminatio

ARTICLE 14

Paris.

Should any litigation arise, the power of jurisdiction shall be conferred upon the compere

Drawn up in 3 copies in Paris, the 9th December 2002.

ON BEHALF OF OW
EDITIONS STOCK

ON BEHALF OF PUBLISHER
EDITIONS MAUMSANCHAK

08/01/2003

A

This Ag

Made in Paris in three

E PUBLISHER
/11/2002

출판사의 일급 비밀서류 '기획안'과 '계약서'
출판편집자가 기획안을 작성하는 동안 꿈꾸었던 '어떤 책'은
계약서를 쓰는 순간부터 만들어지기 시작한다.

창 조 하 는 작 가 , 교 감 하 는 편 집 자

영화 〈매트릭스〉에서는 사이버스페이스의 모든 것이 바로 '소스 source'에서 나왔다고 한다. 나는 이 현실세계의 인식을 바로 저자, 그 가운데에서도 작가를 통해 얻고 있다고 믿는 편이다. 영화 〈매트릭스〉가 윌리엄 깁슨의 『뉴로맨서』, 필립 딕의 『안드로이드는 전기양의 꿈을 꾸고 있는가』, 닐 스티븐슨의 『스노우 크래쉬』 등의 SF대가들의 선구적인 작업 없이 나올 수 있었겠는가. 그런 점에서 이 현실세계는 작가들의 상상력에 너무나 크게 빚지고 있다.

저자란 무엇인가? 저자는, 또는 작가는 세계를 창조하는 이들이다. 편집자는 작가들에게 현실을 매개로 하여 텍스트라는 정거장을 거쳐 세계를 창조하도록 돕는 역할을 한다. 그러므로 작가를 앞질러 편집자가 먼저 올 수는 없다. 작가가 현실을 지반으로 새로운 세상을 만들어가는 데 일정 역할을 하기 위해서 편집자는 준비해야 할 것들

이 많다.,

편집자는 애초에 독자 편에 서 있도록 프로그래밍된 존재다. 이것은 가치 평가나 호불호의 문제가 아니다. 즉 우월의 문제가 아니라 개념의 문제인데, 편집자는 독자가 될 수 있을지언정 그 작가 자신이 될 수는 없는 것이다. 작가와 편집자는 본원적으로 세계관이 다른 존재들이기 때문이다. 너무 단정적이라고 말해도 어쩔 수 없다.

물론 그 자신이 편집자면서 문인으로서 큰 명성을 남긴 시인, 작가들도 많이 있다. 영국 〈페이버 엔 페이버〉의 T. S. 엘리엇과 프랑스 〈갈리마르〉의 앙드레 지드가 그런 인물들이라고 할 수 있다. 우리나라에도 있다. 그들은 문인으로서, 편집자로서의 재능을 한몸에 갖고 있었지만 그 역할이 달랐음은 분명하다. 먼저 작가의 의식구조를 들여다보자.

출판사에서 나와 위로 올라갈 때 나는 먼 곳을 바라보았다. 왜냐하면 저 아래에는 견본품들이 쌓여 있었기 때문이다. 그것들은 다음주면 다 없어질 것이다. 지금이 나의 비교적 평화로운 마지막 주말이다. 이런 식의 초조함으로 내가 기대하는 것은 무엇일까? 가장 바라는 바는, 나의 친구들이 이 소설에 대해서 아무런 언급을 하지 않고, 책에 대한 대화를 피하는 것이다. 나에게 호의적인 비평가들로부터 내가 기대하는 것은 그들의 태만함인데, 이것은 나에게는 중요한 의미를 지닌다. 그리고 '이런 글은 사사건건 간섭만 해대는 점잔 빼는 사람의 길고 긴 수다'라고 말하거나, '이제는 더 이상 울프 부인의 글을 진지하게 받아들일 수 없다'고 큰 소리로 외쳐대는 사람들에게서 나는 인디언들의 무의미한 환호성 이상을 기대하지 않는다.

— 베르너 발트만 지음, 이온화 옮김, 『버지니아 울프』(한길사) 113쪽
(밑줄은 필자)

그 자신이 소설가면서 탁월한 편집자로 〈호가스 출판사〉를 운영한
적도 있는 버지니아 울프의 이 일기는 그녀가 투신 자살하기 4년 전
에 쓴 것이다. 게다가 이때는 막 『세월』을 탈고한 직후로 이제 서서
히 그녀의 작가적 인생이 종국을 향해 치닫던 무렵이었다. 그녀의 대
표작인 『등대로』는 1927년에, 『파도』는 1931년에 이미 출간되었다.
이렇게 쓰면 그녀에게는 너무나 잔인한 서술이 되겠지만, 그녀는 이
미 전 세기에 죽었고 그녀의 문학만이, 그녀의 책만이 우리에게 남았
다. 우리는 이미 그녀를 알고 있다. 그러나 정말 우리가 무엇을 안다
고 할 수 있을까. 그녀는 탈고의 아픔 끝에 전성기가 이미 지나갔음
을 알고 있었다. 따라서 밑줄 부분의 진술과 같은 통찰력이 나온다.
이 점은 그녀의 남편이자 〈호가스 출판사〉의 공동 운영자인 레너드
울프도 이미 알고 있었다. 자신의 예술세계가 하강 곡선을 그리고
있고 또 그 회복을 위한 노력이 벽에 부딪혔을 때 나온 이같은 진술
은 세상을 공리적으로 바라보는 눈길 속에서는 나올 수는 없다. 이
것과 비교해 일본의 명편집자 겐조 도루의 다음과 같은 목소리를 들
어보자.

어느 날 밤, 택시를 탔는데 라디오에서 가슴을 울리는 멜로디와 가
사가 들려왔습니다. 시간이 갈수록 애달픈 슬픔, 달콤새콤함까지 노

120

래로 표현할 수 있다니 과연 누굴까라는 생각이 들었는데 아나운서가 '이 곡은 아라이 유미(荒井由實, 일본의 유명가수)의 〈졸업사진〉이었습니다'라고 하더군요. 바로 '이 사람과 일하고 싶다'는 생각이 들었습니다. 물론 그녀의 콘서트에 가거나 분장실에 찾아가거나 하면서 일상적인 절차를 밟았습니다. 유미와 일하고 싶다, 에세이를 만들고 싶다고 생각했습니다. 그러나 관계는 시간을 들여 꼼꼼히 맺어가는 것입니다. (…) 아티스트가 '이 사람과 함께라면 훌륭한 작품을 만들 수 있을 것 같다'는 생각이 들게 할 수 있는가. 그것이 중요한 터닝 포인트가 된다고 생각합니다. 많은 편집자들은 사실 만나고 싶은 사람과 만날 수 있습니다. 그러나 만나는 것만으로는 의미가 없습니다. 그 대상에게 자신이나 자신의 생각에 흥미를 갖게 할 수 있는지 여부가 중요한 것입니다. 편집자가 일을 하고 싶은 상대의 마음을 자극할 만한 말을 하지 못한다면 운도 그냥 스쳐지나가 버릴 겁니다.

―《편집회의》 2003년 6월호, 인터뷰 중에서 (밑줄은 필자)

겐조 도루는 밑줄 부분의 인용에서 이 점을 말하고 있다. 작가가 세상을 창조한다면 편집자는 그 중요한 조력자다. 어느 날 우연히 라디오에서 흘러나오는 노래를 듣지 못했더라면 도합 180만 부가 팔려나갔다는 『루주의 전언』은 세상에 태어나지 않았을 것이다. 비록 이 노래가 흘러나왔다고 해도 명편집자가 아니라 범속한 사람이 들었다면 결과는 달랐을 것이다. 하지만 명편집자가 따로 있다고 생각하지는 말자. 때로 세상의 창조자도 자신이 할 일을 잊고 이 매트릭스 같은 세상에서 헤매고 있을지 누가 알겠는가. 당신은 편집자가 되어 모피어스나 트리니티 같은 역할을 수행할 수 있다. 바로 '그분' 같은 작가를 만난다면 말이다. 작가와 편집자는 이처럼 논리구조, 세계관, 사유체계 자체가 다르다. 편집자는 원고를 쓰는 작가에게 잇대어 생각하는 사람이다. 앞서 인용한 겐조 도루의 사고 추이가 이 점을 잘 보여주고 있다. 작가가 만일 편집자와 같은 발상으로 글을 쓴다고 해보자. 그것은 백일몽과도 같은 하룻밤의 해프닝에 지나지 않게 될 것이다. 명작은 그런 소망만으로, 텍스트에 스스로 감동하는 편집자적 발상으로 태어나는 것이 아니기 때문이다. 저자와 편집자에게 요구되는 덕목도 서로 다르다.

전혀 빈틈없는 사람은 편집자가 될 수 없습니다. 작가의 무의식에 있는 것, 엉켜 있는 것을 언어로 만들어내도록 해야 합니다. 마음의 찢어진 상처를 안고 그것을 도려내듯 쓰도록 해야 합니다. 편집자는 그 정신을 상품으로 만들어야 하는 행위에 열중합니다. 그렇기 때문에 자신의 인생 전체를 건 언어가 상대의 가슴에 닿지 않으면 편집자로서 자격이 없는 것입니다. 자기 자신에게 그 부담을 계속 주는 것은 매우 피곤한 일이지만요.
─겐조 도루, 상동 인터뷰

이 인용으로 명확해지지 않았는가. 먼저 편집자는 작가로 하여금 마음이 찢어지는 상처를 안고 글을 쓰게 만드는 존재라는 것, 또 이를 위해 자신(편집자)이 먼저 상대(작가)에게 가슴에 닿을 만한 설득을 하는 것, 그리고 마지막으로 편집자는 작가의 정신을 독자의 정신으로 옮겨놓은 상업적 행위를 한다는 것.

그렇다면 이제 좋은 편집자가 되기 위해서는 저자에게 어떤 설복 (?)을 주어야 할 것인지, 즉 어떻게 저자를 움직여야 할 것인지 알아보자.

저자에게 감동을 주어라

저자들은 자신에게 육박해오지 않는 한 감동이라는 바이러스를 독자에게 전이시키지 않는다. 이것은 작가들의 최소한의 자의식이라고 볼 수 있다.

편집자의 모든 일은 저자와 많은 협업자들과 함께 움직이는 작업이다. 영화 촬영 현장의 감독 같은 역할을 한다고 할 수 있다. 그러므로 인간관계의 형성, 유지, 보완 등등의 측면이 무엇보다도 큰 비중으로 다가온다. 어떤 책도 분명하게 정해진 공정 기간이 있는 것이 아니므로 보다 더 인간관계가 중요하다. 물론 출간예정일이라는 것이 있기는 하지만, 저자, 협업자와 함께 '이제 됐다'는 순간이 바로 책의 공정기간의 끝이다. 그러므로 협업자와의 호흡이 아주 중요한 것이다.

이제까지 나는 많은 재능 있는 저자들과 작업해왔다. 그들과의 작업을 통해 아주 순조롭고 행복하게 일하기 위해서 편집자가 어떤 태도를 지녀야 하는지 숙고를 많이 해왔다. 편집자는 '일이 잘 풀려서 행복한 것'이 아니라 '행복하기 위해서 준비된 일을 하는 것'이다. 그냥 좋은 저자를 만나서 열심히 일하니까 좋더라는 말은 편집자의 세계에 존재하지 않는다. '좋은' 저자를 어떻게 찾아내는지, 그 좋은 저자를 어떻게 '내 입장' 속으로 빠지게 만드는지에 대한 노력이 부족하다면 '그냥' 찾아지는 행복은 없다.

저자를 만나기 전에 치밀하게 준비하라

편집자는 온갖 문자매체, 영상매체를 통해 저자를 알아간다. 편집자가 관심을 갖고 있는 주제에 대해 에세이나 칼럼을 쓴 저자는 일단 편집자의 섭외 저자 명단에 오른다. 그리고 매력 있는 글쓰기를 하는 저자와는 어떤 주제로라도 일을 하고 싶어한다. 그러니까 편집자의 저자 만나기는 '주제'를 먼저 정하고 저자를 찾아내는 경우와 '저자'를 정한 후 주제를 찾아내는 경우로 나뉜다.

어떤 경우든 저자를 만나기 전 그 저자의 이전 작업에 대해 상세히 알수록 편집자는 그 저자를 설득할 확률이 높다. 잘 모르는 편집자에게 저자가 자신의 작업에 대해 설명할 리 만무하므로 평범하게 나누는 대화 중에 저자의 이전 작업과 관련된 이야기를 꺼내놓는 것이 중요하다. 세상의 모든 저자는 자신의 작업에 대해 관심을 보여주는 사람에게 일단 몸을 향하게 되어 있다.

아직 책을 내지 않은 저자의 경우 첫책에 대한 과도한 기대와 부담이 있을 터이므로 그동안 발표했던 글들에 대해 편집자로서 '애정 있는 고백'을 하는 것이 중요하다. '애정 있는 고백'이라고 해서 무조건 찬사일변도의 이야기만을 늘어놓는다면 저자가 당장은 기분이 좋을 수는 있지만 편집자로서의 자질에 대해서는 완전히 확신할 수는 없게 될 것이다.

감식안을 지닌 편집자라는 인식을 심어주기 위해서 균형감각을 갖춘 비평을 해야 한다. 그러기 위해서는 그 저자의 발표 원고 외에도 그 원고를 둘러싼 기타 비평이나 다른 저자들의 유사 원고에 대해서 두루 읽어놓아야 한다. 그러면 그 저자는 평범한 대화를 나누는 중에도 편집자의 자질에 대해서 눈치채게 될 것이다. '내 글의 사회적 맥락을 이해하는 이 편집자에게 원고를 맡기면 최소한 엉뚱한 방향으로 컨셉트를 몰고 가지는 않겠지'라는 확신을 심어주는 것이 중요하다.

저자를 만나기 전 사전 준비가 치밀할수록 좋다.

출 판 트 렌 드 를 꼼 꼼 하 게 읽 어 라

편집자는 출판 트렌드에 민감해야 한다. 물론 트렌드에 맞는 기획을 하기 위해서가 아니라 출판시장이나 기타 사회 욕망의 변이를 읽지 않고서는 제 위치를 파악하기 어렵기 때문이다. 저자들은 자신의 원고에만 몰두해 그 사회적 의미를 캐내려 하지만, 편집자는 사회적 변화 속에서 저자의 원고가 어떤 의미를 내포하는지를 읽어내려고 한다. 저자와 편집자의 사고의 순서가 다른 것이다.

편집자는 자신이 몽상가가 아니라 현실적인 감각을 갖추고 있다는 점으로 저자를 안심시킬 수 있다. 저자와 편집자가 한 원고를 놓고 독자를 향한 꿈을 꾸되 좀더 현실 가능한 기제를 작동시킬 감각을 편집자가 갖고 있다면, 그 꿈은 공상에서 현실로 자리 이동을 할 가능성이 높아진다.

가령 요즈음 출판 트렌드는 양분화되어 있다. '잘 일하고 부자가 되자' 류의 실용 경제경영서와 '바람직한 삶이 무엇인지 알아보자' 류의 비소설이 그것이다. 우리 사회는 단행본 시장이 활기를 띠기 시작한 70년대부터 물질적 추구의 과정에서 일탈된 정신적 가치의 회복을 위해 마음을 경영하는 서적들이 베스트셀러의 목록에서 빠진 적이 없다. 사이버스페이스의 복합적인 삶, 환경파괴 등의 코드에서 보듯 정신적인 가치 추구는 이제 생존의 문제와도 맞닿아 있다. 이런 마인드가 준비되어 있을 때 저자와의 대화 속에서도 원고 자체와 사회적인 의미 맥락을 이어줄 실마리를 찾아낼 수 있는 것이다.

저자와 동고동락하라

편집기술이 발달하면서 책이 점차 평균화되는 경향이 있다. 그러므로 텍스트의 완성도가 높지 않으면 책의 가치는 반감된다. 저자나 책에 대해 이야기할 때 그 중심에 텍스트를 놓아야 한다. 텍스트 외에 비주얼 작업을 강조하거나 홍보력을 과시하려고 들면 저자와 좀더 밀도 있는 대화를 나누기 어렵다.

저자의 명예를 드높이는 출판은 편집자에게 아주 중요하다. 흔히 편집자들 사이에 이미지맵, 이미지 브랜드라고 일컬어지는 문제를 생각해보자.

A라는 작가가 있다고 하자. 그가 가진 이미지의 진폭을 조정할 수 있는 사람은 편집자다. 매니저가 따로 없는 저자들의 현실에서는 결

국 출판사의 편집자가 이를 관리해야 한다. 적어도 편집자는 그 작가의 책 출간과 관련된 사후관리를 자신의 몫으로 생각해야 한다. 저자의 마음속에 이 편집자는 자신의 책을 위해서 헌신할 것이고, 자신의 책을 자신만큼 책임감 있게 감싸안을 것이라는 느낌을 강하게 심어줄 수 있어야 한다. 극단적으로 말해서 편집자가 어떤 책을 출간해서 저자의 명예에 손상이 가게 놔둔 채로 상업적인 성공을 거두었다고 하자. 결국 그 저자는 그 편집자를 떠나게 된다. 그리고 그 저자는 움직이는 광고판이 되어 다른 저자에게도 영향을 미친다. 저자와 편집자가 그 책을 위해 한 끈으로 묶였다는 생각을 확인하는 것이 중요하다. 저자와 함께 슬픔도, 저자와 함께 기쁨도 나누겠다는 마음가짐이 중요하다.

저자는 편집자와 기획 이야기를 나누면서 생각을 정리해가기도 한다. 아이디어 차원에서 나눈 이야기를 출간으로 이어주는 창의력과 순발력이 있는 편집자는 그 원고를 제 몫으로 할 수 있다. 우선 그 아이디어에 대해 감동적으로 대응해야 한다. 저자가 아이디어를 제안했을 때 사소하더라도 진지하게 받아들여 응대해야 한다.

세 세 하 게   배 려 하 라

출간에 관련된 세부적인 일을 편집자에게 일임하는 저자가 있는가 하면 일일이 알고 싶어하는 저자도 있다. 편집자는 그 저자의 일하는 스타일을 재빨리 파악해야 한다. 그리고 저자로부터 신뢰를 얻어 모든 일의 재량권을 확보했다고 하더라도 가능한 한 책의 진행에 관한 정보를 제공하는 것이 좋다. 현재 상태가 책 출간 과정의 어느 지점에 놓여 있는지, 그리고 앞으로 어떤 일을 더해야 하는지 상세하게 털어놓는 편집자를 귀찮게 여길 저자는 없다. 그런 정보의 공개는 저자와 편집자가 책 출간의 흐름에 같이 몸을 담게 되었다는 암묵적인 유대관계를 강화시키고, 정작 책이 나왔을 때 많이 준비된 상태로 책을 받아들이게 된다. 그렇게 되면 홍보와 관련된 저자 인터뷰나 기타 책 사후관리에서도 맹점이 노출되지 않는 것이다. 특히나 처음 책을 출간한 저자는 편집자의 막연한 예상보다 더 출간 실무에 둔하기 때문에 저자로서 어떤 역할을 해야 할지 당황하는 경우도 있다. 그리고 원고는 자신의 책임이지만, 기타 책을 만드는 일은 출판사에서 알아서 하기를 바라는 경우도 있다. 그러나 편집자는 그런 저자에게도 수시로 연락을 해서 진행상황을 알려야 한다.

저자들의 편집자에 대한 불만스런 토로는 이런 식이다. "도대체 감감무소식이군. 책을 만들겠다는 것인지, 안 만들겠다는 것인지. 원고를 달라고 할 때는 언제고." 이런 불만이 나올 때는 이미 편집자에 대한 감정이 악화되어 있기 십상이어서 책이라는 결과물이 만족스럽게 나오지 않을 수가 있다.

한 편집자가 일정한 시기에 한 작가하고만 작업을 진행하는 것은 아니다. 그러나 명심해야 할 것은 작가는 그 기간 동안 편집자가 자신의 책만을 만들고 있다고 생각하고 있다는 사실이다.

바쁘다는 핑계로 연락을 게을리해서는 안된다. 잡지 편집자들은 이 사실을 누구보다도 잘 알 것이다. 원고청탁서를 보내놓고 그 청탁서에 임의로 혹은 암묵적 동의하에 기입한 원고마감일에 전화하면 대개의 필자들은 원고를 준비해놓고 있지 않을 때가 많다. 기록되어 있는 원고마감일 전에 수시로 확인해야 하고 그 필자의 원고를 진심으로 기다리고 있다는 심정적인 압박감을 가해야 한다. 그래서 간혹 편집자는 '안한 일'에 대해서도 평가를 받는 것이다. 여기서 '안한 일'이란 물론 연락을 안한 것을 말한다.

　현명한 편집자는 작가를 노여워하게 만들지 않을 줄 아는 사람이다. 그런 점에서 이 글의 처음으로 돌아가 창작의 산고에 대해서 깊이 통찰하는 자세가 편집자에게 요청된다. 편집자는 관념적·개념적으로가 아니라 글을 쓰는 작가의 실제 업무의 파트너로서 무엇을 준비해야 할 것인지 세세하게 배려하고, 구체적·실증적인 과정을 통해 작가의 정신적 동반자로 거듭나야 할 것이다.

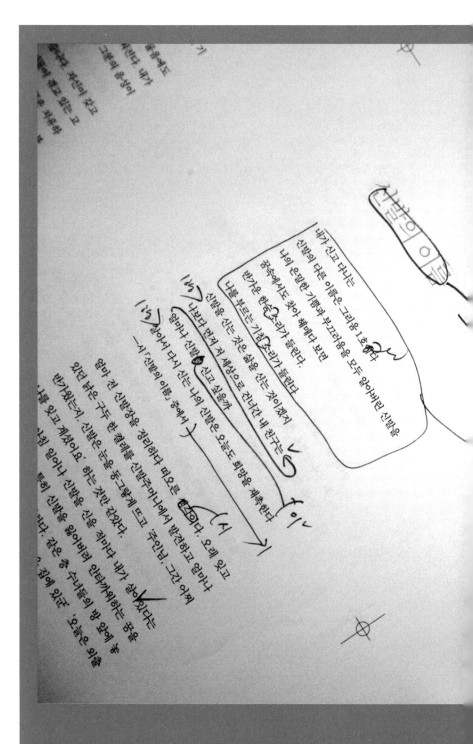

내가 신고 다니는
신발의 따른 이름은 그래용 1호팀
나의 은밀한 기쁨과 부끄러움을 모두 알아버린 신발들
곳곳에서도 빛이 헤매다 보면
반가운 한숨소리가 들린다.
나를 부르는 기침소리가 들린다.

신발을 신는 것은 꿈을 신는 것이겠지
나보다 먼저 개 세상으로 건너간 내 친구는

얼마나 신발을 신고 싶을까
나부터 먼저 다시 신는 나의 신발은 오늘도 외함을 계속한다

—시 「신발의 이름」 중에서

얼마 전 신발장을 정리하다 마음 뭉클했다. 오래 있고
있던 낡은 구두 한 켤레를 신발주머니에서 발견하고 얼마나
반가웠는지. 신발은 눈을 동그랗게 뜨고 주인님 내가 살아있었다는
것 있고 계셨어요? 하는 것만 같았다.
나를 잃고 계셨어요? 하는 것만 같았다.

ⓒ김홍희

교정 교열중인 초교지.
출간된 책과 비교하면 곤란하다. 교정지는 편집자에게
시간과 육체, 영혼…… 모든 것을 요구한다.

오늘도 원고 앞에 정좌한다

아침에 출근할 때마다 하루의 여러 가지 구상으로 사실 마음의 여유가 없다. 다음날 해야 할 일들을 우선 순위에 따라 업무노트에 적어 넣고 퇴근한 마당에 어찌 마음의 여유가 있을까. 하지만 아침에 막상 출근해서 책상 한 켠에 쌓여 있는 원고 더미를 보면 나는 꿈에 부푼다. 저것들 속에서 반드시 옥과 같은 글들을 찾아내리라는 의지와 희망, 그리고 보내주신 분들의 정성 등등이 향기롭게 묻어나기 때문이다.

직업상 많은 원고들을 읽고 또 판단해야 하지만 나로서 가장 중요하게 견지하는 원칙은 그것들에 대해 합당한 예의를 갖추리란 마음가짐이다. 미흡하면 미흡한 대로 진정성이 있고, 잘 씌어졌으면 또 그것들 속에 미진한 점이 드러나게 마련이다. 순문학 작품이 아니라면 언제나 이런 양자의 문제점들이 길항하는 가운데 텍스트들이 놓여 있게 마련이다. 성급하게 고백하자면 편집자의 일 가운데 50퍼센트 이상을 점유하는 것이 바로 이 원고 읽기, 글 읽기인 것 같다. 마땅히 잘 읽어냈어야 할 원고들을 잘못 읽었을 때 느끼는 나의 자책감은 언제나 너무 크다.

그래서 나는 어떤 원고라도 다시 후회하지 않으리란 마음으로 읽어본다. 그러나 과연 이런 결심만으로 타인이 쓴 원고들을 제대로 읽어낼 수 있는 것인지 의문이 든다. 우리 상황과는 다소 거리가 있지만 출판 선진국에는 원고 읽어주는 직업이 있다고 한다. 한 편의 글을 읽고 양식에 맞춰 독후감을 적어주는 것이 바로 그 직업의 핵심업무다. 그런데 때로 오독함으로써 종종 이런 일을 하는 사람들이 느끼는 낭패감은 크다고 한다. 가장 비근한 예를 들어 보면 자신이 혹평을 해서 자신의 출판사에서 퇴짜를 맞은 원고가 타 출판사에서 출간되어 크게 성공하는 사례가 그것이다. 그럴 경우에는 원고를 읽어낸이가 큰 봉변을 당할 것임은 불문가지다. 하지만 편집자는 또 알고 있다. 동일한 텍스트라도 출판사의 편집과 마케팅에 따라 결과가 다를 수 있다는 사실을. 단순히 원고를 놓쳤다라는 생각만을 해서는 안 된다는 것을.

어쨌든 이런 최악의 경우까지를 상정하면서 나는 오늘도 원고 앞에 정좌해 있다.

어떻게 하면 원고를 잘 읽을 수가 있을까. 내포된 의미와 외연을 어떻게 하면 잘 읽을 수 있을까. 다소 고전적인 답변을 하면 역시 텍스트보다는 컨텍스트context에 주의해서 읽을 수밖에 없을 것 같다. 컨텍스트를 제대로 파악할 때 텍스트의 의미가 오롯이 드러날 때가 많기 때문이다. 내게 텍스트란 항시 텍스트 이전이거나 이후로 다가온다. 따라서 글쓴이의 의도와 그 의도가 제대로 구현되어 있는지는 청자聽者의 마음으로 읽을 수밖에 없는 것 같다. 그리고 숨죽여 이런 말에 집중할 밖에는.

글쓰기의 가열한 도정에 구석구석 배어 있는 불립문자不立文字의 늪은 글 쓰는 이들에게는 친숙한 쉼터임에 틀림없다. 자빠진 김에 자고 간다고, 이 쉼터에는 문자에 객쩍은 한을 품은 이들이 적지 않게 널브러져 있다. 그러나 나의 경우 불립문자란 글쓰기의 불안이나 절망을 핑계댈 수 있는 이념이 아니었다. 더구나 글쓰기의 노력을 밀어내고 여백과 침묵 속에 평온히 침잠한 채 덜 익은 선시禪詩나 뱉을 수 있는 빌미는 더욱 아니었다. 학문을 선택한 내게 있어서 글쓰기는 삶의 방식이며 책임이었다. 그것은 쥐었다 놓았다 할 수 있는 연장 정도가 아니었다. 당시의 나로서는 '말할 수 없는 것에 대해서 침묵하는 것'조차 태만과 타락에 다름아니었던 것이다. 그러므로 글을 포기한다는 것은 곧 삶을 포기한다는 것이며, 삶의 방식이 바뀌는 것이었다. 기득권이나 관성을 업은 삶의 방식은 온전히 유지하면서 기분에 따라서 글을 썼다 말았다 하는 짓거리를 나는 용납할 수 없었다. 글쓰기의 비극이 내 삶의 비극으로 옮아가더라도 한번 붓을 잡은 자는 마땅히 침묵과 여백까지 솎아낼 각오와 노력을 포기하지 말아야 한다고 나는 믿고 있었다.

—김영민,『컨텍스트로, 패턴으로』(문학과지성사) 194쪽

글을 쓴다는 것은 이처럼 전인격을 걸고 쓴다는 것을 의미한다. 그러므로 읽는 사람 역시 전인격을 걸고 읽지 않을 수 있겠는가? 특히 출판을 전제로 한 원고들은 그야말로 절박한 그 무엇이 언제나 내포되어 있게 마련이다. 그래서 금방 유효하지 않다고 생각한 원고도 나는 쉽게 내칠 수가 없는 것이다.

투고 원고들을 보면서 가장 안타까운 점은 두 가지다. 첫째는 너무 진심으로만 호소하려는 태도다. 글 쓰는 사람의 진정성이야말로 모든 글쓰기의 전제조건임을 모르는 사람이 누가 있을까? 그러나 타당한 방법론이 뒷받침되지 않으면 아무리 육성 그 자체라고 해도 끝까지 읽어내기는 어렵다. 그 다음으로는 원고 외에 자신이 출판에 대해서 너무 잘 알고 있다고 자신만만하게 설교하려는 태도로 쓴 글들이다. 이런 경우는 해결이 아주 어렵다고도 할 수 있다. 앞서도 적었지만 오늘의 출판과 어제의 출판이 다르고 또 어제의 독자와 내일의 독자가 다른 법인데, 출판을 너무 정태적으로 파악하는 것 아닌가 하는 의구심이 든다.

원고를 제대로 읽어내는 감식안은 어디에서 오나. 그것은 오랜 경험의 축적과 많이 읽고 많이 생각하는 가운데서 나온다. '책이 곧 글'이 아니듯 '원고가 곧 책'은 아니다. 그래서 나는 책이 되는 원고는 뭔가 다르다고 다소 운명론적으로 생각하는 편이다.

원고를 잘 읽어내는 열 가지 방법

원론적인 이야기는 앞장에서 어느 정도 했다고 보고 구체적으로 원고를 잘 보는 방법을 알아보자. 먼저 원고를 잘 읽어낸다는 것은 간단한 작업이 아니라는 점을 주목하자. 원고를 읽어내는 법에 대해서도 여러 가지 이론이 있지만 먼저 텍스트를 텍스트로 한정하되 컨텍스트를 잘 읽어야 한다는 점을 다시 한번 강조해둔다.

때로 전문적인 글들이 없는 것은 아니지만 사실 편집자의 눈높이에서 잘 이해할 수 없는 글쓰기에 대해 나로서는 더 뭐라 할말이 없다. 일단 여기에서는 범용의 글쓰기와 글 읽기만으로 범주를 설정하기로 하자. 리처드 레빈(『고전극 대 새로운 독법』의 저자)의 글 읽기법에 따르면 글을 잘 읽기 위해서는 모두 열 가지 사항이 충족되어야 한다고 충고한다. 다소 동어반복적인 항목이 없는 것은 아니지만 그 열 가지 방법을 소개하며 내 경험을 부연설명한다.

첫째, 읽기는 단일 작품의 해석이다. 엄밀하게 한 개의 텍스트 그자체에 한정해서 읽기를 수행해야 한다는 의미다. 편집자들은 종종 원고 보는 과정에서 그 원고의 결함이나 타 작품과의 상호연관성 등에만 집중하는 경향이 있다. 작품을 다 읽고 나서라면 어느 부분은 어떤 결함이 있고, 또 어떤 부분은 어느 작품과 유사하다는 나름대로의 판단을 내릴 수 있겠지만 어떤 전제를 먼저 내려두고 작품을 읽어내는 것은 공정한 판단에 나쁜 영향을 미칠 수 있다.

둘째, 읽기는 작품의 완전한 해석이다. 모든 읽기는 총체적으로 하나의 해석을 위해 바쳐져야 한다. 만일 비평가라면 그것은 가치판단이라고 할 수 있을 것이다. 출판과 관련해서는 어떨까. 그것은 이 텍스트를 책으로 만들 것인가, 말 것인가 판단을 내리기 위해서라고 나는 생각한다. 이를 위해 우리는 읽어야 한다. 그것도 정밀하게, 제대로.

셋째, 읽기는 작품의 의미에 대한 해석이다. 이는 읽기의 성격을 나타낸 말로 읽기가 지향하는 바는 텍스트 그 자체가 아니라 그가 내포하고 있는 의미까지 완전히 해석해내야 한다는 의미다. 출판과 관련해서는 주제나 의미를 찾아내는 작업을 지칭하는 말일 수 있다.

넷째, 읽기는 작품의 현재적인 것과는 별도로 진정한 의미의 해석이다. 이는 표면에 드러난 의미보다는 그 심저에 숨어 있는 현저히 깊은 의미를 찾아내야 해석이 완성된다는 의미다. 이는 앞서의 항목과 크게 다르지 않다.

다섯째, 읽기는 오직 한 가지 작품에 대한 올바른 해석이다. 텍스트의 의미를 찾는 과정에서 혹시 앞서 읽은 이들이 범한 해석상의 잘못을 되풀이하지 않기 위해서 지적한 것으로 출판과 관련해서는 남의 오독을 지적하는 행위보다는 작품 그 자체에 집중하는 것이 낫다는 뜻으로도 해석된다.

여섯째, 읽기는 작품의 정당성을 주장한다. 텍스트의 의미를 이해하게 되면 사실 그 텍스트의 정당성에 대해 훨씬 더 가까이 가게 된다. 이는 출판에 대한 바른 판단에 근접할 수도 있다. 물론 출판의 결정에는 텍스트 내외적인 여러 요소, 상황과 직관 등등이 요구되는 것임은 말할 나위 없다.

일곱째, 읽기는 작품에 대한 특정한 논제를 정당화한다. 이는 전문적인 비평에서 주로 발생하는 것으로 그것은 텍스트에 어떤 가설과 그 가설에 대한 논증 등으로 구성될 수 있는 비평적 읽기의 어떤 항목을 지시한다. 이 항목은 네번째 항목과도 연관된다.

여덟째, 읽기는 정밀하다. 이는 읽기 자체가 지니는 정밀성을 지시하는 말로 표면과 심저에 다 같이 놓여 있는 의미를 캐내기 위해서는 정밀한 텍스트 읽기가 가장 중요하다는 것을 다시 강조한 말이다.

아홉째, 읽기는 새롭다. 이는 읽는 이의 능력과 노력에 따라 새로운 텍스트 해석이 항상 가능하다는 의미다. 출판과 관련해서는 글의 서두에서 적었듯이 오독의 가능성이 상존하는 출판 환경에서 텍스트를 항시 새롭게 읽는다는 것이 얼마나 중요한지는 새삼 더 적을 것도 없다.

열째, 읽기는 하나의 묘기다. 실로 읽기는 묘기, 혹은 신기에 가깝다. 텍스트는 일반적으로 그 마음의 문을 잘 열어주지 않으려는 속성이 있다. 또 사전 정보가 있든 없든 텍스트는 그 자체로 완전한 세계이므로 그 전모를 정밀하게 다 들여다보기 전에는 미리 예단하거나 의미 부여를 할 수 없다. 반면에 텍스트는 어떤 사람에게는 문을 잘 열어주는 속성 또한 지니고 있다. 예컨대 컬트적 인기를 모아 나중에 대박을 터뜨린 어떤 책들이 그런 예증이다.

글을 잘 읽는다는 것은 역시 훈련이 전제되어야 한다. 하지만 그 훈련이라는 것이 그저 책상머리에 줄창 앉아만 있다고 해서, 그렇다고 세상 속을 헤집고 다닌다고만 해서 되는 것도 아닐 것이다. 예컨대 이런 비유는 어떨까. 평소에 활동성이 떨어지는 일을 하는 사람은 퇴근 후라도 운동을 열심히 해야 한다고 나는 생각한다. 그렇게 해야만 인체라는 기관을 통해 먹은 것들을 인체라는 기관을 통해 태울 수(소비할 수) 있기 때문이다. 원고 읽기 역시 자신에게 맞는 완벽한 조건을 스스로 만들어가는 노력이 필요하다. 아무리 생각해도 원고를 읽는 데는 공짜가 없는 것 같다.

오직 '원고 읽기'만을 위한 시간

편집자의 원고 읽기는 어떤 경우 유폐된 시간과 공간을 필요로 한다. 독자들이 한 권의 책을 처음부터 끝까지 읽는다는 전제하에서 원고 읽기를 한다면 자연스러운 목차 구성, 글의 흐름에 민감해질 수밖에 없다.

꼭지별로는 의미도 있고, 메시지도 강하고, 가독력도 있는 원고가 모아놓고 읽으면 지루하고 중복이 많은 경우도 있다. 그런 원고의 문제를 찾아내기 위해서는 원고에 집중하는 시간이 필요하다. 그럴 때는 전화를 바꾸어주거나 회의를 하거나 인쇄소에 나가는 등 기타 업무와 원고 읽기 업무가 겹치지 않도록 다른 협업자에게 적극적으로 도움을 요청해야 한다. 매일매일 원고 읽기를 하는 것은 아니므로, 또 모든 원고가 이러한 유폐된 상태의 작업환경이 필요한 것은 아니므로 특별하게 배려를 받아도 된다.

어떤 원고가 이런 경우에 적용되는가. 우선 여기저기 발표한 글들을 한자리에 모은 원고를 읽을 때다. 저자가 미리 손질해서 원고를 넘기는 경우도 있지만, 이렇게 끌어모아도 책이 모양새가 될지 검토를 의뢰받은 경우다. 발표할 때는 한 꼭지마다 의미가 있었을 테지만 모아놓았을 때도 책 한 권으로서의 의미가 명확해야 한다. 저자마다 자주 쓰는 단어나 숙어, 혹은 인용사례가 있다. 여러 매체에 조각글을 발표한 경우는 모아놓으면 확연히 드러난다. 그런 부분을 명확히 표시해가면서 처음부터 끝까지 읽다보면 겹치고 현저히 긴장감이 떨어지는 부분들을 잘 찾아낼 수 있다. 다른 경우에도 책의 자연스러운 흐름을 위해서는 원고 읽기에만 몰두할 수 있는 시간과 공간을 확보하도록 노력해야 한다.

편집자에게 제3의 길은 없다

책이란 무엇일까? 역시 손에 넣어야만 대답할 수 있는 물음 아닐까. 책에 대한 재미있는 두 가지 태도를 통해 이 점을 살펴보자.

책은 책 현상으로 인간에게 다가오고, 인간은 인간됨으로 책과 섞여 지낸다. 책 현상이 인간됨과 상호 소통의 과정에 있고, 또 둘의 존속 패턴이 상보적인 한, 삶의 세계에서 보다 적실한 실체는 책이나 인간이 아니라 책 현상이나 인간됨, 혹은 둘의 어울림을 통한 상호조건화의 관련성일 것이다. 책의 존폐는 근대 문화의 뒷문 밖을 휩쓸려 다니는 낙엽 같은 이슈가 아니다. 그것은 미토콘드리아로부터 이데올로기에 이르는 삶의 관계항들을 통해서 부단히 자신의 존재를 투여하고 또 이를 통해서 스스로를 만들어가는 인간됨으로서의 인간에 대한 물음과 깊고 넓게 맞물려 있는 것이다. 책은 죽을 것인가. 이 물음에 관한 한 책도 인간도 전적인 책임을 질 수가 없으리라. 책의 의의와 그 존폐를 묻는 물음에 답하기 위해서는 책과 만나 함께 살아온 인류의 긴 족적을 오랫동안 굽어본 역사가 그 무거운 입을 열 수밖에.

—김영민, 『컨텍스트로, 패턴으로』(문학과지성사) 102쪽

책에 허용된 일은 단 한 가지, 그것을 읽는 것뿐이라고 믿는 궁정
식 연인들이 어떤 손해를 보고 있는지 생각해보라! 기우뚱한 물건을
받칠 때, 문이 바람에 닫히지 않게 괼 때, 풀이 잘 붙도록 눌러놓을
때, 울퉁불퉁한 양탄자를 펼 때, 그들은 달리 무엇을 사용할까? 예술
사가를 하는 내 친구가 십대 때 가장 좋아하던 책 『돌레르의 그리스
신화』는 레드 제플린의 타악기 반복 악절을 연습하던 드럼 패드로 쓰
였다. 대학 시절 철학 교수 한 분은 아기가 펭귄 페이퍼백 표지에 나
온 데이비드 흄의 초상에 반하자 딸이 그 위대한 사상가를 치아로 느
끼며 성장할 수 있도록 표지에 비닐을 씌워 주었다. 19세기 말 에티
오피아의 황제 메넬리크 2세는 성경을 한 장씩 씹어 먹기 좋아했는
데, 불행히도 열왕기를 다 먹어 치우고 나서 죽고 말았다. 나는 메넬
리크가 그런 운명을 맞이했다고 해서 우리 손과 치아를 책으로부터
멀리해야 한다고 생각하지는 않는다. 거기서 우리가 끌어낼 수 있는
교훈은 분명 메넬리크 역시 그 책장들을 비닐로 싸두었어야 했다는
것이다.
—앤 패디먼 지음, 정영목 옮김, 『서재 결혼시키기』(지호) 68쪽

전자의 인용은 책에 대한 한 사람의 전 영혼의 투사를 잘 보여준
다. 정서적으로 나는 이쪽에 가깝다고 솔직히 고백해야겠다. 하지만
이것은 저자의 태도다. 그런 점에서 편집자라면 기질상 후자의 인용
에 더 가까운 사람인지도 모르겠다. 하여튼 나는 저자도 독자도 아닌

편집자에 대해서 말하는 것에 대해 어려움을 느끼고 있다.

그것은 왜 그럴까? 편집자는 저자를 중재해서 독자에게 보여준다는 점에서는 독자 편에 서 있지만 독자에게 위임받은 적이 없다는 점에서는 저자 편에 서 있는 것도 같다. 하여튼 편집자에게는 확실한 '제3의 길'이 있는 것 같지는 않다.

편집자가 독자 편에 서 있다는 것은 더 적을 필요도 없는 말이다. 그것은 저자의 세계를 완전히 알지 못한다는 점에서도 그러하지만 편집자도 다소 높은 층위에서 바라보면 결국 한 독자이기 때문이다 (일반 독자보다는 원고를 빨리 접하지만). 그런데 책을 말하는 자리에서는 다소 이 의미가 달라질 수 있다. 편집자는 그저 택배 서비스처럼 원고를 저자로부터 받아서 전해주는 것이 아니라 저자에게 원고에 대해 조언도 하고, 또 애초에 그 원고는 편집자와 함께 논의된 것으로서 어떤 때는 저자도 하지 않는 부분에 대한 가공도 한다(책은 원고로 이루어지지만 책에는 원고만 있는 것은 아니기에). 그런 점에서 보면 저자 편에서 서 있는 것도 같다.

후자의 인용을 살펴보아도 모호하기는 마찬가지다. 우리에게 책은 마음의 양식이지만 그저 추상적인 양식인 것만은 아니다. 저자 앤 패디먼이 책을 얼마나 많은 용도로 유용하게 사용하고 있는지 놀라울 정도다. 책도 또한 사물이므로 어느 정도의 사물화는 마땅히 권장해야 할 일이다. 그러나 이 또한 뭔가 미흡하다. 책의 세계는 그 모든 것을 다 포함하면서 또 그것들의 총합보다는 큰 그 무엇 아닐까. 책 읽기의 즐거움, 책 경험의 지복을 보여주는 다음의 글을 잘 음미해보기로 하자.

당신이 정말 재미있는 책을 읽고 있고 책 속의 체험에 몰입하고 있다면 먼저 당신 몸이 그것을 말해준다. 가령 두근거리는 가슴, 땀에 젖은 손바닥, 느긋하고 평온한 호흡 등의 신체적 표시는 당신이 책 속에 몰입하여 느끼는 감정을 말해주는 것이다. 이러한 정서는 공포, 분노, 흥미, 즐거움, 수치심, 슬픔 등 당신이 실제생활에서 체험하는 것과 똑같은 정서다. 놀랍게도 당신은 책 위로 눈동자를 굴리는 동작만으로도 체험을 '실감'하는 것이다.

재미있는 소설책에 몰두하다 보면 우리의 실제 세상은 소설 속의 세상보다 덜 리얼한 것처럼 보이기도 한다. 왜 그런가 하면 책이 우리의 '진정한' 느낌을 사로잡았기 때문이다. 마치 읽을 시간만 있으면 금방 돌아갈 수 있는 또 다른 생활, 또 다른 마법의 장소를 확보한 듯 느껴진다. 독서가 이런 힘을 발휘하기 때문에 소설은 종종 마법의 양탄자, 도피수단, 정신적 여행으로 불린다.

—조셉 골드스타인 지음, 이종인 옮김, 『비블리오테라피』(북키앙) 32쪽

행 동 하 는
편 집 자

편 집 의   실 제   1

독자에게   말을   건네는   책

편집자가 저자를 만나는 것은, 오래된 비유를 쓴다면 물고기가 물을 만나는 것과 같은 이치다. 그간의 출판 이력을 통해 이른 결론은 '편집자는 저자를 통해 비로소 완성된다'는 사실이다. 편집자는 저자가 아니지만, 책에 관한 한 저자가 할 수 없는 많은 것들을 실행하는 존재다.

이 장에서는 저자들을 어떻게 책 만들기 현장으로 데려올 수 있는가, 그 실제 사례를 통해 저자와의 교감에 대해 이야기할 것이다. 한 소설가와 한 시인의 사례를 통해 원고 청탁, 컨셉트 보완시켜 나아가기, 편집의 전 과정을 살펴보자.

세상에 부유하는 많은 것들 중에서 책이 될 만한 주제는 어떻게 발굴하는가, 그리고 그 주제를 보여주는 이야기 구성은 어떻게 할 것인가라는 편집자의 고민은 작가와 연관된 아이디어 창출로 곧바로 이어진다. 집필자를 떠올리지 않는, 편집자만의 구상은 공상에 가깝다. 물론 작가를 만나고 주제를 설정하는가, 주제를 발굴하고 어떤 작가를 떠올리는가 하는 문제는 어느 쪽이 먼저라고 선명히 분화되어지는 것은 아니다.

앞서 일본의 편집자 겐조 도루의 예를 들었지만, 광범위한 네트워크 속에서 특정 작가에 대한 이해를 심화시키고 있으면 한순간 그와의 교감을 통해 작품을 만들어낼 수 있게 된다. 이럴 경우 아이디어는 그 자체보다는 어떤 특정 작가와의 이해 속에서 움터온다고 할 수 있다.

또 하나 여기에서 특기할 만한 사항은 일반 독자들에게 결코 작가나 시인이 쓰는 글이 어렵거나 고답적이지 않음을 보여주는 외장을 갖추는 것이 중요하다는 점이다. 가령 다음의 진술 속에서 우리는 문학 출판에 대한 아이디어를 얻을 수 있지 않을까?

오늘날 시와 소설을 대하는 태도에는 두 극단이 있다. 하나는 '문학'을 읽는 행위가 전문가, 교수, 대학원생의 전유물이라고 보는 태도다. 이 경우 독서는 아주 진지한 사업으로서 '학문'이 된다. 다른 하나는 실용적인 사업가의 관점으로서 독서가 '실제생활'과는 무관한 사소한 오락이라고 보는 태도다. 픽션은 아무리 읽어도 재무제표나 GNP, 이 사회의 분위기를 바꾸지는 못한다. 스토리는 아이들에게 읽어주는 것, 또는 하루의 중요한 일과와 차 닦기, 설거지, 잔디깎기를 마치고 나서 '시간을 죽이'고 싶을 때 읽는 것이라고 그들은 말한다. 시간 죽이기 독서는 공항, 버스 안, 병원의 대기실에서, 몰라도 전혀 상관이 없는 사소한 정보를 알려주는 잡지를 읽는 것을 통해 이루어진다.

—조셉 골드스타인, 『비블리오테라피』 18쪽

　문학 작품을 읽는다고 해서 (이 인용의 표현을 따르자면) 재무제표가 나아지거나 이 사회의 분위기가 좋아지지 않지만, 오히려 그렇기 때문에 비근한 현실에 치여 사는 대부분의 평상인들에게 용기와 희망을 주는 것 아닐까. 그런 점에서 나는 즐겁게 책을 만들려고 노력한다. 책을 만드는 과정에서 우러나는 조금의 즐거움도 없이 어찌 프로세스를 진행하겠는가. 문학작품 혹은 저자가 문인인 책의 제작에서도 역시 독자들의 눈높이를 어느 정도에 맞출 것인가 하는 점이 중요하다.

　앞서 말한 외장을 갖춘다는 말은 편집자 고유의 권한이다. 이 권한을 잘 사용하면 작가가 말하는 메시지와 글의 본질을 훼손하지 않는 범위에서 '당의정'을 입힐 수 있다. 독자들이 지갑을 열어 책을 사갈 수 있도록 유혹하는 기술이 편집자에게는 필요하다. 쓴 약이 목에서 부드럽게 넘어갈 수 있도록 '당의정'을 입혔다고 해서 약의 효과가 없어지거나 약해지는 것은 아니다. 문제는 '당의정'의 성분이나 농도가 지나쳐서 약효보다 당분 성분에 매몰되어서는 안된다는 점이다.

　편집의 기술은 원고가 가지고 있는 함의의 깊이를 덜어내지 않는 선에서 발휘되어야 한다. 그저 친절하게 주제에 관한 문안을 적어주거나 삽화를 많이 넣어 보기 좋게 만드는 것만이 능사는 아닌 것

이다.

최고의 기술은 '책이 독자에게 말을 건네는 느낌'을 주게 만드는
데 있다. 책을 사기 전에 독자로 하여금 "이 책을 안 사면 내가 손해
지" "이 작가의 글이 내 일상의 빛깔을 바꾸어줄 거야" 하는 환상을
심어주는 것이 필요하다. 그리고 책을 읽고 난 후 독자에게 현실의
어떤 것을 환기시키거나 변화시킬 수 있다면 편집자의 꿈은 현실화
되는 것이리라.

편 집 자 는   저 자 를   통 해   완 성 된 다

몇 해 전 작가 구효서의 장편소설『라디오 라디오』를 재미있게 읽

은 적이 있었다. 유머와 페이소스가 짙게 풍어져 나오는 이 소설은 한 마을 전체에 문명 혜택이라고는 라디오 한 대뿐인 곳에서 스피커를 통해 방송 외에 가끔씩 공지사항을 알려주곤 하던 풍경을 실감나게도 그리고 있었다. 나는 순간적으로 아, 이 작가의 자전적인 소설이구나 하고 생각했었다.

〈마음산책〉에서 '주제가 있는 전작산문' 시리즈를 기획하면서 제일 먼저 그가 떠오른 것은 어쩌면 필연이었을 것이다. 그 작가의 몸속에 있는 체험과 기억을 불러내어 추억이 깃들인 물건들을 매개로 한 산문을 쓰게 하자. 흡사 자판기에 동전을 넣고 누르듯이 단 몇 초만에 체화된 옛이야기를 실감나게 들려줄 작가로 나는 구효서를 떠올린 것이다.

작가에게 '사물에 얽힌 추억 이야기'라는 컨셉트를 소개하고 사진과 글이 함께하는 책이 될 것이라고 설명한 뒤 정중하게 원고 청탁을 하였다. 그런데 작가는 향후 몇 년 정도 써야 할 작품들이 구상되어 있고, 또 신작을 계약할 출판사들도 정해져 있어, 무언가 새로운 작품을 쓴다는 것이 부담스러우나 고민을 해보겠다는 말을 들려줬다.

며칠 후 작가는 따로 취재하지 않아도 되는 자기의 이야기이므로 써보겠노라고 오케이 사인을 보내왔다. 자신의 지난 체험을 한번 써보고 싶고, 또 그런 만큼 빠른 시일 내에 완성할 수 있을 것 같은 자신감도 든다는 것이었다. 때마침 한 작품을 탈고하고 다른 연재소설을 쓰기 전에 한 달여 공백이 있는데 그 기간에 써보겠다고 알려왔다.

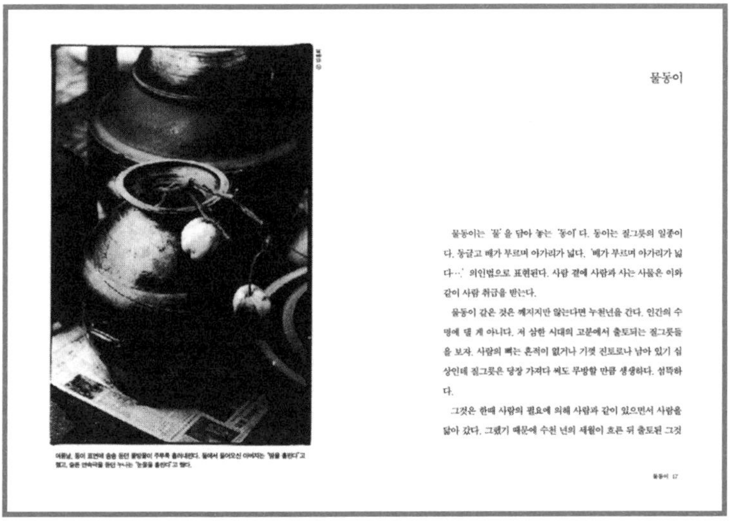

물동이

물동이는 '물'을 담아 놓는 '동이'다. 동이는 질그릇의 일종이다. 둥글고 배가 부르며 아가리가 넓다. '배가 부르며 아가리가 넓다…' 의인법으로 표현된다. 사람 곁에 사람과 사는 사물은 이와 같이 사람 취급을 받는다.

물동이 같은 것은 깨지지만 않는다면 누천년을 간다. 인간의 수명에 댈 게 아니다. 저 삼한 시대의 고분에서 출토되는 질그릇들을 보자. 사람의 뼈는 흔적이 없거나 기껏 진토로나 남아 있기 십상인데 질그릇은 당장 가져다 써도 무방할 만큼 생생하다. 섬뜩하다.

그것은 한때 사람의 필요에 의해 사람과 같이 있으면서 사람을 닮아 갔다. 그랬기 때문에 수천 년의 세월이 흐른 뒤 출토된 그것

여름날, 동이 표면에 송송 돋던 물방울이 주루룩 흘러내린다. 들에서 들어오신 아버지는 '땀을 흘린다'고 했고, 슬픈 연속극을 듣던 누나는 '눈물을 흘린다'고 했다.

물동이 17

『인생은 지나간다』 본문

만약 한 달 안에 씌어지지 않으면 다시 기약없이 기다려야 할 상황이었지만 나는 이 작가가 평소 허투루 약속을 하지 않는다는 것을 상기하고, 그런 경우는 상정하지 않기로 마음먹었다. 그런데 그것보다 마음 한구석에는 한 달 만에 쓰는 원고의 질적인 면에 대한 우려가 생기는 것도 사실이었다.

그후 정확히 한 달 만에 원고가 도착했다. 원고의 첫 페이지에는 이런 헌사가 붙어 있었다. "하늘에 계신 어머니에게 이 책을 바칩니다." 그 헌사를 보는 순간 짧은 집필 기간에 대한 우려는 한순간에 녹아버렸다. 이 글은 한 달 동안 씌어졌지만 회임 기간까지 넣을 경우 거의 작가의 전 생애가 들어가 있겠구나 하는 확신 때문이었다. 사실 '하늘에 계신 어머니에게'라는 헌정은 작가들 사이에서도 결코 흔치 않은 케이스였다.

편집자의 의도를 십분 살려준 이 500여 장의 원고는 개인의 체험을 보편성 있게 승화한 드문 아름다운 사례로 나는 기억하고 있다. 원고를 읽고 해당되는 사물들의 비주얼 작업을 위해 사진작가 김홍희에게 사진 촬영을 의뢰했다. 김홍희는 주로 골동품 가게들을 다니면서 해당되는 사물들의 사진을 정갈하게 찍었고, 흑백의 아름다운 사진 작품들을 최종 결과물로 편집자에게 넘겨주었다.

표지에는 도시락 사진을 앉혔다. 우리 모두는 도시락에 얽힌 추억 하나씩은 갖고 있다는 점에 착안한 것이었다. 그리고 책 표지에는 '모든 사물에는 추억이 깃들인다. 그 추억을 통과해 인생은 지나간다'고 두 줄 문안을 적어 넣었다. 사물에 대한 이야기지만 메시지는 '인생'이므로 제목은 『인생은 지나간다』로 정했다. "지금 이 순간도 지나간다. 일도 사실들도 사물들도 그들도 지나간다. 그러므로 너무 기뻐하거나 너무 슬퍼하지 말자"는 편집자의 컨셉트가 담겨진 제목이었다.

한 작가는 이 책을 읽고 이런 글을 신문에 기고하기도 했다.

책장을 열기도 전 우리는 20년 전이나 30년 전의 세월 속으로 들어갑니다. 요즘은 어느 부엌에서도 구경할 수 없는 물동이와 양은 주전자, 밤색 칠을 한 나무젓가락, 자루 긴 놋쇠주걱, 처음 글씨를 쓰고 그림을 그렸던 비료포대나 양회포대 종이, 유선 라디오, '테레비'와 전화에 이르기까지 구효서는 우리 추억의 물증들을 자신의 빛바랜 사진첩을 열어보이듯 하나하나 이야기로 펼쳐 보입니다.

사실 그런 물건들은 어느 가정에나 있었고, 어떻게 보면 밋밋하기까지 한 것들인데 구효서는 거기에 얽힌 자신의 일화로 그 물건들에 생명력을 불어넣고, 자신의 글을 따라 읽는 이들의 마음까지 뭉클하게 만들어버립니다.

— 이순원,《조선일보》 2000년 12월 2일

『인생은 지나간다』는 이후 〈마음산책〉의 출판 성격을 보여주는 한 얼굴이 되었다. 작가의 전작을 기획할 때에는 평소 그 작가의 관심 사항과 지향점을 잘 알아두는 것이 무엇보다도 강하게 요청된다. 일반인들이 쉽게 접근하기 어려운 전문적인 지면에 쓴 글까지 읽어둔다면 적절히 기획에 반영할 수 있게 된다.

이번에는 시인이 쓴 산문을 기획한 사례를 하나 더 소개하고 싶다. 20세기의 위대한 시인 에즈라 파운드는 시골의 삶을 '서술적 narrative'인 것으로, 도시의 삶을 '영상적cinematographic'인 것으로 묘사했다. 편집자는 서술적인 것과 영상적인 것을 결합하여 자질화해야 한다. 눈으로 보듯이 서술할 수 있어야 한다. 이런 점들에 착안하여 언젠가 영상적인 서술 형태의 산문을 한번 선보이겠다는 생각을 하고 있었다.

시집 『사랑의 위력으로』『무덤을 맴도는 이유』를 펴낸 시인 조은은 문단에서는 좋은 시를 쓰는 시인으로 많이 알려졌지만 일반 독자들에게는 비교적 낯선 시인이었다. 물론 산문집도 낸 적이 없었다. 언젠가 시인의 사직동 집을 놀러간 적이 있었다. 그 집에서 나는 여러 가지 새로운 풍경들을 보았다. 서울 중심가에 있다고 생각하기에는

아주 한적하고 서민적인 동네, 그 사직동에 한옥 한 채를 세내어 살아가는 시인의 삶은 독특하고 질박했다.

버려진 개를 주워다 기르는 독신 여성 조은의 삶은 폐쇄적이지 않았고 온 동네와 더불어 함께 호흡하는 삶이었다. 무엇보다도 정겹고 삶의 층위가 두텁게 느껴졌다. 특히 작은 한옥 주택은 비좁았지만 한옥의 형태를 잘 갖추고 있는 예쁜 집이었다. 비록 담은 일부 허물어지고 여름에는 덥고 겨울에는 추운 집이었지만 무엇보다도 마당과 또 이웃들과 어깨를 나란히한 담과 지붕, 그리고 들어가는 골목이 인상적인 집이었다.

앞서 도시에서의 삶이 영상적이라는 지적을 상기해주기 바란다.

도시에서의 독신 여성의 삶을 떠올리면 '원룸 혹은 아파트' '직장여성' '폐쇄성' 등이 연상된다. 그러나 시인 조은의 삶은 그와 달랐다. 그녀의 사직동 독신 생활은 '한옥집' '직장이 없는 여성' '개방성' 이 돋보이는 삶이었다.

저자에게 좋은 원고를 받으려면?

나는 편집자 기질이 발동하여 그녀에게 이 지순한 삶의 형태, 사유들을 글로 써보라고 권유했다. 서울 한복판에 있지만 개발의 혜택을 고맙게도 덜 받아 시인의 거처로 손색이 없는 사직동과 그곳 생활을 시가 아닌 산문으로 풀어보라고 말했던 것이다. 정겨운 동네 사람들과 숱하게 교류하면서 살아가는 시인의 진솔한 삶의 이야기는 우리가 두고두고 읽어볼 만한 가치 있는 이야기가 될 것이라고 확신했던 것이다.

이런 권유 앞에서 시인은 거절의 뜻을 밝혔다. 전작으로 써야 한다는 부담과 동시에 자신의 사생활을 다 노출해야 한다는 부담감까지 덧씌워진 형국이었다. 나로서도 충분히 이해할 만한 이야기였지만 여기에서 그만두기에는 그 사직동 집에서 내가 느낀 감동이 너무나 컸다.

나는 시인이 끔찍이 사랑하는 개 '또또'의 사진을 예쁘게 싣겠다, 골목길의 아름다운 삶의 풍경들을 기록으로 남겨야 한다, 늘 쓰는 사람의 글이 아니라 시인의 아름다운 산문도 독자들이 읽을 권리가 있다 등등 여러 말로 시인에게 원고 청탁을 거듭했다.

마침내 시인은 나의 청탁을 수락했고 한겨울에 문을 걸어잠그고 전화선을 빼놓은 채 원고쓰기에 전력을 다했다. 그동안 나는 물론 지인들도 그를 만날 수가 없었다. 어느 날 드디어 원고를 들고 시인이 출판사에 나타났다. "바위에서 물 한 방울 짜내는 심정으로 힘겹게 썼다"고 말하는 시인의 얼굴에는 피곤함이 묻어났다. 작가, 시인에 기대어 작업을 하는 편집자로서는 무엇보다도 이 순간이 가장 미안하게 느껴지는 때다.

600장의 원고는 그야말로 말의 의미 그대로 단숨에 읽혔다. 시인의 산문답게 치열했고, 마치 한 편 한 편의 시처럼 단단했다. 좋은 원고를 받아든 당시의 기쁨은 지금까지도 생생하다.

글과 함께 수록될 사직동 골목길 사진은 좀더 정겹고 좀더 따뜻하기를 바랐다. 사진작가 김홍희에게 시인의 생활과 밀착된 사진작업을 부탁했다. 삶의 디테일이 살아 있으면서도 품격을 갖춘 사진들을 위해 김홍희는 시인의 사직동 집을 오랫동안 여러 번 들락거렸다. 시인 조은의 삶의 어떤 부분을 찍는지 시인도 편집자도 눈치채지 못할 정도로 쉼없이 카메라 셔터가 열리고 닫혔다. 나중에 넘겨받은 사진 필름은 사직동 ○○○번지의 삶을 온전하게 구현해냈다.

편집을 하면서 우리는 가능한 한 사진이 시인의 글에 흡수되도록 사진들을 작게, 그러면서도 다양한 사이즈로 사용하였다. 컬러사진이어서 크기가 작아도 단번에 책의 중심이 놓이기 쉽다는 걱정 때문이었다. 이 책은 골목길 사람들의 숨결이 담긴 시인의 글이 무엇보다도 우선시되어야 한다는 것을 한순간도 잊어서는 안되는 것이었다. 여느 사진산문집(사진작품을 부각시키는)과는 편집이 달라야 했다.

『벼랑에서 살다』 본문

시인은 직접 사진에 설명글을 달아 더 잘 읽히는 책으로 만드는 데
큰 도움을 주었다.

발문은 시인 조은과 절친한 소설가 신경숙이 맡아주었다. 보통 시
집이나 소설집에 있는 발문을 산문집에 수록한 것은 조금 이례적인
일이라고 할 수 있다. 시인 조은의 육성과 그 시인의 친구인 소설가
의 교유기를 함께 실음으로써 저자를 입체적으로 조망할 수 있게 되
었다.

시인이 가난한 동네에서, 또 자발적으로 가난한 전업시인의 삶을
선택한 것으로『벼랑에서 살다』란 제목이 어렵잖게 붙여졌다. 표
지에는 본문에 실린 사진들 가운데서 비닐에 가려진 시인의 집 창문
을 통해 보여지는 사직동 원거리 풍경과 양말을 빨아 널어놓은 근거
리 풍경 두 개를 나란히 앉혔다. 이 두 사진의 거리가 또 의미가 이

155

책의 내용을 영상적으로 풍부하게 보여주고 있다고 생각했기 때문이었다.

이 책이 나온 후 진지한 서평을 많이 받았다.

표제의 '벼랑'은 직설이기도 하고 은유이기도 하다. 조은 씨는 서울 사직동 언덕배기에 있는 대지 13.75평짜리 집에 산다. 가파른 벼랑이 그의 물리적 거처인 것이다. 그 가파른 벼랑은 그가 사는 동네의 지형이면서, 그가 지난 40년간을 부유한 일상의 지형이기도 하다. 조은 씨는 경북 안동에서 성장기를 보냈다. '양반들'이 득실거리는 그 지방의 번듯한 가문(그는 한양 조씨라고 한다)에서, 온갖 봉건적 에토스를 비웃는 이 비순응적인 여자아이를 어른들이 어떤 눈길로 보았을지는 짐작할 만하다. 조은 씨는 자라서도 직장 생활을 단속적으로 했을 뿐이어서 애옥살림에서 벗어나지 못했다. 집 안팎이 벼랑인 것이다. 하긴, 벼랑은 시가 죽어가는 시대에 시인에게 마련된 합당한 지리인지도 모른다. 이 문집에 묶인 글들은 그런 벼랑의 삶을 거푸집으로 삼고 있다.

그러나 『벼랑에서 살다』에서 어떤 궁색이 읽힐 것이라고 예단하는 독자가 있다면, 그는 기자의 너스레에 속아넘어간 것이다. 시인은 자신의 가난을, 독신을, 세상과의 불화를 얘기하면서 조금도 움츠러들지 않는다. 그는 매달 300만원씩의 금리 수입을 올리면서도 노후가 무서워 늘 절약만 하는 독신 친구를 비웃고, 독신을 고집하다 뒤늦게 결혼한 친구들을 유형별로 나누어 비웃고, 세상살이의 안온과 평화를 자신의 인격과 교환하는 이웃들을 비웃는다. 지배적 성으로서의

156

남성에 대한 근원적 불신을 숨기지 않는 이 페미니스트는 그러니까 성을 불문하고 인간이 지닌 악덕을 차갑게 응시하는 페시미스트이기도 하다.

— 고종석, 〈글과 책〉(《한국일보》 2001년 2월 27일)

편 집 자 기 질 을 발 휘 하 라

얼마 전 영화 〈싱글즈〉를 보았다. 〈싱글즈〉 전편에는 두 독신 여성이 엮어가는 연애와 직장 이야기가 흐른다. 나는 이 영화가 보여주는 화해와 판타지에 놀랐다. 그건 필경 이 영화에 묘사된 싱글들의 이야기가 우리와는 다른 풍토에서 나온 원작(일본)에 토대를 둔 것이기 때문이라고 생각한다. 덧붙여 이 영화가 우리 현실에서 볼 때 왜 허구적인지 그리고 개연성이 떨어지는지 그 이유를 바로 이 책에서 찾을 수 있지 않을까 한다.

『벼랑에서 살다』는 편집자로 살면서 일반 독자들에게 잘 알려지지 않은 저자를 발굴하는 경우 저자에 대한 편집자의 강한 정신적인 지원이 꼭 필요하다는 것을 나에게 일깨워준 경우이기도 하다. 내가 읽고 싶은 책은 역시 독자들도 읽고 싶어할 것이라는 믿음하에서 저자에게 용기를 북돋우는 것이 왜 중요한 것인지를 이론이 아니라 실증적으로 가르쳐준 것 말이다.

『공선옥, 마흔에 길을 나서다』(말)와 『눈물은 왜 짠가』(함민복 저, 이레) 또한 소설가, 시인의 산문집으로 주목할 만한 책들이었다. 『공선옥, 마흔에 길을 나서다』는 세 아이의 어머니이자 소설로 생계를 꾸려온 작가의 국토 여행기로 보통사람들, 혹은 보통 이하의 우리 민초들이 살아가는 모습을 담담하게 그려낸 산문이다. 특히 본문과 잘 어우러지는 사진들 또한 본문의 연장이면서 본문과는 또다른 정취를 주고 있었다. 그래서 다음과 같은 저자의 격정적 목소리를 잘 다독여 주는 듯했다.

그리고 나는 안다. 내가 봉화를 떠나도 봉화는 거기 그대로 있다는 것을. 세상은 화전민의 후예들을 잊어도 그 화전민들의 후예들은 거기 그렇게 존재하고 있음을. 그리고 내가 아무리 '뻔한' 슬픔, 상투적 가난이라 해도 그 슬픔, 그 가난은 결국 내 슬픔이요, 내 가난이라는 것을.
—『공선옥, 마흔에 길을 나서다』 132쪽

공선옥의 서술들이 이 땅에서 살아가는 사람들이 제각기 일구어 가는 삶의 공동체의 모습을 비추는 데 주안점을 두고 있다면 함민복의『눈물은 왜 짠가』는 시인 개인의 내면적 성찰에서 기인한, 혹여 시인이 아니었더라면 평범했을 수도 있는 궁벽한 삶의 전경들을 정밀하게 스케치하고 있다. 그래서 그의 산문집은 영상적 서술에 값한다. 뻘밭에서 숙취에 시달리며 고기를 잡는 광경의 묘사는 이 책의 백미다.

아이가 셋이나 있는 소설가로 하여금 길을 나서게 하고, 한없이 낮은 곳에 머물러 있고 싶어하는 시인으로 하여금 시가 아닌 산문을 쓰도록 추동하는 것은 편집자다. 그런 점에서 편집자가 작가, 시인들에게 요구하는 내용에는 약간의 잔인함도 있는 것 같다는 생각도 든다.

그리고 그 결과는 독자들에 의해 냉정하게 판단된다.

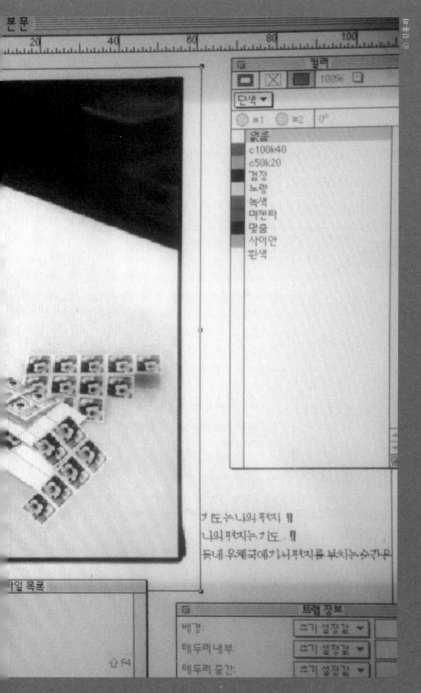

조판 편집중인 매킨토시 화면.
책의 특성인 '네모의 미학'을 꽃피워야 한다.

'네모'의 미학을
살린다

편 집 의 실 제 2

디 자 인 책 을 손 닿 는 곳 에 두 어 라

편집자가 디자인 감각이 있고, 디자인을 잘 알면 그것보다 더 좋을
수는 없다. 책을 만드는 공정 중 어느 것 하나도 디자인적 요소가 개
입하지 않는 곳이 없다. 그렇다면 어떻게 하면 디자인을 잘 알 수 있
을까. 먼저 디자인의 중요성을 잘 아는 데서부터 시작해야 하지 않을
까. 언제가 나는 한 인터넷상의 서평란에『어? 스마일 인 더 마인드』
(디자인하우스)에 대해 아래와 같이 쓰면서 디자인의 중요성을 환기
했었다.

가끔 출판계 후배들은 묻는다. 책을 잘 만들려면 무엇을 보고 읽어
야 하나요? 그럴 때마다 나는 디자인책이라고 대답한다. 방금 펼쳐
본 디자인책을 당장 편집에 응용할 수는 없다 해도 디자인 감각 익히
기를 게을리하지 않는 것, 그것은 편집자의 책무다. 내가 요즘 책상

귀퉁이에 놓고 시간이 날 때마다 열어보는 책은 『어? 스마일 인 더 마인드』다. 재치 있는 발상과 그래픽 디자인의 만남을, 세계적인 디자이너들과의 인터뷰, 사례들을 통해 열거하고 있는 이 책을 읽는 일은 한없이 즐겁고 행복하다. 독자들의 마음을 움직이는 편집 디자인의 노하우를 배울 수 있어 흡사 맛있는 과일을 보듯 바라본다.

어느 날 오락실에서 '데이트 퀴즈'라는 걸 해보았다. 퀴즈를 풀면 끝없이 데이트가 계속되는 게임이다. 그 퀴즈 중에 이런 것이 있었다. 우리 나라 역대 예술 작품들의 일반적인 경향은? 그 답은 자연주의였다. 이 말을 왜 하는가 하면 나는 자연주의적 디자인을 선호한다는 것을 말하기 위해서다. 어떤 디자인이 좋은 디자인인지 나는 잘 알지 못한다. 디자인책을 가까이 두고 늘 뒤적이는 것은 그것을 알고 싶다는 욕망 때문이기도 할 것이다. 하지만 적어도 디자인을 위한 디자인에는 반대다. 북디자인에 있어서 나는 여전히 내용 우선주의자다. 어떤 디자인이든 바로 그 책이 담지하고 있는 내용을 더 잘 비춰 주는 것이어야 한다는 것이 내 나름대로의 디자인 철학이라면 철학이다.

출판사 〈디자인하우스〉에서 나온 디자인책들을 자주 보는 편이다. 가령 『진 무어 윈도디자인의 역사를 쓰다』 같은 책이 내가 좋아하는 책 가운데 하나인데, 나는 그래서 백화점에 가면 윈도부터 제일 먼저 보게 되었다. 현대 디자인의 개념 등은 대부분 서구에서 온 것이다. 그러나 유구한 역사를 갖고 있는 우리 민족이 디자인에 대한 깊은 사고가 없었을 리 없다. 누군가 이런 부문에 대한 연구 저작을 출판해 주었으면 좋겠다.

『어? 스마일 인 더 마인드』는 그래픽 디자인 가운데서도 위트 넘치는 작품들만을 모아놓았다. 서구의 저작을 대하면 그 실용주의적인 성격들 때문에 깜짝 놀라는데, 말의 좋은 의미 그대로 이 책이 그러하다. 특히 이 책은 유머가 사람과 사람 사이의 거리를 좁히는 데 최상의 방법이라고 주장한다. 이 책은 5장 부분이 특히 좋다. 유명 디자이너들의 디자인 사례와 작품들을 실어놓았다. 디자인이 왜 커뮤니케이션인가를 알 수 있다. 디자인을 잘 몰라도 책을 만들 수 있을까? 물론 그렇다. 하지만 디자인을 이해하려고 노력하면 할수록 더 좋은 책을 만들 수 있지 않을까? 그 길에 좀더 가깝게 다가서고 싶다.

—Yes24, 〈전문가 서평〉 중에서

편집자가 디자인 마인드 없이 일할 수 있다고 생각하는 것은 착각이다. 그러므로 좋은 편집을 위해 항상 디자인에 대해 배우려는 자세를 견지할 수밖에 없다.

디자이너와 예술가와의 관계에 대해서는 브루노 무나리의 『예술가와 디자이너』(디자인하우스)가 시사적이다. 디자이너의 정체성 확립에 대한 의미 있는 진술들이 많다. 가령 예술가는 초인간적인 메시지를 다루는 존재인 데 비해 디자이너는 합리적인 수단으로 작업한다든지, 예술가는 환상을 갖는 데 비해 디자이너는 창의성을 갖는 존재이므로 결국 디자이너는 예술가가 아니라는 주장이 그것이다.

예술가나 스타일리스트와는 대조적으로, 디자이너는 어떤 문제를 해결하는 데 있어서 그의 개성적 스타일을 갖지 않습니다. 진정한 디자이너의 제품은, 그 기획을 성격짓는 특정한 미학적 요소들을 갖지 않는다는 말입니다. 디자이너는 구형이나 일방체, 또는 튜브형 등 다양한 형태의 조명 기구를 디자인할 수 있지만, 우선적인 목표는 빛을 발하게 하는 것이고, 다음에는 적당한 가격으로 재료가 구성되게 하는 것입니다. 그는 진정으로 자기의 스타일이 없기 때문에 기능이나 재료, 기술 등이 서로 다른 다양한 제품들을 만드는 일에 종사할 수 있습니다. 따라서 외형상으로 나타나게 되는 형태는, 제품을 구성하는 각 요소에 대한 최상의 해결책이 됩니다.
―『예술가와 디자이너』 69쪽

출판이라는 기능적인 분야에 있어서 디자이너는 '최소한의 비용으로 최대한의 효과'를 지향하는 존재다. 그러므로 디자이너는 편집의 한 축을 이루면서 또 편집의 완성이라는 측면을 갖고 있다. 예컨대 장정과 형태 모두 이 디자인에서 나온다. 그러나 편집자가 곧 디자이너는 아니다. 따라서 편집자는 디자이너와는 또 다른 마인드를 가져야 한다. 이 점을 실용적인 측면에서 몇 가지로 요약해보았다.

컨셉트를 관통해야 메시지가 읽힌다
처음으로 고려해야 할 디자인 마인드는 본문 편집에서 표지 장정에 이르기까지 그 책이 가진 '컨셉트'에 정확하고도 일관성 있게 관통해야 한다는 점이다. 원고가 완성되면 편집자는 그 원고를 어떤 메시지를 전달하는 책으로 만들어야 할지 알게 된다. 이때 이런 추상적인 내용을 어떻게 오퍼레이션operation할 것인지 구체화하는 작업에 디자인적 요소가 개입한다. 그것은 원고를 어떻게 조판할 것인가하는 레이아웃과 디자인의 형식에 대한 고민으로 전개된다. 원고의 양과 문체, 독자 타깃과 접근 방법, 판형과 용지 등등의 숱한 문제들이 여기에서 결정되어야 한다.

이런 결정 끝에 흔히 우리가 '시안'이라고 하는 1차 최종안이 나오게 된다. 그런데 그 이전에 다시 한번 강조할 것은 메시지의 효과적인 전달 방식 그 자체다. 메시지를 구체화하는 데에는 여러 가지 방법론이 나올 수 있다. 예컨대 소설과 인문 교양서 편집이 동일할 수 없고, 또 분야가 같다고 해도 내용과 전달하려는 메시지에 따라 편집이 달라져야 할 것이다. 인문 교양서라면 행장이 너무 짧거나 행간이 너무 넓으면 안될 것이다. 이럴 경우 너무 가볍게 간주되어 밀도가 떨어지는 느낌을 주게 된다. 반대로 우화집이나 명상서처럼 여백이나 그림이 요청되는 책에는 너무 촘촘한 글씨 앉히기는 권유할 수가 없다. 책이 주는 교훈이나 사유의 공간을 너무 옥죄는 결과를 가져오기 때문이다. 지나치게 극단적인 예를 드는 것 같지만 실제 서점에서 책을 보면 이런 간단한 사실조차 잘 지키지 않은 책들을 많이 볼 수 있다.

일관성 있는 디자인 컨셉트가 표지에까지 제대로 반영되기 위해서는 편집자 자신의 일관성이 가장 긴요하다. 편집자는 그런 점에서 그 책에 대해서 가장 잘 알면서 또 끊임없이 디자인에 대한 아이디어를 창출하는 존재가 되어야 한다.

예술과 디자인은 이래서 다르다

다음으로 디자인의 실제 적용의 문제, 즉 기술적인 측면에 대해 살펴야 한다. 말할 것도 없이 아무리 좋은 디자인이 이루어졌더라도 실행할 수 없으면 무용하다. 실제 제작과정에서 적용하기 어려운 장정이나, 구하기 어렵고 대량 소비하기 어려운 용지 등등의 제작상의 난점이 많은 디자인을 무작정 주장해서는 곤란하다.

제본 방식은 어떻게 할 것인지, 가령 형압을 한다면 이에 따른 관련 업체의 사정은 어떤지 등등을 면밀히 고려해야 할 것이다. 타 출판사의 선례가 있다거나 할 경우에도 자신의 경우에 적용할 때에는 미처 고려하지 못했던 새로운 돌발 변수가 생길 수 있기 때문이다. 공정의 기간은 어느 정도인지도 고려해야 할 것이다. 또 매번 찍던 책도 때에 따라 수급에 차질이 생길 수 있다. 이런 점까지 고려하여 애초에 무리 없이 공정을 준수할 수 있는지를 감안하여야 한다. 어떤 이처럼 여전히 책은 내용이 우선이지 그 내용이 실린 책의 용지에 따라 책이 더 팔리지는 않는다는 식으로 말하지는 않겠다. 다만 경제성의 문제 또한 이 과정에서 반드시 짚고 넘어가야 한다는 점을 부기해 둔다.

편집자는 종종 정가 산정 단계에서 고민에 빠진다. 예산을 초과하는 집행으로 애초에 예상했던 정가가 높아지는 경우에 봉착했을 때 그렇다. 그것은 바로 이 과정에서 숙고하지 않았기 때문이다. 초판에 사용했던 용지가 중판 때부터는 공급되지 않는 경우도 있다. 또 초판에는 어찌 해서 비싼 용지를 사용했는데 대량 주문이 들어가는 재판부터 다른 용지에 인쇄해야 하는 경우도 종종 본다. 이는 모두 이 과정에서 고민을 덜 했다는 반증이다. 합리적인 단가 책정의 문제는 간단치 않다. 편집자의 욕심이 왕왕 이 합리적인 결정을 방해할 때가 있다. 이 점은 디자이너와 일할 때도 마찬가지다.

앞서 살펴본 『예술가와 디자이너』를 새삼 들춰보지 않더라도 출판 편집자와 디자이너는 최상의 조건에서 영감에 의존하여 예술적인 작업을 하는 존재들이 아니라, 합리적인 조건과 균형 속에서 디자인 실무를 하는 존재들임을 어렵잖게 짐작할 수 있다. 이상적인 편집, 디자인이란 사실 이런 점 모두를 고려한 디자인을 지칭하는 것이지 디자인 그 자체는 아니다. 예컨대 책 표지 날개를 넓게 하고 싶다면 제본소의 기술적인 문제와 함께 용지 사이즈의 계산 등등이 반드시 전제되어야 한다.

용지를 선정할 때에도 여러 가지 사항을 적절히 고려해야 한다. 무엇보다 책의 컨셉트에 따라 이에 걸맞은 질감까지를 배려해야 하고 컬러인쇄를 할 경우 잉크의 흡수력까지를 따져보아야 한다. 종이 선택이 어려울 때는 본격적인 인쇄를 하기 전에 여러 용지에 가인쇄를 해보면 좋다. 가인쇄한 결과를 놓고 용지 선정을 하면 책의 완성도에 자신감을 갖게 된다. 여기서도 합리적인 조건이라는 말을 찬찬히 되새겨보아야 한다.

인쇄의 제반 과정에서 제작의 단가가 좋은 인쇄물을 보장해주지는 않는다. 즉 단가가 높다고 해서 최종 결과물이 다 좋게 나오지는 않는다는 뜻이다. 그러나 용지만은 단가와 종이 질감, 인쇄 선명도가 거의 정비례한다. 그래서 단가가 높은 수입지나 고급용지를 편집자나 디자이너가 욕심을 내는 것이다. 그러나 모든 책을 단가가 높은 종이로 만들 필요는 없다. 그것은 선택의 문제이고 다시 컨셉트의 문제로 환원되는 문제다. 예컨대 친환경과 명상을 주제로 한 책에서는 비교적 거친 느낌을 주는 서적지를 쓰는 것이 더 효과적이라는 것을 편집자라면 누구나 인지하고 있다. 이런 컨셉트에 대한 이해가 없는 독자는 때로 서적지를 썼다고 항의를 하기도 한다.

용지 선택을 위해서는 출판사에 종이를 공급하는 업체에게 견본을 요구하고 상담을 해보는 것이 바람직하다. 용지업체 담당자보다 그 용지에 대해 자세히 알고 있는 사람은 없을 것이다.

때론 소수독자를 위한 책을 낼 때도 있다. 그때는 발행부수가 적기 때문에 쓰이는 용지량이 적고 따라서 고급용지를 쓰게 되더라도 용지 비용에 따른 제작비 차이가 크게 발생하지 않는다. 소수독자가 읽는 전문서 출간을 그 출판사의 성향, 이미지를 선명하게 보여주는 기회로 삼는다면 고급용지를 사용 못할 것도 없을 것이다. 그러나 다수의 독자를 염두에 둔, 초판 5,000부 이상의 비소설이나 경영서에서 굳이 고급용지를 쓸 필요는 없다. 오히려 독자들이 기대하는 기대 지평선과 유리되어 나쁜 결과를 가져올 수도 있을 것이다.

서점에 가보면 일정한 시기에 아주 비슷비슷한 디자인의 책들이 많이 눈에 띈다. 외부 디자이너에 의해 외주 제작한 경우 이런 예를 많이 볼 수 있는데 수준급의 디자이너를 선호하는 경향도 이런 현상을 부채질하고 있는 것 같다. 이런 예를 통해 볼 때 창의적이고 개성적인 디자인이란 역시 어렵구나 탄식하게 된다. 외주 디자인이 아닐 경우에도 이런 경향은 곧잘 발견된다. 디자이너들이 서로가 만든 표지들을 보면서 닮아가기 때문이다. 또 한 시대마다 유행하는 트렌드라는 것이 있게 마련이다. 이런 트렌드야 그 자체로 나쁘다 좋다 따져볼 것은 아니지만 역시 생명력이 있는 디자인은 개성적이면서 시류에 너무 민감하지 않은 디자인이라고 생각된다. 책은 어느 한 시기만 팔고 마는 물건이 아니다. 따라서 어떤 한 권의 책에 합당한 디자인은 그 책의 컨셉트에 부합하는 온전히 그 책만을 위한 무엇이 들어 있는 디자인이라는 가설을 내세워 보게 된다.

보는 디자인에서 읽히는 디자인으로

책이란 사서 바로 쓰는 물건처럼 꼭 그렇게 수용되는 것이 아니라, 읽힘으로써 비로소 수용된다는 점을 상기할 필요가 있다. 책은 가구와도 다르고 가전제품과도 다르다. 읽히지 않으면 그 책은 없는 것과 같다. 그렇다면 읽히는 디자인을 위해서는 어떻게 해야 할 것인가. 편집자는 이 점에 대해 숙고해야 하는 것이다.

편집자는 판을 짤 때부터, 아니 제목을 상정할 때부터 그 책을 누구에게 어떤 방식으로 읽힐 것인가에 대해 항상 생각해야 한다. 또 이 책이 담지할 내용을 어떤 그릇에 담을 것인가 하는 점도. 실생활에 대비해볼 때 책의 표지는 음식점의 간판과도 다르고, 가구점의 간판과도 다르다. 음식점이라고 해도 분식점과 일식점과 레스토랑의 간판이 다르듯이 장르나 분류에 따라 사전에 고려해야 할 디자인 공부와 준비가 한둘이 아니다. 요즘 나오는 책들은 점차 화려해지는 경향이 있는데, 이 점에 대해서는 어떻게 생각할 것인가도 또 문제가 된다. 소박 단순해도 될 책이, 이유 없이·복잡하고 화려해진다면 과연 좋기만 한 일일까?

어떤 독자를 타깃으로 할 것인가 하는 독자 설정의 문제도 디자인과 밀접하게 관련되는 주제다. 감성적으로 접근할 것인가, 논리적으로 설득할 것인가 혹은 서체 위주로 할 것인가, 비주얼 위주로 할 것인가 하는 점들은 모두 어떤 독자를 염두에 두고 출간할 것인가 판단을 내리는 과정에서 결정된다. 모든 물이 바다를 향해 흐르듯이 결국 그 책을 받아들 독자들에게 무엇이 효과적이고 설득력이 높은 출판일 것인가를 생각하는 과정이 결국 디자인이다.

그렇다면 잘된 디자인이란 무엇일까? 추상적인 말이지만 표지든 본문이든 화보든 보는 이들로 하여금 흡사 말을 거는 것처럼 호소해 오는 디자인이 좋은 디자인이다. 여러 해 출판을 하다 보면 멀리서 본문만 보고도 아, 저 책은 수필집이구나, 아님 소설이구나, 혹은 교양서구나 하는 판단이 선다. 그것은 본문의 조판 형태만 보고도 대강 그 책의 장르를 알 수 있다는 이야기다. 영화의 예를 들면 우리는 포스터 한 장만 보고도 아 이건 무슨 이야기겠는데 하는 판단이 생긴다. 그저 멋진 디자인이란 없다. 메시지가 없는, 정치적으로 아무 의도 없는 디자인이란 없다. 그런 점에서 책 표지 디자인의 중요성은 아무리 강조해도 지나치지 않다.

책은 편집자와 디자이너 모두의 것

디자이너와도 시안 전단계에서 이미 의견의 상당한 접근을 보는 것이 편집자가 해야 할 작업이다. 시안이 나온 뒤에 의견의 상이점을 발견하는 경우가 많은데 이는 편집자로서 일단은 직무유기를 했다고 나는 생각하는 편이다. 편집자는 디자이너가 생각하는 디자인 컨셉트를 반드시 그의 입으로 다시 들을 필요가 있다. 그런 점에서 편집자는 점점 더 소심해지는 것 같다.

출판계 편집자들이 겪는 어려움 중 하나로 디자이너와의 갈등 문제가 있다. 이 점을 생각하면 나는 화성에서 온 디자이너와 금성에서 온 편집자 같다는 생각이 저절로 든다. 편집자는 흔히 디자이너에게 '편집자 당신이 미에 대해서 아느냐'고 추궁당하는 것 같고, 디자이너는 편집자에게서 '당신은 이 책에 대해서 아느냐, 읽어봤느냐'고 추궁받는 것 같다. 그러다 결국은 미가 승리하거나 주제가 승리함으로써 끝이 나는 것이 보통이다. 이럴 경우 실로 그 간극은 메울 수 없을 정도로 크게 노정되고 그 균열이 결국 책으로 드러난다.

또한 편집자들 가운데는 디자이너와의 협의를 가볍게 생각하는 경향도 있다고 들었다. 그렇다면 이는 아주 잘못된 태도라 하지 않을 수 없다. 상호 이해의 바탕 위에서 간극을 메우려고 노력하다 보면 결국 일치점이 많아지지 않을까. 출판에 관한 한 지나친 전문화가 일의 재미를 빼앗고 있다고 나는 생각하는 편인데, 전반적으로 출판사들이 용량에 비해 너무나 책을 많이 만들면서 지나친 전문화로 상호 교통과 대화를 앗아간다고 느낀다. 책은 디자이너의 것도 아니고 편집자의 것도 아니다. 그런 점에서 독자의 눈높이를 염두에 둔 디자인, 편집이 얼마나 중요한 것인지는 말할 필요도 없다.

좋은 디자인을 알아보기 위해서는 어떻게 해야 할까? 이 말에 대한 대답은 작가가 좋은 글을 쓰기 위해 준비하는 것처럼 많이 보고 느끼는 것이라고 말할 수밖에 없다. 그럴 때 대안은 이 장의 첫머리에서 했던 말로 되돌아갈 수밖에 없는 것 같다. 그러므로 편집자는 늘상 디자인 책을 들고 다닐 수밖에. 디자인을 읽어내는 능력은 단기간에 생기는 것이 아니다. 책과 관련된 제반 공정 속에서 디자인 마인드처럼 오랜 시간이 걸리는 것도 달리 없을 정도다. 편집자라면 좋은 미술작품의 전시, 공연 등등을 끊임없이 보고 익히는 노력을 게을리해서는 안된다. 영상시대를 사는 우리가 어찌 디자인에 대한 이해 없이 세상을 해석할 수 있다는 말인가?

속설들, 알아야 깰 수 있다

색에 대한 감각과 서체에 대한 이해, 머릿속의 영상을 손끝으로 옮겨놓는 정도는 마땅히 편집자가 그 자질로서 가져야 할 것들이다. 흔히들 표지 디자인과 관련해서는 출판계에 떠도는 속설들도 많다. 가령 따뜻한 색이 차갑고 냉소적인 색조보다 잘 통한다거나 우리 독자 정서에는 흰 바탕에 짙은 색 제목 글씨가 맞는다든가, 제목을 크게 적고 부제를 거의 본문 글씨 정도로 적는다든가, 띠지의 색조는 붉은색이 좋다거나 등등 실로 헤아릴 수 없이 많은 표지 디자인에 대한 속설들이 존재한다. 가령 바탕이 붉은색이면 쓸 수 있는 제목 글씨색이 뭐뭐다 하는 것을 속설들은 모두들 알고 있다고 말해준다. 이런 속설들에 너무 권위가 붙어 있어서 어떤 때는 억하심정으로 역으로 가볼까 하는 생각이 들 지경이니 더 말해 무엇 하랴.

그런데 이런 것에 대해서 나로서는 속설을 아주 무시하지는 말라는 말을 먼저 하고 싶다. 속설이라고 했지만 거기에는 보수적인 감각의 많은 진실이 들어 있다. 아무리 인색하게 보아도 치명적인 잘못을 피하게 하는 것이 이런 속설이라고 나는 생각한다. 이런 속설을 모르고 먼저 그것의 극복을 말하기는 어렵다. 그리고 자신이 보기에 엉터리 속설이라고 생각되면 과감하게 깨고 새롭게 디자인을 하면 된다.

다시 한번 적지만 편집자는 결코 디자이너는 아니다. 하지만 때론 디자이너보다 더 디자이너다워야 좋은 디자인 작업을 수행할 수 있다. 정병규를 비롯하여 편집자 가운데 좋은 북디자이너가 많은 것은 결코 우연이 아니다. 그런 점에서 디자인이란 편집자에게는 넘어야 할 봉우리 같은 것이다. 하지만 이런 말이 편집자를 디자이너로 만들기 위한 것이 아님을 알아주기 바란다. 그저 한 권의 책을 충실히 만들기 위해 마땅히 요청되는 전제조건일 뿐.

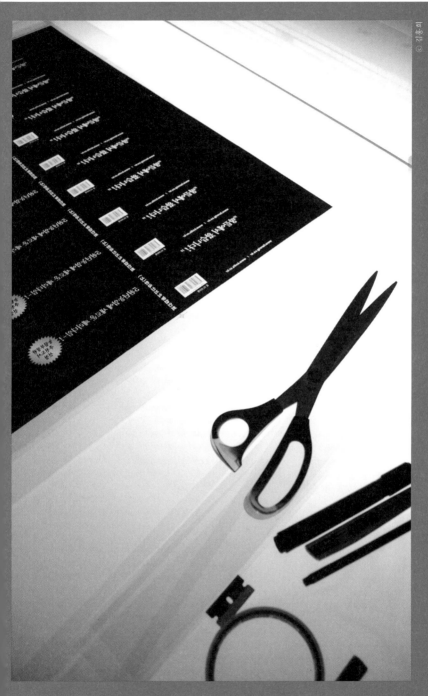

필름은 인쇄 잉크를 묻힌 뒤에야
그 내용을 확연히 보여준다.
필름은 그래서 언제나 누드다.

기획안에 무엇을 담을까?

편집자가 책을 만드는 과정의 첫머리에 놓이는 것이 바로 '기획안의 작성'이라고 할 수 있다. 좋은 아이디어, 또 구체적인 방안이 있어도 이것이 서류로 작성되어 출판사 구성원들과 공유하고 공론화되지 않으면 실행될 수 없다. 회의 때 구두로 설명할 수도 있지만 말로 하는 것과 서류화하는 것에는 논리상 큰 차이가 있다는 걸 더 설명할 필요는 없을 것이다. 기획안의 작성이라는 과정을 통해 재삼 자신의 아이디어를 점검하고, 작업 후 결과를 시뮬레이션할 수 있게 된다. 편집자는 기획안의 작성과 적용 과정의 변경, 새로운 기획안의 작성, 재수정 등등의 과정을 통해 비로소 성공적인 책을 세상에 내놓게 되는 것이다. 어떤 출판적 천재(과연 이런 사람이 있을까)도 이 프로세스를 쉽게 뛰어넘지 못하리라고 생각된다. 오늘의 출판은 점차 팀워크 형태로 재편되고 있다는 점도 고려해야 한다.

앞서의 장에서 여러 차례 적었지만 참신한 아이디어와 또 기획마다 제각기 그것을 실행시킬 수 있는 적합한 방법론을 가지고 있다면 그만큼 성공적인 출판의 가능성이 커진다. 그러나 사실 참신한 아이디어라는 것이 어디 흔한가. 또 세상의 흐름을 읽고 앞서서(그것도 너무 앞서지는 않고 그저 반 발자국 앞서서) 그것을 이끌어내기가 어디 쉬운 일인가. 이 모든 것들이 기획안을 작성할 때면 편집자의 뇌리를 스친다.

출판사마다 기획안에 담을 내용도, 또 형식도 다양하다. 소속된 출판사마다 문화가 다르기 때문에 유난히 강조해야 할 사항이 따로 있다. 원고료를 포함한 제작비 산출을 자세히 기록해야만 하는 출판사가 있는가 하면 저자의 역량과 가능성에 대해서 설득력 있게 써야만 하는 출판사도 있다. 어쨌든 출판사마다 다소 차이가 있다 하더라도 최소한 기획안에 담아야 할 기본적인 것은 있다. '한 권의 책이 지향하는 독자층에 대한 이해' '기획의 의도(이 가운데는 기획 취지와 규모, 작업 방식에 대한 이해도 포함된다)' '원고 예상 내용(주제와 주요한 세부 사항에 대한 설명이 포함된다)' 또 '저자(가령 집필자의 선정과 집필상 유의점, 기타 계약상의 특이점 등이 포함된다)' '유사 도서에 대한 이해, 판매에 따른 특장(홍보시 주효한 내용이 된다)' '판촉 계획(가령 이벤트 등 홍보방식, 특판 등이 포함된다)'이 들어간다.

기획안을 작성할 때 유의할 것들을 내 경험에 비춰 말해보겠다. 먼저 기획안은 바로 자신과 출판사 내부 사람들의 합의를 도출하기 위한 목적으로 적는 것이다. 따라서 자신의 기획을 과장하지 않는 것이 중요하다. 즉 결과물에 대해 냉정하게 추정하고, 또 그 결과를 위해 자신이 강구할 수 있는 방법(인적 물적 동원, 접근 방식), 투여할 수 있는 원천 등등에 대한 현실적 판단을 토대로 기록해야 한다.

또 한 가지 유의해야 할 사항은 '왜 이 책이 우리 출판사에서 나와야 하는가'에 대한 추상적, 실제적인 이유를 명기해야 한다는 것이다. 기획이 성사되기 위해서는 왜 우리 출판사여야 하는가 하는 전제조건이 앞서야 한다. 그 전제조건이 해결되면 그 출판사의 기획의 일관성은 저절로 부여되어가기 때문이다.

기획안, 이럴 때 유용하다

책이 나온 후에 그 결과를 기획안과 비교해보고 반성의 거울로 삼는 것은 중요하다. 책을 만드는 동안 기획안을 작성할 당시의 초심을 항시 견지하고 있는 일도 중요하다. 경험을 통해 보면 책을 만드는 과정은 순탄하기보다는 험난할 경우가 훨씬 많다. 미처 예상치 못한 돌발변수들 때문에 그렇다. 그런 거친 파고에 시달리다 보면 내가 왜 이 책을 만든다고 했던가, 내가 이 책을 만든다고 했을 때의 바로 그 초심은 무엇이었던가를 곧잘 잊어버린다. 바로 이럴 때 기획안을 펼쳐보는 것이 필요하다. 그리고 기획안대로 도저히 작업을 밀고 갈 수 없을 경우에는 현실을 반영, 곧바로 수정하고 용기를 북돋우는 것도 필요하다.

기획안에 매여서도 안되지만 기획안을 소홀히해서도 안된다. 어떤 출판사에서는 기획 단계에서 형식적으로 기획안을 내서 재가를 받으라고 하고서는 그 이후에는 던져놓고 다시 쳐다보지 않는 경우도 있다고 들었다. 이래서는 기획의 발전이란 없다. 출판의 전과정에서 서류가 가장 중요한 것은 바로 이때다. 그렇지 않다면 기획안을 쓸 것이 아니라 그 시간에 차나 마시면서 말로 하면 될 일이다. 서류화 하는 것이 왜 필요한가 하면 그것은 자신의 생각을 객관화하고 반성 할 수 있는 최소한의 토대를 던져준다는 데 있다. 그런데 이런 이점 을 활용하지 않고 형식적으로만 기획안을 쓴다면 기획안의 작성은 그저 시간 낭비에 불과할 뿐이다.

책이 나온 후에는 자신의 기획안을 언제든지 구성원들이 볼 수 있 도록 '공개파일'을 만들어두면 좋다. 책을 진행하면서 보안 유지를 해야 했던 사항들이 책이 출간된 후에는 대부분 공개해도 무방하기 때문이다. 그리고 다른 구성원이 그 책에 관한 사항을 공유하는 것이 바람직하기 때문이다. 한 기획안은 다른 기획안을 작성할 때 유용한 자료로 활용될 수 있다.

시 장 을 읽 으 면 책 의 방 향 이 보 인 다

기획안을 작성할 때는 물론이고, 기획단계에서부터 자신이 만들려 는 책과 유사한 도서나 시장 상황에 대한 이해가 긴요하다. 시장의 상황, 자신의 책이 갈 방향에 대한 이해가 제대로 서 있어야 올바른 선택과 행동을 취할 수 있기 때문이다.

구체적으로 시장조사의 노하우를 엿보기로 한다. 한 기획자의 '실 용서의 시장 조사의 경우'를 다소 길게 인용하겠다.

1. 시장조사의 목적을 분명히 한다(신간 기획이냐 개정을 위한 기획이냐에 따라 조사의 초점이 달라진다. 참고서 출판에서는 개정 기획의 비중이 큰 편이다. 이 글에서는 둘을 구분하지 않고 기획 일반을 다루기로 한다).

2. 시장조사의 도구와 경로를 준비하고 점검한다(시장조사의 기본 도구로는 독자 엽서, 설문지, 전화 설문, 면담(FGI 포함) 등을 꼽을 수 있다. 시리즈물 개발이나 새로운 사업 영역을 위한 기획에서는 외부의 시장조사 기관을 이용하기도 한다. 최근에는 인터넷(홈페이지)을 이용하는 설문조사가 중요성을 더해 가고 있다).

3. 환경 변화 중에서 특이 사항을 정리한다. 특히 교육 과정이나 입시 정책, 제도의 변화를 놓치지 말아야 한다.

4. 만일 환경에 변화가 있다면, 그것이 시장의 움직임이나 소비자의 인식에 어떤 영향을 끼칠지 예측해본다(환경 변화 자체보다는 그것을 소비자가 어떻게 받아들이느냐를 파악하는 것이 더 중요하다. 즉 입시 제도의 변화보다는 소비자가 그 의미를 어떻게 인식하고 대응 방식(소비 패턴)을 어떻게 바꾸려 하는지를 알아내는 것이 더 중요하다).

5. 경쟁 상황을 정리한다. 어떤 책이 경쟁에서 우위를 보였는지, 그 이유는 무엇인지, 우리 책의 경쟁력은 어느 정도인지를 알아본다. 그와 아울러, 새롭게 경쟁에 뛰어든 회사의 제품은 무엇인지, 그에 대한 소비자의 반응은 어떠했는지도 조사한다(시장조사에서 '잠재적 경쟁자'를 파악하는 것은 빠뜨려서는 안될 일이다. 특히, 새롭게 소비자의 호응을 얻은 책에 대해서는 그 경쟁력이 어디에서 왔는지를 치밀하게 분석해서 배울 만한 점은 배워야 한다).

6. 소비자의 요구를 파악한다. 무엇을 원하는지, 이미 나와 있는 책들에 대한 만족도는 어떠한지, 충족되지 못한 요구에 대하여 소비자가 스스로 생각하는 대안은 무엇인지를 중점적으로 조사한다.

7. 회사 내부의 유용한 정보를 수집하여 정리한다(회사 안에도 쓸모 있는 정보가 많은데, 사장되기 일쑤다. 회사 내 정보의 예로는 매출정보, 영업 사원이 수집해온 정보, 부서간의 정보 네트워크를 통하여 공유되는 정보 등을 들 수 있다. 이와 관련하여 최근에 그룹웨어나 전사적 자원 관리 프로그램ERP이 보급되어 유용한 정보의 회사 내 생산, 배포, 공유가 쉬워졌다는 점은 주목할 만한 변화다).

8. 조사 결과를 1차로 정리한 후, 미진한 점이 있으면 추가 조사를 계획하여 시행한다.

9. 조사 결과를 시장 동향과 소비자 요구 중심으로 정리한다.

—최광렬, 〈시장 조사 과정에서 제품 평가까지〉(《북페뎀 02—출판기획》 133쪽

엄밀한 시장조사의 토대 위에서 출판의 기획과 프로세서가 진행되어야 한다는 것은 더 말할 것도 없다. 이즈음 출판 시장의 변화를 살펴보면 일주일 단위로 격변이 일고 있다. IMF 당시 출판 시장의 변화가 월마다 일어났다고 한다면 지금은 거의 일주일 단위로 출판 시장의 새로운 경향이 생겨나는 듯 보인다. 신간의 개념도 이제는 거의 보름 안에 출간된 책에 한정될 정도로 그 주기가 짧아졌다. 이런 변화들을 모두 수용하기 위해서는 앞서 인용한 것과 같은 실용서 마인드의 시장조사가 단행본에서 이뤄져야 한다. 가령 위의 인용글에서

날카롭게 지적한 것과 같이 변화 그 자체보다는 이 변화가 몰고 올 수용자들의 성향 변화에 눈뜨지 않으면 언제나 시류에 끌려다니는 편집자밖에는 되지 않는다.

혹여 편집자 가운데는 자신의 전문성을 강조하려고 그런지는 모르지만 시장 사정 같은 건 영업자나 관리자가 알아야 할 일이지 자신의 업무는 아니라는 태도를 지닌 사람도 있다. 구체적으로 자신의 업무를 잘 구현해야 한다는 것은 말할 것도 없지만 영업이든, 시장 상황이든 이런 점들을 잘 아는 사람, 오히려 작은 출판사에서 이른바 이것저것 다 해본 사람이 성공할 가능성이 더 높은 것이 출판계다. 어찌 남을 모르고 다 알았다고 하랴. 무릇 편집자의 시장조사, 이것이 출판 공정의 초기 단계에서는 가장 큰 문제다.

제작 노하우가 쌓일수록 책은 견고해진다

제작이라 함은 일반적인 협의의 개념에서 보면 원고가 편집이 끝나 하판되어 인쇄소로 간 이후의 과정을 지칭한다. 순수 제작은 이때부터 이뤄진다고 할 수 있다. 그러나 광의의 제작이라 함은 비단 인쇄, 제본, 관리 등만을 지칭하는 것은 아니다. 그러므로 여기에서는 광의의 제작 전체를 대상으로 하여 말해보고자 한다.

제작이란 것이 편집자에게는 그저 성가신 일이기만 한 것일까. 나도 편집자 초년생 시절에는 그런 생각을 했었다. 책이 만들어지는 과정에서 제작은 언제나 부담스럽고 어렵기만 한 그 무엇이었다. 종이 대수 맞추기와 절수 계산만 하면 그만이 아니었다. 그래서 어느 날 제대로 공부를 한번 해봐야겠다고 틈나는 대로 사람을 만나 묻고, 지업사로, 인쇄소로, 제본소로 시간이 날 때마다 뛰어다녔다.

출판사를 옮겨 다니는 과정에서 제작이 얼마나 중요한 것인가를 절감했는데, 그 사정은 다음과 같다.

주로 규모가 큰 출판사에 근무할 때는 제작 담당이 따로 있어 사양만 정해주고 서로 의사소통만 하면 되었다. 그런데 출판사를 옮기자 제작 담당은커녕 제작 사정이 복잡하기가 이를 데 없는 상황과 만나게 된 것이다. 우선 중판을 해야겠는데 지업사, 인쇄소, 코팅사, 금박사, 제본소의 거래처가 한 열 군데쯤 되는 것이었다. 이건 그 출판사가 수년간에 걸쳐 작업을 해온 관계로 활판에서부터 옵셋 인쇄까지 무선에서 양장, 반양장에 이르기까지 수차례 표지를 갈고 본문을 증쇄하는 과정에서 복잡한 상황이 벌어져 있던 거였다. 그런데도 한 달에 몇 건씩 중판할 책들은 쌓여가고 전화기를 들고 있을 정도의 시간밖에는 없는데, 참으로 난감한 일이었다.

우리나라의 인쇄, 제본업체 등 제작업체는 또 얼마나 영세하고 부침이 심한가. 인쇄소에 가서 지형이나 필름을 찾아서 수정을 하고, 잠시 들어와서 다른 일을 좀 하려고 하면 금세 또 문제가 생겨 현장으로 가야 하는 것이다.

한바탕 그런 난리를 치르고 나니 그 과정에서 조금씩 요령이 생기기 시작했다. 우선 거래처와 얼굴을 익히고, 작업의 복잡성을 걷어내고, 또 묻고 물어서 그렇게 제작이란 것에 익숙해져왔다.

편집회의를 하다 보면 여러 가지 실험적인 아이디어가 많이 돌출되는데, 가령 그것들 중에는 제작의 초기 단계에서 이미 구상해야 할 것들이 많다. 예컨대 판형을 혁신적으로 바꿔보자, 접지하는 방식에 변화를 줘서 용지 손실분을 줄여보자, 하는 등등의 것들 말이다. 그런 의견이 나올 때마다 나는 적극적으로 이런 아이디어를 옹호하면서, 아이디어를 제시한 사람에게 실행법도 한번 찾아볼 것을 권유한다.

그런데 결론적으로, 이런 아이디어의 대부분은 실제 책으로 되어 나왔을 때는 많이 변형되어 있곤 한다. 때론 참담할 정도로 현실화되지 못하기도 한다. 뭐 그저 책상머리에서나 해보고 말았어야 할 생각이었던 거다. 그러나 나는 이런 작업이 무용했다고 생각하지 않는다. 대가를 너무 심하게 치르지만 않는다면 이런 제작상의 새로운 시도를 많이 해봐야 한다고 생각한다. 책을 하루 이틀 만들고 그만둘 것은 아니지 않는가. 이런 시도들 가운데는 처음에는 구체화되지 못해도 나중에 시간이 흘러 기술적인 난점들이 해결된 후에는 성공하는 경우도 많이 있었다.

처음 〈마음산책〉을 연 이후 나는 만드는 책마다 판형이 다르다는 소리를 들을 정도로 여러 가지 것들을 많이 시도해보았다. 용지 선택이라든지, 표지 구성이라든지 하는 제 요소들에 관습적인 틀을 깨려고 많이 노력해 보았다. 그 결과 남은 것은 무엇이었던가. 인쇄소나 제본소에서 까다롭다는 말? 서점의 매대에서 규격이 맞지 않아 진열하기가 어렵다는 말? 이 모든 말들에 다 동의하면서 나는 오늘도 새로운 제작상의 실험거리를 찾아 눈을 크게 뜬다.

흔히들 우리나라에서 나오는 책들이 천편일률적이고 제본이나 크기에 다양성이 없다고 말들을 한다. 동감이다. 그렇다면 이런 상황을 어떻게 타개할 것인가가 문제인데, 나는 출판사에서 먼저 이런 다양성을 위한 작업을 시작해야 한다고 생각한다. 물론 여기에는 고통이 따른다. 서점에서 홀대당할 고통, 제작처에서 어려움을 호소할 때의 고통 등등이 예상된다. 하지만 언제까지나 상황의 어려움만 탓할 수는 없다. 몇몇 출판사들은 이런 시도를 지속적으로 하고 있는 것으로 알고 있다.

또 하나 짚고 넘어갈 것은 '가짜 양장본'의 문제다. 양장본으로 만들면서 책의 정가를 높이는 것도 문제지만 사철 제본을 하지 않아 무선철보다 더 잘 뜯어지는 양장본을 양산하는 것도 참으로 문제다. 이런 가짜 양장본이 소위 메이저 출판사에서 제작되는 것을 보면서 나는 서글픔을 느낀다. 이 제본방식은 150쪽이 넘지 않는 책에서나 한번쯤, 실험적으로 생각해볼 정도의 약한 내구성을 지니고 있음을 간과해서는 안된다. 제본의 문제점을 지적한 다음 기사를 읽고 나는 많은 반성을 하게 되었다. 이 글이 우리 출판계의 독자에 대한 서비스의 현단계를 보여준다고 생각하기 때문이다.

우리나라 출판사들이 대부분 영세해서 책의 기획과 편집 외에 제작 공정을 관리하는 제작부를 둔 데가 별로 없다. 책의 몸을 이루는 종이 · 인쇄 · 제본 상태를 직접 챙기지 못하고 원고를 넘겨 납품받는 데 그치다 보니 가끔 인쇄가 고르지 않거나 제본 불량 책이 나오기도 한다는 것이다.

불황 때문에 이러한 현상이 더 많아질 수 있다는 예측도 있다. 일감을 얻기 위해 싼 값에 책을 만들어주겠다며 덤핑에 나서는 업체가 나타나고 있고, 작은 출판사들은 제작비를 줄일 수 있는 그런 유혹에 흔들릴 수밖에 없다는 것이다. 경기 침체의 영향으로 책이 잘 안 팔리기도 하지만, 그나마 나오는 책도 제작이 부실해질 가능성이 크다는 지적이다.

1970년대 후반까지만 해도 책은 낱장 종이를 실로 묶은 다음 책등에 헝겊을 대고 풀칠을 해서 단단하게 붙이는 양장이 일반적이었다. 그러나 1980년대 후반부터는 풀칠 반양장이 널리 퍼졌다. 최근 2, 3년은 양장의 전통이 되살아나는 추세다. 반양장은 아무래도 양장보다 덜 튼튼하기 때문에, 오래 보관하려면 양장이 더 낫다고 할 수 있다.

다들 어렵다고 한다. 그렇다고 책을 튼튼히 만드는 것을 소홀히할 수는 없는 노릇이다. 이런 때일수록 정성껏 잘 만든 책이라야 독자의 사랑을 받지 않겠는가.

—《한국일보》2003년 8월 2일

기 획 은 뜨 겁 게 , 계 약 은 냉 철 하 게

편집자는 많은 계약과 약정 속에서 작업을 하게 된다. 작업을 보다 잘 진행하고, 뒷받침하기 위해서는 명확하고도 책임의 소재가 분명한 계약서가 뒷받침되어야 한다. 이를 위해서 편집자는 계약 사항과 출판계약서 일반에 대해 잘 이해하고 있어야 한다.

물론 이런 계약서에 선행하여 계약 당사자와 선의랄까 믿음이랄까 하는 것이 전제가 되어야 하지만 많은 작업들을 진행하다 보면 미처

이런 점을 간과하고 비즈니스적인 관계 속에서 협업을 해야 할 경우가 많다. 따라서 이럴 경우를 예상해서라도 반드시 계약서에 대한 바른 이해가 요구된다.

출판계약서에는 저자나 역자와의 계약 외에도 일반적인 계약 등등 숱한 종류의 계약이 있을 수 있다. 저작권 관련 계약에서는 표준 계약서가 많이 사용된다. 그런데 상식에 반하는 계약도 계약의 결격 사유지만 표준 계약서의 내용에 매여 양자간의 계약상 특이점에 대한 약정을 소홀히 해서는 안된다. 최근에는 2차 저작권 등의 문제가 본격적으로 제기되고 있다. 전송권이나 원작의 사용권, 타언어권으로 번역되는 문제와 관련한 저작권의 사용 등등의 문제로 분쟁이 일어나는 것을 심심찮게 보게 된다. 사실 우리나라에는 이런 저작권 관련 판례가 미미한 편이다. 그만큼 분쟁의 소지가 많다는 말도 된다. 따라서 이런 점들을 출판계약서를 작성할 때 미리 모두 고려하여 분쟁의 소지 자체를 없애도록 해야 할 것이다.

그 외에도 가령 특판이나 납품 등 특수한 목적으로 판매할 때 저자와의 인세 관련 협약이 잘되어 있지 않으면 분쟁이 일어날 가능성이 있다. 이런 점들은 직접적으로 경제적인 문제의 논란을 일으킬 가능성이 높은 것이다. 유통이 복잡하다는 사정을 염두에 둘 때 더욱 그러하다. 이런 점을 사전에 고려하여 다소 복잡하지만 명확한 입장을 정리해서 문서화할 필요가 있다.

편집자들 가운데는 계약 사항에 대해 느슨하게 생각하는 점이 없잖은 듯하다. 예컨대 내가 어떤 저자와 내밀한 소통을 하는데 설마 문제가 생길까 하는 식 말이다. 그런데 이제 이런 막연한 낙관론에 편집자들이 생각 없이 편승해서는 안될 것이다. 편집자는 이런 점들에 대해 냉철해져야 하고, 또 이 점에 대해 분명한 주견을 가지고 있어야 한다는 사실을 말하고 싶다.

편집 공정은 돌발상황의 연속이다

편집자가 느끼는 고충 중의 하나는 공정이 잘 진행되지 않는 데서 비롯된다. 사실 편집 공정이란 게 잘 진행되기보다는 문제가 생겨 잘 진행되지 않는 것이 보통이다. 그래서 편집자 생활을 오래한 사람들 가운데는 일을 하다 문제가 생기면 또 문제가 생겼구나, 그냥 넘어가면 이상하지 하는 식으로 체념하는 사람이 많다. 그렇다고 해서 문제가 안 생기라고 일을 안하고 있을 수는 없으므로 문제 해결의 노하우를 기르고 평소에 잘 대비하는 수밖에는 없다. 문제가 안 생기게 하려고 강박적으로 노력해도 안 생길 수가 없으므로 오히려 문제가 생겼을 때 잘 대비하겠다는 식으로 생각하는 것이 정신건강에 더 좋을 것 같다.

편집 과정이란 누차 말한 것처럼 어떤 돌발적인 상황과의 조우의 연속이라고 생각하면 되겠다. 매양 같은 책을 만드는 것처럼 보여도 결과물이 때론 철선도 되고 종이배도 되는 걸 보면 책이란 참 오묘한 대상이구나 하는 생각이 든다. 성공적인 결과를 끌어내기 위해서는 편집 공정을 제대로 계획에 맞춰 진행하기 위한 방법이 요구된다. 사실 이런 공정의 진행 문제는 편집자만의 문제는 아니라고 할 수 있다. 무엇이든 꿈꾸고 그것을 현실에서 가능하게 만들고자 하는 사람이면 누구나 부딪히는 문제다. 따라서 이런 문제의 해결, 편집의 매끄러운 진행 문제는 사실 편집자의 노력만으로는 불가능한 경우도 있다. 그러나 그 해결의 단초, 키를 쥔 사람이 편집자여야 한다는 것은 꼭 말해두고 싶다.

요즘 판권란을 보면 수상한 직무가 표기되어 있는 것을 볼 수 있다. 바로 편집 진행이라는 표현이 그것이다. 편집 진행이란 무엇일까. 때론 줄여서 진행이라고 쓴 것도 볼 수 있는데 무엇을 진행했다는 것일까. 이 진행이라 함은 앞서 적은 것과 같이 편집업무 전반에 걸쳐 선도적 입장에 있는 진행자를 지칭하는 것으로 보인다. 즉 편집의 수장으로서 스태프들(일에 따라 여러 형태의 스태프들이 따라붙는다)을 이끌고 편집업무 전반을 관장하는 사람을 말하는 것 같다.

여기에서 편집 진행자의 리더십이 요구된다. 비단 편집 진행자만이 아니라 편집자는 프로세스에 정통하면서 동시에 실험정신과 실행력, 그리고 자신이 먼저 솔선수범하는 자세를 겸비해야 한다. 편집 진행의 노하우는 바로 여기에서 나온다. 여기에서 나온 노하우만이 편집의 실행력을 높이고 실수 없는 결과물을 수확할 수 있게 한다. 너무 원론적인 말인지 모르지만 이것이야말로 편집자의 경험의 총합이라고 할 수 있다.

© 김종희

잉크가 투입되는 인쇄기.
기장의 손길에 따라 종이는 생명력을 얻게 된다. 맹렬한 속도로 돌아가는
인쇄기 옆에는 종종 초조한 표정을 한 편집자가 서 있곤 한다.

글자로 쓰여진 것은 영원히 남는다

"글자로 쓰여진 것은 영원히 남고, 말로 표현된 것은 공기 속으로 사라진다scripta manet, verba volat"고 그 옛날 선인들은 말했다. 이 말 또한 한낱 말에 머물렀다면 공기중에 사라졌을 것이나 요행히 기록으로 남아 오늘날에 전해진다. 책이란 무엇일까? 바로 이런 글자들의 성城 아닐까? 수년째 책을 만들어오면서, 또 책을 가깝게 삶 속에서 용해시켜 읽어오면서 내가 느끼는 바는 여전히 책이란 정의되지 않은, 정의를 기다리는 신비한 무엇이라는 생각이다. 간혹 편집자 가운데 어떤 이는 책의 의미를 너무 규범화된 책, 출간되어 나온 책, 도서관의 책, 또 심지어 상품으로서의 책(물론 상품이 아니라는 의미는 아니다)으로 한정시키는데 나는 이 점에 대해 생각이 좀 다르다.

편집자가 해야 할 일인 책 만드는 일은 물리적인 작업인 동시에 정신적인 작업이라고 나는 생각하는 편이다. 정신적인 작업인 이상 책에 대한 사념이 편집자의 관념 가운데 가장 중앙에 와야 마땅하다고 생각하는 것이다. 출판이 우연히 책을 한 권 잘 만들어 세상에 서는 그런 직종이 아닌 바에야(출판평론가 한기호의 표현에 의하면 지갑 하나 잘 주워서 성공하는 식의), 책이 무엇인지(책의 역사), 어떤 책이 필요한지(책과 세상에 대한 이해), 책을 어떻게 읽어야 하는지(책의 사용), 책을 어떻게 만들어야 하는지(책의 구성) 등등에 대해 나름대로 사념이 필요하다는 것이다.

이번 장에서는 바로 이 책에 대한 나의 생각들을 적어볼 예정이다. 책이란 무엇일까? 최근 나는 책에 대한 논의가 이렇게 활달하게 펼쳐진 것을 보고 크게 고무되었다.

책을 만드는 출판사나 책을 파는 서점 입장에서 보면 책은 당연히 소프트웨어다. 문화상품이라는 수사학으로 포장되어 있으나, 출판사나 서점에선 문화보다는 상품에 방점이 찍혀 있게 마련이다. 팔리지 않는 책을 내거나 전시해주는 출판사나 서점이 전혀 없는 것은 아니나, 우리시대에 그것은 희귀한, 예외적인 현상에 해당할 뿐이다. 이들에게 책은 지속적으로 이윤을 남겨야 할 상품이다.

그러면 도서관이나 독자(소비자) 입장에서는 책이 소프트웨어인가를 고민해보아야 한다. 나는 이미 앞에서 이에 답변을 한 셈이다. 도서관이 책을 소프트웨어로 여기는 것 같다며 시비를 걸었으니 말이다. 내 입장에서 보자면, 책은 쌀과 같은 운명이다. 쌀집에서 소프트웨어였던 쌀이 음식점으로 가면 하드웨어로 바뀌듯이, 출판사와 서점에서는 소프트웨어였던 책이 도서관이나 독자 입장에서는 하드웨어가 되기 때문이다.

그 이유는 책을 구비하거나 샀다고 해서 책이 도서관이나 독자에게 부가이득을 남기지 않는다는 데서 찾을 수 있다. 도서관 책꽂이에 책이 아무리 즐비하게 늘어서 있다고 해서 무슨 이득이 있는가.

—이권우, 〈글쓰기의 쾌락〉(《신동아》 2003년 11월호 부록) 166쪽

책이 쌀에 비유되었으니 무슨 까탈이 있으랴. 하지만 출판을 하는 입장에서 보면 물론 이윤은 남아야 하는 것이지만 모든 책이 다 이윤을 목적으로 출간되는 것은 아니다. 문화산업이란 말이 의미하듯이 이윤이 안 남을 것 같은 책도 내다 보면 이윤이 남을 수 있고, 또 그 역도 성립한다. 따라서 보다 더 거대 자본이 투자되는 영화나 드라마, 공연 기획과는 또 다른 것이 출판이라고 생각한다.

출판사에서 책이 소프트웨어라면 과연 하드웨어는 무엇인가 하는 의문이 생긴다. 책은 출판사에서 하드웨어이자 소프트웨어라고 해야 하지 않을까. 앞서 글쓴이는 출판사와 서점, 그리고 도서관을 대비시키고자 그런 말을 한 것 같지만 말이다. 만일 편집자에게 책이 하드웨어라면 소프트웨어는 무엇이 될까? 나는 편집자에게 소프트웨어는 바로 편집이라고 생각한다. 편집자에게 편집이란 처음이고, 중간이고, 끝이다. 편집자는 편집이라는, 요즘 유행하는 말로 하면 로드맵을 통해 책이라는 결과물로 간다. 그런데 편집이라는 행위가 그저 편집자가 책을 만들기 위한 수단이 아니라 다른 함의도 가지고 있다고 말하는 다음과 같은 진술은 편집자가 마땅히 숙지해야 한다.

편집이라는 얼개의 기본적인 특성은, 사람들이 관심을 갖게 될 정보 다발(정보 클러스터)을 어떻게 표면에서 안쪽을 향해 특징지어 가느냐 하는 프로그래밍인 것이다. 여기서 럭비 시합이라든가, 맛있는 음식 정보라든가, 우주가 개벽할 때의 빅뱅 등과 같은 '정보 상자'가 있다 치고, 이 정보 상자에 접근하는 사람에게 잇달아 그 안에 있는 정보의 특징을 제공하는 작업인 것이다.

이렇게 편집이란 "해당되는 대상의 정보 구조를 해독하고 그것을 새 디자인으로 재생시킨 것이다"라는 말로 곧 이해된다.

유저, 즉 사용자에게는 그것이 맨 먼저 타이틀로서, 그리고 헤드라인으로서 눈에 들어온다. 그래도 눈에 들어오지 않을 것 같으면, 스포츠지가 흔히 그러하듯이 타이틀이나 헤드라인을 어이없이 숨기거나 패러디식 조어를 사용해 눈길을 끌려고 한다. (…) 아무도 돌아보지 않는 보고서나 제안서에는 '편집력'이 결여되어 있는 것이다.

—마쓰오카 세이고 지음, 박광순 옮김, 『지의 편집공학』(넥서스) 17쪽

이렇게 다소 폭넓게 정의해놓으면 편집이 무엇을 의미하는지 대충 감이 잡힐 것으로 보인다. 하지만 책의 편집이 위의 인용이 보여주듯 단지 서술과 기술적인 방식만으로 구현되는 것은 아니다. 앞에서 밝혔듯이 거기에는 사유가 개입된다. 이 정신적인 작업의 내용과 실제 현장에서의 기술적인 내용이 잘 조화되었을 때 한 권의 책은 빛나는 것이다.

100권의 책, 100개의 편집관

독자를 향해 "(책의) 무엇을 어떻게 팔 것인가"라는 문제에서 판다는 것의 의미는 그저 영리의 측면만이 아니라 소구의 의미, 사용의 의미, 즉 쓰임의 의미를 덧붙인 의미이다. '무엇을'에 해당되는 의미는 텍스트의 질, 정보의 내용적인 것을 뜻하며, '기획'의 영역이라고 이야기되어지는 부분이다(그렇다는 것은 편집자의 어떤 부분 가운데 더 핵심적인 측면을 부각한 말이라고 나는 간주하고 있지만). 그리고 '어떻게'에 관한 부분은 '편집'의 영역이다.

같은 500장(앞으로는 이 기준도 원고지를 사용하지 않는 마당에 마땅히 바뀌어야 한다고 믿지만)의 원고를 놓고 180쪽의 소위 신국판 형태의 책을 만들 수도 있지만 250쪽 분량의 문고본으로 만들 수도 있다. 이럴 경우 독자들은 이 신국판 책과 문고본 책을 놓고 텍스트는 같지만 아주 다른 인상을 받을 것이 분명하다. 거기에다 그림이나 사진 등이 삽입되었다고 한다면 한 권의 책에서 받는 각각의 느낌들은 아주 다를 것이다. 그러므로 책을 어떻게 만들 것인가 하는 기술적인 부분도 형언할 수 없이 무척 중요하다고 생각된다. 실제로 편집자들이 가장 많이 부딪치는 부분도 바로 여기라고 생각된다.

책의 탄생에 관해 이야기함에 있어 편집의 기술적인 측면의 이해 없이 책의 이해가 가능하다고 볼 수 없다. 따라서 이 점을 좀더 살피면서 책의 이해라는 큰 틀을 의식해보자.

편집의 디테일이라 할 만한 이런 서술들을 말할 때 부쩍 더 조심스러울 수밖에 없는 것은 책이 100권 있으면 그 책을 보는 눈들은 또 100개 이상이 있다는 바로 그 점에서 시작된다. 무슨 말인가 하면

100권의 책을 만든 편집자들은 또 100권의 편집관을 가지고 책을 만든 것인데 이 글에서는 이런 세밀한 부분까지 다 다룰 수 없는, 아니 개별 편집자의 세계를 여전히 이해하지 못하는 나의 관점이 많이 들어갈 수밖에 없는 한계를 이미 상정하지 않을 수 없다는 것이다. 따라서 나의 서술 형식은 내가 독자라면 하는 점에서 소박하게 시작하지 않을 수 없다. 일단 개별 편집자의 사정은 괄호로 묶어놓고 가능하다면 일반적인 독자의 기준에서 이야기를 해보고자 한다.

책에는 그 책을 구성하는 요건들이 있다. 여기에서는 주로 실제적인 측면에서부터 책의 구성 요건들을 하나하나 살펴본다. 예컨대 우리는 책의 표지에서부터 시작할 수 있을 것이다. 책을 보면 표지가 제일 먼저 보이니까. 아주 단순하게 표지의 중요성을 강조한다면 책은 표지와 내용으로 구성된다고도 요약할 수 있을 것이다. 필요에 따라서 책에 띠지가 입혀져 있는 경우도 있을 것이지만.

표지의 경우 표1(앞표지), 표2(앞날개), 표3(뒷날개), 표4(뒤표지)로 편의상 부른다. 본문은 흔히 본문과 부속물로 나누어 분류한다. 모두 작업의 편의상 이름 지은 것들이다. 제작과정에서 필름을 넘길 때 인쇄소, 제본소에 '배열표'를 작성해서 넘기는데 이는 책의 구성이 어떻게 이루어져 있는지 사전, 사후의 정보를 제작처에 제공하는 것이다. 대부분 부속물에는 페이지가 명기되지 않는 것이 보통이다. 그러나 엄연히 쪽수는 가지고 있는 페이지므로 그 정보를 제작처에 제공해야 한다. 부속물이라 일컬어지는 것들은 흔히 도비라라는 일본어를 그대로 차용하고 있는 겉장과 헌사, 머리말, 차례, 감사의 말, 일러두기, 판권, 색인 등등이 포함된다. 하나같이 본문의 내용에는 넣을 수 없는 텍스트라고 생각하면 된다.

본문의 경우 흔히 레이아웃이라고 하는 디자인 편집을 통해 편집자의 의도를 구현하며, 부속물들에서는 편집자의 미적인 능력을 보여주어야 하는 경우가 많다. 보기 좋게 편집된 부속물들을 보면서 독자들은 그 출판사의 고유 브랜드와 미적인 능력, 글쓴이의 열정 등등을 엿볼 수 있다. 총체적으로 말해 편집자의 감각, 특히 디자인 감각과 책을 구성하고 종합하는 능력이 잘 드러나는 부분이라 할 것이다. 본문 외에 이 곁다리 텍스트가 적확하면서도 아름답게 편집되어 있다면 독자들은 그 책에 대한 신뢰를 더 높게, 더 많이 가질 것임이 분명하다. 물론 독자들은 또 내용을 볼 것이지만 이 곁다리 텍스트만으로 책에 대한 허기를 채워줄 많은 정보들을 얻을 수가 있다. 게다가 책이라는 상품은 다 읽어보고 살 수 없다는 점 때문에 입소문 의존도가 높다. 그러므로 이 부속물들만 보아도 확실한 그 책의 컨셉트를 알 수 있는 경우가 많다. 표지와 차례가 중요하다는 것은 그런 의미다.

책을 음식에 대비해 생각해보면 체제나 형태는 그릇에 비유할 수가 있고, 부속물의 서술과 스타일은 그릇의 문양이나 스타일에 비유할 수도 있다. 어떤 그릇에 담기느냐에 따라 음식의 맛과 향기를 다르게 느끼듯이, 독자들은 부속물을 살피며 이미 그 책의 대부분을 파악하고 판단하게 된다. 책은 총체적으로 독자들에게 그 무엇을 호소하기 위해 구성요건들을 만들어나간다. 책이 논문이나 정보 다발이 아닌 것은 바로 이 구성요건들 때문이다.

표지, 독자와 나누는 첫인사

표지라 함은 무엇보다도 책의 앞면, 표1을 의미할 때가 많다. 제목과 저자, 출판사가 명기되고 때로는 부제목과 광고성 문안, 그리고 이미지들이 제공된다. 어떤 표지가 좋은가 하는 점에 대해서는 사람마다 제각기 의견이 다르므로 일반화하기가 몹시 어렵다. 따라서 어떤 표지가 좋은 표지다라고 말하는 사람의 의견을 들을 때에는 각별히 주의할 필요가 있다. 사실 어떤 표지가 최적인지 아는 사람은 드물다. 다만 이런 표지면 곤란하다 하는 정도의 말을 할 수 있을 따름이고 훌륭한 표지 디자인이란 결국 내용을 잘 아우르는 표지라고 에둘러 말할 수밖에 없다. 하나 더 덧붙인다면 독자들에게 말을 거는 것 같은 표지라면 더 좋을 것이다.

『이 책은 100만부 팔린다』(아카리 하루오 지음, 박지현 옮김, 정보공학)를 보면 '표지는 독자의 눈높이에 맞춰야 한다. 베스트셀러 표지의 특징은 따뜻한 것이다. 주로 흰색과 붉은색의 조화가 눈에 띈다'고 적혀 있기도 하지만 모든 책들이 다 베스트셀러를 지향하는 것도 아니고 문화적인 관점의 차이도 큰 것이니까 너무 정색을 하고 새겨들어서도 안될 것이다. 하지만 이런 책을 많이 보면 잘 팔리는 책이나 표지 디자인이 어떠해야 한다는 그런 일반화가 가능할지도 모르겠다. 물론 나는 그 사이 다른 일을 더 열심히 하라고 권할 것이지만. 또 하나 문제는 편집자들이 독자의 눈높이를 운위할 때 가끔 하향조정하라는 의미로 그 말을 한다는 점이다. 일단 나는 이런 시각에는 반대다. 독자들의 눈높이가 하향해야 맞춰진다고 어떻게 볼 수 있는가?

표2에는 주로 저자에 대한 정보가 실린다. 저자 사진과 약력, 또는 서문에서 저자가 한 말(집필의 이유, 책의 핵심 의미, 특징 등등)이 수록되는 경우도 있다. 예전에는 주로 저자 약력도 객관적인 사실 위주로 나열되었는데 최근에는 그 책의 성격과 관련한 독특한 이력 서술들이 많이 눈에 띈다. 인터넷 등 신 매체의 보급으로 저자의 객관적인 신상 기록을 어렵잖게 알아낼 수 있는 마당에 개별 저서에서까지 똑같은 약력을 봐야 한다면 얼마나 지루할까, 뭐 이런 이유도 있을 것 같다. 독자들은 점차 더 새로운 약력에 더 주목한다.

얼마 전 신예작가 박민규의 『삼미슈퍼스타즈의 마지막 팬클럽』을 읽었는데 작가 약력에 이런 글이 적혀 있었다. "누가 물으면 창작에 전념한다고 얘기한다. '말로는 뭘 못해'라고 모두를 방심시킨 후, 정말이지 창작에 전념하고 있다." 이 글을 통해 나는 이 소설가의 유머러스함에 대해 신뢰를 갖게 되었다. 약력 한두 줄을 통해 소설을 읽고 싶게 만들고 신뢰하게 만드는 재능은 간단한 것이 아니다. 문고시장에 활력을 불어넣은 '책세상문고 시리즈'의 저자 약력들도 특이한 편이다. 저자의 약력을 읽고 나면 대략 저자의 세상 관심사와 글쓰기의 스타일을 파악하게 된다. 같은 저자의 다른 책에서는 볼 수 없는 약력일수록 저자에 대한 관심이 책으로 자연스럽게 연결된다.

내가 일하는 〈마음산책〉에서 출간된 책들의 약력도 비교적 독특한 편이라는 평가를 받고 있다. 우리는 저자들을 괴롭히면서까지 약력을 독특하게 받아내려고 애쓴다. 영상 시대에 저자의 사진의 중요성은 더 말해 무엇하랴. 그냥 잘 나왔다, 못 나왔다 하는 정도가 아니라 뭔가 '필이 꽂히는' 사진이었으면 좋겠다고 항상 생각하는 편이다.

이런 점은 출판 선진국이라는 미국 등에서도 예외가 아니어서 저자 사진을 잘 찍는 사진작가는 아주 대접이 좋다고 들었다. 그리고 아름다운 여성 작가의 책이 많이 팔리는 것도 어느 정도 이와 관련이 있다고 들었다. 하지만 책을 쓰는 일보다 얼굴 사진을 찍는 데 더 정성을 쏟는 작가는 없을 것이다.

표3에는 주로 자사의 책 광고가 실린다. 해당 도서의 시리즈물 제목들을 싣거나 내용을 일부 소개하거나 해서 해당 도서와 관련이 있는 책을 홍보하는 방식이다. 출판사의 성격도 알리고 브랜드의 가치도 알리고 여러 가지 이점에서 이런 배치를 즐겨한다. 그런데 판에 박힌 표3 구성은 오히려 식상한 느낌을 줄 수도 있다. 새로운 생명력을 불어넣는 지면 구성으로 그 면이 잘 보일 수 있다면 독자들에게 그보다 좋을 수는 없으리라.

표4에는 기본적으로 그 책의 정보들이 들어간다. 책의 정가와 바코드, 내용에 대한 요약과 헤드라인 카피 등등이 실리게 된다. 추천의 글을 싣는 것은 오래된 관행이다. 그 책에 대한 기명 추천인의 멘트가 실리는 것이다. 하지만 너무 정형화되다 보니 객관적이기보다는 찬사 일변도의 멘트에 식상해하는 독자도 있다. 또 추천인을 구하는 문제도 쉬운 일이 아니게 되었다. 새로운 형식을 개발해볼 필요가 있다고 느끼는 이유가 바로 여기에 있다.

독자들이 서점에 서서 한 권의 책을 볼 때 표1, 표4, 표2, 표3 순으로 본다는 통계가 있다. 다시 말하지만 독자들은 책을 다 읽어보고 구매하는 것이 아니다. 하지만 표지의 경우는 그렇지 않다. 표지에 나오는 내용들은 다 보고 구매한다고 보아야 한다. 그러므로 표지에는 조금의 착오도 있어서는 안된다. 잘 조직되고 잘 계획된 표지 구성을 위해 편집자들은 오늘도 심혈을 기울이게 된다.

레 이 아 웃 만 봐 도 알 수 있 다

원고 검토가 끝나고, 원고가 완성되면 편집자는 레이아웃을 하고 그 레이아웃에 의해 교정지를 뽑아 후속 작업에 들어가게 된다. 레이아웃은 무엇보다도 원고의 성격, 원고량, 문체, 독자층위, 이미지와 딸림자료 등등을 감안하여 숙고를 거친 뒤 하게 된다. 기본적으로 한 페이지에 세로 몇 행, 가로 행장 몇 센티, 행간 몇 센티, 제목 글씨 크기와 글자체, 소제목 글씨 크기와 글자체, 소제목을 중심으로 본문의 배치 등등을 세밀하게 조직하여 조판 작업을 하게 된다. 처음 계획한 레이아웃대로 진행하는 경우도 있지만 조판되어 나온 결과물을 보고 변경하는 경우도 많다. 가령 시리즈물의 경우에는 연속성 문제도 고려해야 한다.

초교지가 나오고 재교가 이루어지는 전 단계에서 그림이나 사진 등을 삽입하고 초교지의 미진한 부분을 보완하는 등 재차 레이아웃이 이루어진다. 삼교지가 나왔을 때에는 형태적으로 책이 출간되었을 때의 모습 그대로 되어 있어야 함이 원칙인데, 복잡한 레이아웃이 필요한 책의 경우에는 얼마든지 4교, 5교로 연장될 수 있다.

좋은 레이아웃이라 함은 단순 명료하면서도 저자의 의도와 독자 사이를 잘 매개하는 레이아웃을 의미한다. 가령 소제목이 본문과 잘 구별이 안되거나 행간이 지나치게 넓거나 좁으면 읽기에 힘들다. 또 행간이 넓으면 글의 밀도가 떨어져 보일 수도 있다. 반대로 지나치게 글씨가 빽빽하면 어떻겠는가.

잘된 레이아웃이 반드시 원고의 부족함을 메워줄 수는 없다고 해도 잘못 된 레이아웃이 원고의 가치를 깎아내리는 것만은 분명하다. 잡지에서는 재미있게 읽었던 연재물을 단조로운 단행본 편집 때문에 재미없게 읽었던 경험이 있다. 물론 대부분의 경우는 그 역의 경우였지만.

레이아웃은 기본적으로 출판사마다 일정한 스타일을 견지하고 있는 듯하다. 가령 〈까치 출판사〉에서 나온 책의 본문만 보고도 그 출판사를 알아맞힐 수 있다는 말이다. 거기에다 편집자마다 좋아하는 레이아웃이 있기 때문에 책들은 대략 일관성을 갖추게 된다. 그런데 때로 편집자들은 아주 과감한 레이아웃을 통해 파격적이고 신선한 느낌을 줄 수 있는 편집 방식이 어디 없는가 고민하곤 한다.

제본소의 전자동 제본대에서 인쇄물은 비로소 '한 권'의 책이 된다.
'한 권'의 책은 곧 하나의 세계다.

부속물 텍스트의 A to Z

언제나 본문이 책의 가장 중심에 놓이는 것임은 재론의 여지가 없지만 이렇게 말했다고 해서 부속물 텍스트들(본문 외의 텍스트)의 중요성이 손상되는 것은 아니다. 어떤 면에서 보면, 즉 분량으로 살펴보았을 때 부속물 텍스트들이 본문에 비해 양은 적지만, 책을 모두 읽고 사는 것이 아니므로 독자에게는 본문만큼 중요하다고 간주할 수 있다.

부속물 텍스트 편집은 책마다, 발행 출판사마다 다르고 또 책에서 차지하는 의미와 비중도 서로 다르므로 한두 마디로 일반화할 수는 없다. 하지만 어떤 공통분모 같은 것은 있을 것이고, 또 본문, 표지 등 유기적인 연관 속에서 이 문제를 사고해야 할 것이다. 이제 구체적으로 부속물 텍스트들을 살펴보자.

헌사 — 상상력을 발동시킨다

흔히 헌사는 표지를 제외하고 본문 종이로 꾸며지는 책의 두번째 장 뒤에, 구체적으로 속도비라 뒤에 위치하게 된다. 헌사에 실리는 내용은 저자가 헌정하고 싶은 대상을 거명하고 그에게 바치는 글이 실리게 된다. 특정인에게 바치는 헌사는 그러나 불특정 다수인 독자가 보게 된다.

헌사의 미묘함은 바로 여기에서 비롯된다. 저자는 자신의 책을 소중한 그 누군가에게 바치지만 독자들은 헌사를 읽으며 어떤 상상력을 발동시키기도 한다. 그 상상력은 책의 본문에 대해 좋은 의미의 긴장감을 자아내기도 한다. 그런 점에서 헌사는 아주 큰 의미의 진폭을 가진다고 할 수 있고, 책의 의미의 일단을 규정한다고도 할 수 있다. 앞서 작가 구효서의 에세이 『인생은 지나간다』 원고를 받았을 때 헌사를 읽고 안도감에 휩싸였던 기억이 있음을 토로한 바 있었다. 나는 지금까지도 이 헌사로 인해 『인생은 지나간다』의 가치가 더 빛났다고 생각하고 있다. 아주 사적인 느낌을 주는 헌사가 때때로 독자에게 미묘한 반응을 불러일으킬 수도 있음을 그때 알았다.

머리말, 의미를 부여하자

저자들은 사석에서 글(본문)을 쓰고 난 후 바로 이 머리말을 쓸 때 곤혹스럽다고 말하곤 한다. 기껏 원고를 수백 장, 혹은 때론 수천 장씩 썼는데 또 머리말이라는 글을 써야 한다니, 억울한 생각이 드는 모양이다. 어찌 그 애환을 모른다고 하랴. 하지만 또 저자를 대신해서 누군가 써줄 수 없는 것이 바로 이 머리말이다. 아, 어찌하랴, 글쓰기를 달리 천형이라고 하는가!

여기에는 대략 자신이 쓴 원고의 의미, 소회, 글을 쓰게 된 동기 등등과 책 출간에 얽힌 프로세스상의 이야기나 출간 작업을 도와준 사람들에 대한 감사의 말 등이 실리게 된다. 대부분 그래서 힘든 글쓰기를 마친 작가들은 어깨에 다소 힘을 빼고 부드러운(본문에 비해) 어조를 취하게 된다. 겸손한 표현들이 많이 등장하는 것도 이런 이유에서다. 하지만 편집자라면 이런 글쓰기에 대해 또 경계하기를 게을리하지 않아야 한다. 독자들은 대부분 본문 원고보다는 서문을 먼저 읽어본다. 그러다가 머리말에서 "이런 책을 내게 되어 부끄럽다. 혹여 잘못된 점은 지적해주기 바란다." 이런 문구들을 발견하게 되면 솔직히 진이 빠지게 된다. 읽어주게 된 것을 부끄러워해야 하는가. 이런 상념에 빠질 수도 있지 않겠는가(다소 희화적으로 말해서 그렇다).

이와는 반대의 경우를 생각해보자. 책 내용에 대한 저자의 지나친 의미부여의 경우다. 역시 좀 너무 부담스럽지 않겠는가. 노련한 코미디언은 자신은 웃지 않으면서 남을 웃기는 것이다. 저자가 의미부여를 한다고 해서 없는 의미가 발생하지는 않는다. 의미는 제시되어 있는 글 속에 담겨 있는 법이거늘 힘주어 여기에서까지 적어낼 성질의 것은 아니지 않는가.

어떤 독자는 실제 이런 항의를 해온 적도 있었다.

"아니 부끄러운 책을 낸다는 것은 이상하지 않아요? 부끄럽지 않게 공부를 제대로 한 다음에 책을 내든지 아니면 부끄럽기 때문에 책을 공짜로라도 아님, 돈이라도 넣어 나눠줄 테니 잘못을 지적해주세요 해야지. 누군가 돈을 내고 사서 볼 책을 부끄럽다고 적은 것은 고장이 날지도 모르지만 일단 한번 자동차나 가전 제품을 구입해서 타고 다니거나 사용해보라는 말과 뭐가 다르지요?"

물론 다소 극단적인 지적이지만 우리 문화계에 번져 있는 다소 이중적인 가치체제에 대한 한 지적으로 읽어주기 바란다. 하여튼 지나친 의미부여와 지나친 과소평가의 잘못 모두는 이 머리말 작성이 쉽지 않은 일임을 잘 보여주고 있다. 누군가 우스갯소리로 했겠지만 미국의 유명 영화 감독이 했다는 말을 다음과 같이 패러디해도 역시 의미부여가 잘 안되기는 마찬가지다.

"신이여, 이것이 과연 나의 작품입니까? 내가 진정 이 책을 썼습니까?"

그렇다면 머리말은 어떻게 써야 할까. 자신을 가급적이면 객관화해서 바라보려는 노력 가운데 씌어져야 한다. 독자는 실제 원고도 그러하지만 머리말에서부터 피땀 흘린 노력이 담보되어 있는 글을 원한다고 보아야 한다. 따라서 겸손보다는 선을 넘지 않는 자기과시 쪽이 오히려 더 바람직하다고 할 수 있다.

"취재 기간 10년, 집필 기간 3년" 같은 상투적인 표현이 독자들에게는 오히려 신뢰를 줄 수 있다. 하지만 내용이 그런 의미에 값하지 않는다면 그 저자는 또 얼마나 부끄러울까.

예컨대 이 업계의 동업자들끼리는 "아니 집필 기간이 3년이라고? 그 기간 동안 그 글만 썼나?" 하고 혐의를 달지만 독자에게는 또 다른 의미일 수가 있다. 독자들은 배려받기를 원한다. 또 자신이 투여한 시간만큼 의미가 있기를 바란다. 책은 그저 책값만이 아니라 자신의 수고까지가 투자되는 문화 행위다. 따라서 악서를 보느라 귀중한 시간까지 낭비되었다고 생각되면 얼마나 황당하겠는가. 따라서 사전 의미부여는 중요한 의미를 지닌다. 말의 의미 그대로 10년여 숙성한 글을 독자들이 머리말에서 보고, 또 책에서 확인받았다면 머리말로서의 역할도 십분 발휘된 사례라고 할 것이다.

출간 과정에서 도움을 준 사람들의 이름을 거명할 때도 그저 어느 출판사 사장, 편집자, 에이전시 할 것이 아니라 보다 더 구체적인 수식과 함께 거명하는 것이 보는 사람들에게도 성의 있어보이지 않겠는가. 예컨대 '자료 데이터를 다 날려버려 실의에 잠겨 있을 때 내 말 한마디에 한달음에 달려와 복원해주었던 ○○○씨' 한다고 할 것 같으면 사실 관계나 의미 전달에서 구체성을 획득할 수 있다. 물론 읽는 맛까지 나는 문장이라면 독자들에게는 큰 즐거움이 될 것이다.

또한 책 홍보시에도 머리말이 갖는 중요성은 아주 크다. 일주일에 수십 권씩 출간되는 책 가운데 몇 권만을 선택해야 하는 대중매체의 기자들은 머리말을 꼼꼼하게 읽는다고 전해들었다. 머리말은 기사 선정의 유용한 기준이 될 수도 있다. 머리말은 본문에서 저자가 말한 내용을 에두르지 않고 다소 직정적으로 말할 수 있는 유일한 공간이다. 이 난을 성의 있게 채우는 것이 저자는 말할 것도 없고, 편집자에게도 유의미한 일임은 더 적을 필요 없을 것이다.

일 러 두 기 , 독 자 에 대 한 배 려

일러두기는 책을 만든 사람들이 글을 읽어줄 독자들에게 당부하는 어떤 정보가 게재되는 난이다. 이 정보는 독자가 사전에 숙지해두어야 본문을 쉽게 이해할 수 있다고 생각되는 내용을 담는 것이 보통이다. 외국어 표기 용례라든지 특수기호 표기법, 이해법, 책과 관련된 개정판 여부, 번역서일 경우 원 텍스트, 혹은 책과 편집, 정보와 형상화에 얽힌 갖가지 내용들이 다 이 속에 포함될 수 있다. 특히 상궤를 벗어나는 편집의 원칙 같은 것이 있다면 반드시 적어두어야 독자들의 혼란을 방지할 수 있다. 그리고 독자 입장에서는 반드시 미리 읽어두고 본문을 들춰야 한다. 요즘같이 정보의 변천과 이동이 활발한 시대에는 이 일러두기의 중요성이 증대할 것이다.

차 례 , 부 속 물 텍 스 트 의 꽃

차례를 어떻게 꾸미느냐에 따라 본문의 양감을 미리 맛볼 수도 있다. 미학적, 종합적인 편집 능력을 발휘하여 구성하되 간결성을 항시 염두에 두어야 한다. 흔히 책의 차례를 음식점의 메뉴판에 비교하기도 한다. 아름다운 메뉴판을 보면서 먹고 싶은 음식을 고를 때 재미가 배가되는 것처럼 차례에 적힌 목록을 보면서 아, 이 책은 이렇게 구성되어 있구나 유용하겠는데, 이런 감상이 떠오르도록 구성해야 한다는 말이다. 결론적으로 차례에서 본문의 맛을 미리 본다고 생각하면 어떨지.

대부분의 저자들은 본문 텍스트의 수정 여부에 대해서는 아주 민감한 태도를 취하지만 제목에 대해서는 편집자의 센스를 많이 믿어주는 편이다. 가령 중간 제목이라든가, 분절의 문제 등등도 그렇다.

본문 내용을 훼손하지 않는 범위에서 센스 있고 매력적인 제목을 달아주기를 바라기 때문일 것이다. 관심을 끌 만한 제목이 차례에서 발견된다면 독자들은 반가운 마음이 될 것이다.

실용서의 경우에는 차례가 갖는 의미가 더 클 것이다. 차례에서 비슷한 정보를 가진 다른 책들과 차별화되지 않는다면 그 책은 그만큼 더 성공하기 어려울 것이다. 왜냐하면 그저그런 책이 또 한 권 더 나왔다고 생각할 공산이 크기 때문이다. 같은 소재, 비슷한 정보의 책이라도 편집이라는 기술을 통해 새롭게 만드는 것, 이것이야말로 차례, 제목 정하기의 노하우다.

그 외 차례에서 또 하나 실험해볼 만한 것은 비주얼의 제시 여부다. 너무 화려한 차례는 독자에게 짜증을 줄 수도 있지만 함축적인 비주얼의 제시는 독자들에게 일순 청량감을 줄 수도 있기 때문이다.

판권, 책의 출생신고서

판권에는 발행일, 저자명, 역자명, 발행인명, 출판사명, 출판사의 등록일, 출판사 소재지, 용지 및 인쇄, 제본처 등등이 명기된다. 책에 관한 기록을 남기는 장이고, 따라서 오기 없이 정확하게 기록해야 한다.

판권에는 책을 만든 사람들, 즉 스태프들의 이름을 명기하는 경우도 있다. 최근에는 명기하는 추세로 가고 있다. 아무래도 책을 만든 사람들의 책임감이 더 실린다고 보아야 하지 않을까. 하지만 증쇄를 하고자 했을 때 스태프에 변화가 생겼거나, 또 어떤 경우에는 스태프들이 전적으로 달라져 있는 경우도 생긴다. 이럴 경우 구미나 일본

등 출판 선진국에서는 잡지에 비해 증쇄를 할 가능성이 높은 단행본에는 스태프를 나열하지는 않는다.

그 외 영미권, 유럽에서는 판권을 본문 앞의 부속물의 하나로 배치하는 데 비해 일본어권에는 본문이 끝난 후 부속물의 하나로 배치하는 것이 보통이다. 우리의 경우는 혼용되어 있다. 어떻게 보면 판권의 탄력적인 해석이라고도 볼 수 있다.

찾 아 보 기 , 정 보 화 시 대 의 길 잡 이

정보화 시대, 찾아보기의 중요성을 더 말해 무엇하랴. 북디자이너 정병규는 언젠가 일간지 지면에서 "색인이 필요한 책인데도 색인이 없이 출간된 책은 책이 아니다"라고까지 표현했었다. 이 역시 찾아보기의 중요성을 단적으로 강조한 것. 보통 비소설, 문학 도서 등에는 찾아보기를 넣지 않고, 인문과학, 사회과학, 실용서 등등에는 찾아보기를 반드시 넣는다. 요즘은 검색 프로그램을 이용함으로써 이전에 비해 찾아보기 작업이 한결 수월해졌다. 하지만 역시 쉽지 않은 작업량을 가지므로 종종 누락하는 경우도 많은데 이는 안일한 편집 방식이다.

정보화 시대답게 찾아보기의 작성도 전과 달라질 필요성이 있다고 생각된다. 용어, 인명, 지명 등의 찾아보기만이 아니라 그 책에서 진정 필요한 찾아보기가 무엇인지를 헤아려보는 노력이 요청된다. 잘 만들어진 찾아보기는 책의 완성도를 높인다.

기타 부속물들, 편집자의 손에 달려 있다

이밖에도 부속물 텍스트는 많다. 번역서의 경우 '원저자의 말', '역자의 말'이라든가 '한국어판 간행에 부치는 말' 등이 있을 수 있다. 또 책을 간행함에 실제로 도움을 준 자료 제공처나 협력업체를 길게 소개해야 할 경우도 있다. 또는 편집자가 별도로 난을 만들어 기획이나 편집의 변을 제시하는 경우도 있고, 책과 관련된 타자료의 출처를 별도로 소개하는 난도 있을 수 있다. 또 관련 인터넷 사이트를 소개하기도 한다.

부속물 구성은 보통의 경우 나중에 씌어진 것이 우선적으로 배치된다. 이를테면 1판 서문과 개정판 서문이 있다면, 개정판 서문이 먼저 나오고 1판 서문이 그 다음에 배치된다. 개정판 서문이 본문에서 더 멀리 놓이는 것이다.

책마다 편집자의 판단에 따라 부속물 텍스트들을 넣을 수도 뺄 수도 있지만 항상 과도한 친절이 아닌지, 혹은 마땅히 있어야 할 것이 없지는 않은지 반드시 자기 성찰을 해야 한다는 점을 지적하고 싶다.

제목, 편집자의 영원한 화두

책의 제목 정하기가 어렵다는 것은 편집자 생활을 조금이라도 해본 사람이라면 누구나 절감하는 부분일 것이다. 가난한 집에 끼니 때가 자주 찾아오듯이 제목 정하기는 정말 편집자에게 끝도 없이 다가온다. 편집자 생활을 그만두면 모를까, 그렇지 않는 한 이 제목의 문제는 결코 피할 수 없다. 제목 정하기 역시 왕도는 없고, 변화하는 시류와 세상의 흐름에 따라 호감 가는 성격의 제목도 변하게 마련이다.

좋은 제목, 독자들의 눈길을 끄는 제목들에 어떤 패턴이 있는 것인 지는 단정적으로 말할 수 없다. 하지만 패턴이 없다고도 자신있게 말할 수 없는 것이, 제목에도 어떤 유행이 있는 것 같기 때문이다.

요즘 유행하고 있는 제목의 패턴을 꼽자면 '기술'이라는 단어의 사용이다. 『대화의 기술』『유혹의 기술』『메모의 기술』『성공의 기술』 등등이 인문서와 실용서에서 베스트셀러가 된 책의 제목들이다. 이 제목들은 독자들에게 독서를 통해 곧 활용할 수 있는 정보를 습득할 수 있으리라는 기대감을 자아낸다. 독서의 실용성을 따지는 요즘 독자들의 취향에 맞는 제목인 셈이다. 또한 교양도서에서 몇 년 전이라면 부제목으로 맞춤할 것이 제목으로 부각되는 것도 유행이다. 이를테면 『공지영의 수도원 기행』 같은 경우 제목에서 작가와 책 컨셉트를 분명하게 드러냄으로써 또다른 설명이 필요없게 되었다. 숱한 정보 속에서 사는 독자들을 위해서는 이렇게 부제목형 제목이 많이 나온다.

제목에 대해 문제의식 없이 쳐다보고만 있어서는 인지될 리 없으므로 구체적으로 제목을 떠올리면서 생각해보자.

제목의 유형을 단순하게 명사형 제목과 문장형 제목으로 분류해보자. 명사형 제목에는 수식이 있는 것과 없는 것, 수식도 단순한 수식과 복합적인(가령 밀란 쿤데라의 『참을 수 없는 존재의 가벼움』 같은) 것으로 나눌 수 있겠다. 명사형 제목인 경우, 그 명사형이 독자 머릿속에서 일반명사에서 고유명사로의 전환이 가능할 정도로 저자와 책 컨셉트의 강렬함이 있어야 한다.

박완서의 『두부』나 틱낫한의 『화』, 베르나르 베르베르의 『나무』는 이미 보통명사가 아니다. '두부'와 '화'에 저자의 생각이 들어가 있고 독자들은 똑같은 제목의 책이 있다고 해도 이미 구분해낼 수 있을 만큼 저자와 제목을 분리시키지 않는다. 명사형 제목은 간결하고 외우기 쉽다는 점에서 최근에 부쩍 선호되고 있다. 다만 그 제목을 정한 입장에서는 강렬하다고 느꼈으나 독자에게 설득력이 없는 경우는 낭패다. 그래서 수식이 있는 명사형 제목이 많이 나오는 것이다.

문장형 제목에는 설명형이 있고 의문형, 혹은 청유형 등 다양하다. 『칭찬은 고래도 춤추게 한다』 같은 제목은 설명형인데 책의 메시지를 한 문장으로 가장 정확하게 요약한 경우다. 『누가 내 치즈를 옮겼을까』 같은 의문형 문장 제목은 경영서의 우화 신드롬을 불러일으켰을 정도로 신선함이 있다. 독자들에게 궁금증을 유발하면서 그 답을 듣고 싶어하게 만드는 데 성공한 제목이다. 『춘아 춘아 옥단춘아 네 아버지 어디 갔니』의 경우 비교적 긴 제목임에도 불구하고 한 번 듣거나 읽고 나면 좀처럼 잊혀지지 않는 독창적인 제목이라 할 수 있다. 그것은 독특한 리듬감이 있기 때문이고 이미 구전되어온 옛말의 차용이라는 선지식을 갖고 있기에 보통의 의문형 제목과는 다르게 받아들여진다.

제목에 흐름이 있고, 또 유행이 있다고 하더라도 앞서 출간되어 베스트셀러가 된 책의 제목을 따라 하면 시장에서는 다소 이익을 얻더라도 독창성이나 의미가 퇴색하기 쉬우니 일부러라도 피해야 한다.

요즘 서점가의 화제는 『아침형 인간』의 성공이다. "일찍 일어나 열심히 살자"는 뻔한 책이 매력적인 제목 덕에 승승장구하자 안팎에서

216

질시어린 시선이 쏟아진다. 내용의 성실은 독자가 판단할 일이지만 기다렸다는 듯이 『아침형 인간으로 변신하라』가 뒤를 잇는 걸 보면 제목만은 이구동성 성공작인 모양이다. 제목의 힘은 지난 1월 재출간된 『칭찬은 고래도 춤추게 한다』에서 확인할 수 있다. 지난해 9월 『유 엑설런트 *You Excellent*』로 시장에 나왔을 때만 해도 2만 5,000부 판매를 기록한 책은 문패를 갈아치운 뒤 무려 28만 부가 더 팔렸다. 칭찬을 활용한 범고래 조련법에서 따온 제목은 고래와 춤이라는 이색조합의 승리라 할 만하다. 『칭찬은…』의 고래가 본문에서 불려 나왔다면 『자신감은 코끼리도 들게 한다』와 『정치가 즐거워지면 코끼리도 춤을 춘다』의 주인공 코끼리는 좀 어리둥절하다. 책 어디에도 코끼리 조련과 관련한 내용은 등장하지 않기 때문이다. 추측건대 문장 구조는 『칭찬은…』에서, 코끼리는 고래 언저리에서 유사품을 찾다 건졌을 가능성이 크다. 『자신감은…』의 코끼리는 단지 무겁다는 이유로, 『정치가…』의 코끼리는 춤을 출 가능성이 희박하다는 이유로 캐스팅됐으리란 분석.

—《국민일보》, 2003. 11. 7. 이영미 기자 「출판수첩」 중에서

베스트셀러의 요소 중에 '제목'이 있다. 제목이 좋아야 책이 잘 팔린다. 그런데 문제는 잘 팔린 베스트셀러의 제목은 다 그럴듯해 보인다는 것이다. 그렇다고 무작정 따라 해서는 곤란한 것이 제목만 좋다고 책이 팔리는 것은 결코 아니기 때문이다. 때로 좋은 제목이 떠오르지 않을 때, 신이 그 제목을 자신만 알고, 편집자는 모르라고 봉인해버린 것 같은 야속한 생각이 들기까지 한다.

러니까

를 찾아

더

Albin Michel

적이고 창조적인 삶의

낮한에서 촘스

적이고 창조적인 삶의

더 실용적이

틱 낫한에 틱ㄴ
더 실용적이고 창조

홍보용 포스터와 광고 전단지들.
출간된 책이 독자에게 스며들기까지.
집요하고도 열정적인 편집자의 홍보 전술들이 동원된다.

보여준다,
스민다

출판 홍보 1

시대가 변하면 홍보도 달라진다

출판편집자는 책을 기획, 편집, 제작하는 사람일 뿐만 아니라 그 책을 팔아야 하는 사람이다. 이것은 원칙의 문제만이 아니라 최소한 의 출판 재생산을 위한 힘의 비축과 의미 확산, 신념의 전이 등등의 문제이기도 하다. 편집자가 알아야 할 홍보를 이론과 실제 적용 사례 로 나누어 적어본다.

요즘 책이라고 하면 단지 '책'이라고 말하지 않고 '종이책' '전자 책' 정도는 구분해서 말해야 하는 시대가 되었다. 또한 종이책의 위 상이 하락하거나(전자책에 비교해서) 전자책의 상황이 나아질 것이 라는(종이책과 비교해서) 징후들이 포착되지 않았음에도 과거의 것, 지난 시절의 것은 낡은 것이요, 보다 더 많이 테크놀로지의 혜택을 받은 매체는 선진한 것이라는 잘못된 관념이 유령처럼 떠돌고 있다. 이러한 사고들이 오히려 책에 대한 보다 진전된 발전을 가로막고 있는 것은 아닌지 두려운 마음이 앞선다.

이러한 속사정은 우리의 상황, 즉 한국적 상황에서 보다 더 강하게 파생되는 것 같다. 인구 대비 IT산업 성장률이 세계에서 가장 빠르다고 할 정도로 우리는 첨단 매체에 대한 콤플렉스가 심하다. 물론 부존자원이 극히 적고, 많은 부분의 경쟁력이 인적자원에서 나와야 하는 상황적 특수성이 있는 것도 사실이지만 이는 한 이유에 지나지 않는다. 문제는 문화적 콘텐츠에 대한 깊은 이해가 없으므로 해서 외화내빈의 악순환이 개선되지 않은 채 답보적 상황이 계속되고 있는 것이다. 예컨대 집은 화려한데 살고 있는 사람은 전혀 그 혜택을 못 받는 형편이라고나 할까.

책의 문제만 해도 그렇다. 책이라 함은 그것이 마땅히 가져야 할 체제와 독특한 스타일을 견지해야 양질의 문화적 콘텐츠로 기능할 수 있음에도 불구하고 일부 사람들은 아직 가공되지도 않은 일차적 자료들만으로도 전자책으로 바로 펴낼 수 있다고 오해하고 있다(이는 손님들이 막 도착했는데 그들을 위해 스테이크를 내놓으려는 사람이 그때까지 소를 도축하지 못한 상황과도 같다). 출간 형태는 다르지만 종이책과 전자책 모두 편집자의 편집과정을 거쳐야만 책으로서 기능한다는 것은 분명하다.

이런 상황에서도 책은 만들어져야 하고 또 만들어지고 있다. 출판물의 홍보의 중요성과 전략은 이런 멀티미디어 시대라는, 바뀐 상황에 보다 효과적으로 대응하는 방향으로 가닥을 잡아야 한다. 이즈음도 많은 책이 나오고 있지만 과거처럼 책이 다른 책들과 경쟁하는 시대는 지났다. 책은 이제 타 부문의 콘텐츠들과 경쟁하고 또 그 경쟁을 통해 책의 우수성을 확인하는 그런 무한 경쟁의 시대로 돌입하게 된 것이다. 따라서 결론적으로 출판물의 홍보는 그 어느 때보다 더 그 중요성이 높아졌다.

하루에도 숱한 출판물들이 서점의 점두를 메우는 출판시장. 출판물은 책들과의 경쟁에서도 살아남아야 하며 또 타 매체들과의 경쟁에서도 이겨야 하는 두 겹의 힘든 싸움이 기다리고 있는 것이다. 하지만 비관하고 주저앉을 필요는 없다. 사실 종이책에 한정해서 보더라도 미답의 새로운 경지는 얼마든지 있다. 책의 다양한 실험성이 더욱 절실히 요구되는 이 시점에서, 말의 바른 의미 그대로 제대로 된 홍보전략은 더 중요하게 느껴진다.

출판물의 홍보에 거는 기대가 출판사마다 점증하고 있고 또 독자의 입장에서도 유용한 정보를 종이책, 인터넷 매체, 전자책 등 여러 매체 중 어디에서 얻어야 할 것인지를 제대로 아는 정보력이 그 어느 때보다 더 필요하다. 현대는 정보가 곧 경쟁력인 시대 아닌가?

한 권의 책이 주는 인상은 강렬할수록 더 큰 효과를 낳는다. 다음의 예들은 이 글의 주제와 다소 거리가 있지만 본질적으로 '이미지메이킹'이라는 측면에서는 동일하므로 광의로 이해해보자.

미국의 컴퓨터 제조사인 애플 사의 트레이드 마크는 사과 모양을 하고 있다. 한 입 베어먹은 사과에 다양한 가로줄 무늬가 그어진 이 마크에 대한 열광은 거의 전세계적인 현상인 모양이다. 애플사의 매킨토시를 사용하는 일본의 작가 무라카미 하루키는 이런 글을 남기고 있다.

나는 줄곧 매킨토시 컴퓨터를 애용하고 있다. 사과 매킨토시는 Mcintoch이고, 컴퓨터 '애플'은 Macintosh. 상표 관계로 조금 철자가 다르다. 아침에 일어나 주방에서 사과를 하나 들고 서재로 가서 사과 마크의 '애플' 스위치를 누르고, 나는 새벽 빛 속에서 화면 준비를 기다리고 있는 것이다. 그 동안 빨갛고 신맛 나는 사과를 한 입 가득 깨물어 먹는다. 그리고 자, 오늘도 열심히 소설을 써야지 하고 생각한다. 오랫동안 그런 생활을 계속해왔다. 절대 윈도즈를 미워하는 것은 아니지만, 지금 상태로서는 바꿀 생각이 없다. 윈도즈에는 사과 마크가 붙어 있지 않으니까.

—『무라카미 라디오』(까치) 44쪽

예컨대 책의 경우도 마찬가지다. 가령 미국의 출판사 〈펭귄〉은 펭귄을 트레이드 마크로 하고 있다. 그런데 이 펭귄 모양만을 보고 "좋은 책을 보시는군요" 하고 말을 걸어오는 경우가 흔히 발견되는 것이다. 이럴 때는 그 트레이드 마크만으로도 출판사의 이미지를 엄청나게 제고할 수 있다는 것을 알 수 있다. 특히 책은 문화산업이라고 말할 수 있다. 문화산업은 이미지메이킹을 가장 중요한 마케팅 전략으로 삼고 있다. 잘 관리되고 조정된 이미지메이킹은 그것 자체로 엄청난 홍보의 성공을 몰고 온다. 앞서의 예들이 바로 이런 점을 잘 보여준다. 이제 독자들은 책을 구매함으로써 그 메이커의 이미지를 사고 그 이미지를 즐기고 자부심을 갖는다. 물론 개별 책은 여전히 그 내용이 가장 중요한 우위를 점해야 하는 것임은 말할 것도 없다. 그러나 이런 문화적 소비의 시스템 속에서 책이라고 예외일 수 없다.

한 권의 책이 우수한 콘텐츠와 체제로 되어 있다고 가정하자. 이럴 경우 마케팅을 좌우하는 것은 말할 것도 없이 홍보다. 일반적으로 홍보라 함은 광고와 온갖 매체를 통한 홍보로 크게 나눌 수 있다. 여기서는 주로 온갖 매체를 통한 홍보를 다룰 것이다. 그러나 경우에 따라서는 광고도 홍보 전략의 일환으로 다룰 것이다. 광고와 홍보는 불가분의 관계로, 흡사 동전의 앞뒷면 같은 상호 보족적인 기능을 갖고 있어서 어느 한쪽만을 떼어놓고 살피기 어려운 점이 있기 때문이다. 그러나 홍보의 어려움을 곧바로 광고를 통해 만회할 수 있는 것은 아니며, 그 역도 성립되지 않는다. 양자의 관계가 상보적이라는 정도만 기술하고 앞으로 이 양자를 통한 홍보 전략 수립을 다루게 될 것이다.

그렇다면 홍보는 어떻게 하면 될 것인가? 가장 먼저 많은 사람들이 보는 매체에 홍보해야 한다. 이를 위해서는 매체의 열독률과 시청 및 청취율 등을 파악하고 있어야 한다. 출판물의 일차적인 홍보 대상은 인쇄매체와 방송매체다. 방송매체는 다시 텔레비전과 라디오로, 텔레비전은 다시 공중파와 케이블 텔레비전으로 나눌 수 있다. 이들 매체의 특성을 알고 있어야 책의 특성에 맞게 홍보할 수 있다. 매체마다 관심과 주안점이 다를 것은 말할 것도 없다. 이들을 만족시키기 위해서는 특성 있고 변별성 있는 보도자료 또는 보도의뢰서를 작성해야 한다. 예컨대 텔레비전의 시사적인 대담 등에 시의성 있게 책의 저자를 출연시켜 자연스럽게 책의 홍보가 이뤄질 수 있도록 한다거나 문학, 교육, 환경, 경제, 정치, 사회, 경제 등등 특성에 따라 주무 기자들이 따로 있는 매체들마다 관심을 끌 수 있는 보도문이 작성되어야 할 것이다.

또 관련 기자들과 기자간담회를 마련하는 것도 요즈음 출판사에서 많이 채택하는 방법이다. 기자와 저자의 인터뷰를 마련해줄 수 있는 것은 물론이고, 책의 기획 의도와 의의 등을 편집자가 기자들에게 직접 설명할 수 있는 등 이점이 많다.

보도자료를 작성하는 문제에 대해 상술하자면 우선 무엇보다도 기자들은 이런 보도자료를 그 누구보다도 많이 받는 사람임을 숙지하고 있어야 한다는 점이다. 따라서 자사의 책에 도취된 편집자의 광고문안에 가까운 보도자료는 환영받지 못한다. 보도자료에는 무엇보다도 정확한 사실들이 기록되어 있어야 한다. 그 사실들을 숫자로 계량화할 수 있다면 더욱 좋다. 가령 '유럽 등 세계 31개국에서 번역된, 서사의 세번째 저작. 두번째 지작 이후 5년의 집필 기간을 통해 생산된, 원고지 2,000장의 역작' 등등의 표현이다. 또 그 사실들을 바탕으로 그 책의 차별성을 강조해야 한다. 한편으로 사진자료나 알기 쉬운 도판 등을 활용하거나 저자와 인터뷰가 가능한지 여부 등을 상세히 알려주는 것이 좋다.

결국 출판물의 범람 문제와도 관련되지만 자사 출판물의 우수한 점을 홍보하기 위해서는 때로 유사도서에 대한 상세한 자료도 제공할 필요가 있다. 가령 신문이나 방송은 한 권의 책이라면 보도에 있어 다소 부담스러울 수가 있지만 여러 권의 유사도서들이 거의 동시에 나왔고, 그 전체적인 조감이 가능한 경우에는 오히려 매체들에서 더 적극적으로 자사의 책을 홍보해줄 것이다. 이럴 경우에는 정말 질의 우수성에서 기반한, 타당성 있는 유사도서에 대한 이해가 전제되어야 할 것이다.

또한 책의 홍보를 완성하는 것은 매체의 홍보에 이어지는 독자들의 입선전이다. 이 입선전 집단을 잠정적으로 허브Hub라고 해보자. 『입소문으로 팔아라』(해냄)의 저자 엠마뉴엘 로젠은 이런 입선전 집단, 그 가운데서도 매체들을 통한 입선전 집단의 전형적인 특성을 다음과 같이 몇 가지로 요약하고 있다.

앞선 수용자 : 항상 새로운 제품을 사용하는 집단으로 뉴트렌드 경영서 같은 책에 가장 빨리 매혹되는 집단.

연결자 : 각 입선전 집단을 연결하는 사람들. 기본적으로 파벌을 형성하고 있으며, 정보 브로커의 역할도 함. 이들은 주로 오피니언 리더들 가운데서 많이 발견되고 범세계적이라는 특성을 지니고 있음.

여행자 : 장소의 이동 등을 통해 정보를 퍼뜨리는 역할을 함. 오늘날에는 비단 거리의 이동자만이 아니라 이메일 사용 등을 통해서도 이동함.

정보에 목마른 허브 집단 : 지역적인 전문가, 집단 내에서 전문가로 자처하기를 원하기 때문에 항상 그들은 새로운 정보를 갈구한다. 이들에게는 아주 많은 정보를 주어도 다 수용할 준비가 되어 있는 집단이다.

목소리를 지닌 집단 허브 : 이들은 타인들에게 자신의 생각을 전하고 추천하는 역할을 함. 추천의 빈도가 높고 적극적임.

언론에의 노출자 : 언론에 자주 등장하는 사람들. 그러나 이들을 추종자라고 볼 수는 없음. 왜냐하면 비판 의식 또한 높기 때문.

이들은 자신이 얻은 정보를 자주, 여러 사람들에게 전파함으로써 정보의 우수성을 널리 알린다. 책광고보다도 이들의 입선전이 마케팅에 더 큰 역할을 한다는 것은 책에 대한 정보는 본 사람이 아니면 그 직접성과 파생성이 그리 크지 못하다는 데도 일면 기인한다. 로젠은 이런 입선전의 의미를 다음과 같이 함축적으로 설명하고 있다.

오피니언 리더들이 사회 전반에 흩어져 있고 그들을 통해 아이디어를 전파할 수 있다는 인식은 아주 오래된 것이다. 자신의 책에서 그런 개념의 역사를 소개한 가브리엘 와이만은 이런 인식은 성경에까지 거슬러 올라간다고 설명한다. 모세가 하나님에게 이스라엘 사람들을 더 이상 통제할 수 없다고 불평했을 때, 하나님은 모세에게 '이스라엘 장로 70명'을 모아 그들이 다른 사람들에게 말씀을 전하게 하라고 얘기했다.

—엠마뉴엘 로젠 지음, 형선호 옮김, 『입소문으로 팔아라』(해냄) 84쪽

입소문은 그 진정성과 신뢰성 때문에 어느 홍보보다도 강력하고 빠르고 효과적이다. 오늘날 이런 정보 홍수 시대에도 입소문의 유효성은 여전하다. 아니 어떤 점에서는 구약의 시대보다 현대에 그 필요성이 더 커졌다고 할 수 있다. 왜냐하면 오늘날은 정보의 혼돈 시대고, 가치의 혼돈 시대기 때문이다. 그런 의미에서 입선전은 잘 갈무리된 정보면서 신뢰까지 내포되어 각 개인에게 은밀한 사신私信처럼

작동하는 것이다.

신문 칼럼을 정기적으로 쓰고 있는 필자들은 물론 출간된 책과 관련된 전문지식을 언젠가 소개할 가능성이 있는 전문가형 필자들에게 책과 보도자료를 보내는 일, 인터넷의 전문사이트에 책 소개글을 게시하는 일은 입소문을 내기 위한 첫번째 일이다. 그 필자들이 책의 내용 중에서 짧게 인용한 문구 하나로도 그 책의 파급력은 커질 수 있다.

앞서 인용하고 소개한 『입소문으로 팔아라』에는 출판과 입선전의 상관관계에 대한 의미 있는 예들이 소개되어 있으므로 편집자들의 일독을 권한다. 예컨대 이 책의 6장 「입소문은 어떻게 퍼지는가」에는 찰스 프레이어의 『콜드 마운틴의 사랑』이 어떻게 이 입소문을 통해 성공적인 흥행작이 되었는지, 그 과정이 상세히 소개되어 있다.

독 자 의   마 음 을   사 로 잡 는   묘 책 ?

돈을 내고 책을 산 사람은, 입선전에 의해서 샀건, 신문, 잡지, 텔레비전의 홍보를 보고 샀건 그 책, 혹은 그 출판사의 잠재적인 아주 중요한 홍보 요원이다. 따라서 출판사와 출판물에 대한 신뢰를 높여 앞으로도 구매 및 홍보의 중요한 자원으로 관리해야 한다.

현재 많은 출판사들이 책에 끼워 넣은 독자 카드 등을 통해 구매자 성향 파악은 잘하고 있는데 독자 관리를 위해서는 책의 구매자 사례별 스토리를 만들어볼 필요가 있다. 그 스토리를 홍보에, 광고에 적극 반영하는 것이 아주 효과적이다.

무엇보다도 중요한 것은 독자를 고객화하고, 선택되었다는 느낌이 들도록 지속적으로 관리해야 한다는 점이다. 한 번 책을 산 사람은 또 책을 살 수 있는 사람이다. 출판사와 직접 연락하거나 행사와 관련되어 연결된 독자들에게 성실하고 친절한 응대를 해야 하는 것은 상도덕의 문제이자 홍보전략이기도 하다. 성실한 응대를 출판사로부터 받은 그 독자는 아마 대단한 입선전으로 책의 판매를 도와줄 것이다. 물론 앞서의 마이크 파크의 경우처럼 구매자의 스토리를 광고나 홍보자료로 활용하는 것도 실제 구매자의 입장에서 말한 것이므로 홍보에서 선점하는 위치에 설 수 있다. 이때 너무 과대하다는 느낌이 들지 않도록 발언의 수위를 잘 조정하는 것이 필요하다. 사용자들은 내용이 과대하면 오히려 불신을 가질 수도 있기 때문이다.

홍보계획에 고객의 사례별 스토리를 포함시키면 제품이나 서비스의 이점을 알리는 데 훨씬 효과적이다. 이 경우에는 단 한 번만 기사화되어도 성공 가능성이 크다. 하지만 당신이 게재하고 싶어하는 잡지가 있다고 해서 당신의 보도자료가 그 잡지에 기사화된다는 보장은 없다. 잡지의 성격에 따라 기업체에 대한 글은 전혀 다루지 않는 경우도 있다. 어떤 잡지는 제품이나 서비스 공급자, 판매자가 아닌 사용자에 대해서만 다루기 때문이다. 하지만 그런 잡지들도 사례별 스토리를 자유롭게 구성해서 특집 기사나 기획 기사로 다루는 경우가 있다. 바로 그 기회를 잡아야 한다.

—마이크 파크 지음, 주미영 옮김, 『홍보전략 1시간에 업그레이드하기』 (시유시) 56쪽

홍보는 편집자의 즐거운 숙제

책은 한 제품을 내놓고 홍보에 성공할 때까지 전력투구하거나, 다음 신제품을 내놓을 때까지 상당한 기간이 있는 일반 제품과는 그 특성이 다르다. 어느 메이저 출판사의 경우는 하루에 한 권꼴로 책을 내거니와 이런 책의 특성상 자칫 잘못하면 좋은 책을 홍보를 못해서 팔지 못하는 경우도 있게 된다. 역설적이긴 하지만 다음의 예를 통해 홍보의 어려움을 알아보자.

헬렌은 직업 소개소의 사장이다. 그녀는 소개소 문을 열고 2주 만에 《로스앤젤레스 타임스》의 일요판에다 1인치 크기의 구인 광고 3개를 냈다. 3개 다국적 기업의 중역 후보를 찾는다는 구인 광고였다. 이틀 뒤 그 광고를 보고서 3명의 적합한 중역 후보가 그녀를 찾아왔다. 그녀는 재빨리 그들의 고용건을 마무리지었다.

그런데 공교로운 것은 그 다국적 기업들 역시 같은 날의 일요판에다 훨씬 큰 중역 구인 광고를 냈다는 사실이다. 그 중 하나는 신문 전면의 4분의 1을 차지하는 커다란 광고였다. 그런데도 3명의 중역 후보는 그녀가 낸 1인치 광고에 응답해 온 것이다.

— 친닝 추 지음, 이종인 옮김, 『작은 노력으로 성공하라』(동아일보사) 15쪽

출판 홍보의 세계도 마찬가지다. 작은 노력으로도 해볼 수 있는 홍보는 얼마든지 있다. 서정시집이나 짧은 우화책의 경우, 음악전문프로그램에서 진행자의 멘트로 활용되면 좋다. 그러기 위해서는 그 프

로그램의 작가에게 책의 하이라이트에 해당되는 쪽에 포스트잇으로 표시하여 보냄으로써 큰 효과를 거둘 수 있다. 또 여성실용서나 여성성을 주제로 한 책의 경우 생활전문여성지를 적극 섭외하여 여러 가지 이벤트를 진행할 수 있다. 단 이 경우 책의 상당 부분을 직접 게재하지 않도록 하는 것이 중요하다. 잡지에서 책의 요점을 다 읽었다고 포만감을 느낀 독자들은 정작 그 책을 사지 않을 가능성이 높다. 이 밖에도 책을 효과적으로 노출시킬 수 있는 방법들은 여러 가지다.

우리나라의 경우, 대개는 출판사에 홍보 전담 직원을 따로 두지 않는다. 대부분 편집장들이 그 일을 가장 많이 하고 있고 적임자로 알려져 있다. 왜냐하면 책의 홍보는 전담자의 열정적인 인간관계나 화술의 승리로 설명되지 않는 독특한 면이 있기 때문이다. 한 권의 책이 나오기까지의 과정들, 숨은 이야기를 내밀하게 알고 있는 편집장을 통한 홍보는 책의 가치를 드높인다. 그 책을 만든 사람은 다른 유사한 컨셉트의 책들과 비교해서 자사의 책이 어떤 장점을 갖고 있는지 맥락을 짚어낼 수 있다. 시장조사를 누구보다도 열심히 한 당사자이기 때문이다. 홍보 면에서도 책은 다른 상품과는 다르게 접근해야하기 때문에 더 까다롭다.

홍보가 되지 않은 책은 이 세상에 아직 출간되지 않은 것과 마찬가지다. 홍보는 편집자의 부담스러우면서도 즐거운 숙제다.

홍보에도 혼을 불어넣자

경제 불황이 심화되고 있다. 이중 출판계의 불황은 타산업과는 다른 특수성과 심각성을 지니고 있다. 그것은 출판이 소위 문화산업이라는 점에서 비롯된다. 가장 먼저 나빠지고 가장 뒤에 회복되는 속성을 지닌 것이 문화산업이다. 또한 출판의 특수성과 관련하여 무작정 잘되기만 해서는 안된다는 점도 고려해야 한다. 가령 악화가 양화를 구축한다는 오랜 경제 개념이 오롯이 출판계에도 적용되는 것이다. 책이 안 팔리는 오늘의 출판계 상황도 문제지만 그저 어떤 책이든 많이 팔리기만 해서도 안되는 것이다. 책의 의미가 제대로 전달되지 않는 지금의 현상이 가중되면 시장에 책은 많이 있어도 책은 없는 상황이 올 수도 있다.

프랑스의 석학 자크 아탈리가 20세기말(1999년)에 펴낸 『21세기 사전』을 보면 책의 위상에 대해 다음과 같이 정의하고 있다.

10년 혹은 20년만 지나면 집에만 박혀 사는 독서가는 소형 프린터를 통해 인터넷에서 선택한 책을 집에서 인쇄해 볼 수 있게 될 것이다. 일단 어떤 책을 인쇄해 한번 읽은 후에는 그 내용을 지우고 다시 다른 책을 인쇄할 수도 있다.

편집자는 앞으로 원고를 분류하거나 새로운 기획을 구상하여 창작자의 동반자 혹은 작품을 홍보하는 사람이 될 것이다. 서점 주인은 카탈로그를 뒤적이며 서점 혹은 대여점을 항해하는 독자에게 둘도 없는 조언자가 될 것이다.

—자크 아탈리 지음, 편혜원·정혜원 옮김, 『21세기 사전』(중앙M&B) 292쪽

무엇보다도 편집자를 '책을 홍보하는 사람'으로 정의하는 것이 이채롭지 않은가. 경제 불황의 어려움 속에서도 책을 읽히기 위해 홍보를 해야 하는 편집자의 업무는 섬세함을 더욱 요구한다. 출판의 어려움은 책이 책으로 대접받지 못할 때 오며, 지금의 출판 어려움은 많은 논의를 부른다. 그런 점에서 책이 책다운 대접을 받을 수 있는 출판 홍보의 중요성은 아무리 강조해도 지나치지 않다. 이 점에 착안하여 홍보의 문제들을 생각해보자.

다시 말하지만 출판의 성격은 문화산업이란 점에서 나온다. '문화'라는 측면보다 '산업'이라는 측면이 강조될 때 홍보의 의미는 더 절실하다.

소비자의 관심을 끌기 위한 경쟁은 어느덧 올림픽 경기만큼이나

치열해졌다. 텔레비전광고, 인쇄광고, 옥외광고 같은 전통적인 마케팅은 점차 포화상태에 이르고 있다. 그 결과 마케팅 전문가들은 마케팅 활동을 할 수 있는 새로운 방법을 끊임없이 찾게 된다. 언제나 그렇듯이 필요는 발명을 촉진시키고 있으며 광고물을 더 부착할 수 있는 1인치의 공간도 없을 것 같은 공간, 가령 공항의 원형 컨베이어나 슈퍼마켓 바닥, 지하철역에도 현대의 테크놀로지는 위력을 발휘한다. 광고 전문가들은 이제 거의 모든 방송에 디지털 광고를 띄울 수 있다. 예를 들어 지역 경기장 내부에 광고를 게재하고 카메라가 비춰주기만을 바라고 있는 대신에 이제는 디지털화된 광고 이미지를 원하는 곳에 띄울 수 있으며 몇 초 간격으로 계속 바꿀 수도 있다.

오늘날 소비자들은 하루에 대략 3,000개의 마케팅 메시지를 접한 후에야 잠자리에 들 수 있다. 따라서 마케팅에 성공하기 위해서는 이렇게 쏟아지는 메시지 사이에서 눈에 띌 수 있도록 독특하게 만들어야만 한다. 엔터테인먼트 마케팅의 가장 좋은 방법은 엔터테인먼트 자체가 마케팅 메시지가 되게끔 하는, 즉 마케팅 메시지를 보고 싶어 하는 계층을 만들어내는 것이다. 이는 미디어가 한 세대라는 짧은 시간 동안의 메시지라고 여겼던 마셜 맥루언의 생각을 뒤엎는 것이다.
— 엘 리버만·패트리샤 에스게이트 지음, 조윤장 옮김, 『엔터테인먼트 마케팅 혁명』(아침이슬) 29쪽

엔터테인먼트 홍보물의 범람은 앞의 글이 보여주듯 홍행물 자체의 성격 또한 바꿔놓았다. 이제 순진하게 유용한 물건이니까 사는 소비자들은 거의 없다. 가령 출판으로 범주를 좁혀놓고 생각해보자. 우리

는 A란 출판사의 B시리즈들을 모두 다 산 적이 없었던가. 그리고 나중에 차근차근 읽어보자고 미뤄놓다가 안 읽는 경우도 있지만 언젠가 어느 긴 연휴에 마음먹고 읽기 시작하다가 어떤 책은 그 시리즈의 성격에 걸맞지 않아서 자신이 좋아할 수 없는 책을 샀다는 것을 알게 된 적이 없었는가. 역설적으로 이런 경우는 그 A라는 출판사가 마케팅을 잘했다는 반증이기도 하다는 것을 생각해본 적이 있는가. 대개의 경우 사람들은 그 책을 샀다는 것을 후회하는 정도에서 생각을 멈추지만 출판편집자라면 A출판사에서 그런 책을 어떤 신망받는, 일관성 있는 시리즈에 끼워 넣은 것에 대해 깊이 생각해야만 한다.

책도 그러하듯이, 책에 대한 홍보물도 혼을 불어넣어 독특하게 만들어보자. 앞서의 인용에서 드러났듯이 결국 독특한 홍보물만이 성공적인 마케팅을 가져오지 않는가. 이를 위해서는 마케팅 단계에서가 아니라 기획 단계에서 이미 홍보 계획이 서야 한다. 여기에서 또 하나 중요하게 생각해볼 문제가 있는데, 잠시 그 문제를 한번 살펴보기로 하자.

독 특 하 게　만 든 다

앞에서 혼이 있는 홍보물, 마케팅의 중요성을 강조했거니와 어떤 출판사의 브랜드를 떠올릴 때 혼이 있는, 즉 영혼이 들어가 있는 듯한 느낌을 받는다면 그 출판사는 결코 독자들에게 외면받지 않을 것이다. 이런 출판사가 하는 홍보라면 먼저 독자들이 신뢰로 대해줄 것이다.

출판사에 영혼이 있다 함은 무엇일까. 그건 '출판 정신'이 분명하게 존재한다는 것이다. 당대의 트렌드에 혼이 빠져, 정신없이 쫓아가며 출판하는 것이 아니라 한 출판사의 인적 구성원들이 출판사의 출판정신에 동의하고 결정하여 앞으로 나아가는 것이다. 지금도 어떤 책이 팔린다 싶으면 어디서들 찾아냈는지 제목도 비슷비슷한 책들이 서점을 메운다. 적조현상이 물 속 산소의 결핍을 가져와 끔찍한 결과를 낳듯이 이러한 현상이 독자들의 숨을 막히게 하고 있다. 이 현상은 추상적인 논의가 아닌 실제 출판계의 현상으로 보인다.

예컨대 유행이 일고 있는 이모티컨 소설 같은 것을 한번 생각해보자. 현재 소설 장르의 매대에 가장 큰 자리를 차지하고 있는 이 이모티컨 소설들이 변별성 없는 가운데 서서히 자신들의 종말을 준비하고 있는 듯한 느낌이 들지 않는가. 상대적으로 본격문학이 이모티컨 소설의 발흥을 가져온 숨은 공로자라고 했을 때, 이모티컨 소설이 종말을 맞는다면 그 주범은 바로 이모티컨 소설이 될 공산이 크다.

공익성과 영혼을 지닌 출판물이 홍보와 흥행에서도 우위를 점하게 되듯 혼이 깃들인 홍보물 또한 출판사 브랜드의 가치를 높여준다.

브랜드의 일반적인 특징 중 가장 중요한 것은 무엇일까? 브랜드는 오직 대중적인 공간, 즉 소비자들의 마음속에만 존재한다는 사실이다. 소비자들이 특정 브랜드를 선호한다면, 소비자는 그 브랜드가 상징하는 '클럽'에 소속되는 걸 즐긴다는 뜻이다. 소비자가 특정 브랜드의 상품을 구입하고 사용하는 소비 형태를 연구해보면, 대부분 소비자들의 성격까지 이해할 수 있다. 다시 말해 소비자들이 어떤 특정 브랜드를 선호하는 이유는 그 브랜드에 자신을 표현해줄 만한 특성이 있고, 브랜드가 이 특성을 계속 유지하겠다는 약속을 해주기 때문이다. 그러나 개인 소비자가 그 약속을 이해하고 마음에 두게 하는 수준에 그쳐서는 안된다. 브랜드는 구매자들에게 한 차원 높은 심리 만족, 이들이 어떤 특정 부류를 상징하고 있다는 만족감을 주어야 한다는 것이다.
— 해미시 프랭글·마조리 톰슨 지음, 김민주·송희령 옮김, 『공익 마케팅』(미래의 창) 105쪽

출판사가 어떤 책을 만들든 그것은 자유지만 자사의 책을 사는 사람들의 성격과 일관성, 독자들의 충성도에 관심이 없다는 것은 말이 되지 않는다. 따라서 파는 것도 중요하지만 독자들이 그 책을 구입하게 된 동기에 대한 연구도 게을리하지 말아야 한다. 그것이 바로 브랜드의 가치를 지키고 새로운 가치를 창출하는 힘이다. 그리고 논의를 조금만 더 진전시키면 독특하게 만들기 위해서도 앞서 말한 영혼이 있는 출판이 긴요하다. 그렇다면 영혼은 어떻게 불어넣을 것인가. 영혼을 불어넣기 위해서는 눈에 보이는 현상에 대한 즉물적인 이해가 아니라 깊이 있는 천착이 필요하다. 이런 천착은 하루 이틀에 생기는 것이 아니다. 또 어떤 출판사의 경우도 그것이 우연히 선물처럼 주어지는 법은 없다. 말할 것도 없이 그것은 디테일이라고 일컬어지는 세부에 대한 깊은 이해와 또 잘 조정된 깊이 있는 세계관을 필요로 한다. 어떤 출판사도 성원들의 이런 깊은 이해 없이 영혼이 있는 결과물을 생산해낼 방법은 없다.

결국 출판물의 홍보도 마찬가지다. 대부분의 경우 저자를 제외하면 편집자가 제일 먼저 그 책을 읽게 된다. 그 다음은 신문, 방송 등 매체의 기자, 평론가들이 그 책을 읽게 된다. 편집자가 감화를 느낀 책이라면 어찌 기자나 평론가들에게도 그 감동이 전달되지 않겠는가. 그리고 공신력 있는 매체에서 호평한 책이 독자들에게도 영향을 미친다. 결국 이런 평가들이 모여 한 출판사의 브랜드 이미지를 형성하고 또 편집자들이 좋은 책으로 충성도 높은 독자들에게 봉사하는 과정을 통해 그 나라의 출판문화는 융성하는 것이다.

입소문은 홍보의 첫걸음

좋은 작품은, 책은 입소문을 탄다. 입소문이 난다는 것은 일차적으로 홍보의 지름길로 들어섰음을 말해주는 징후다. 반대로 나쁜 평가도 입소문을 탄다. 멀리 갈 것도 없이 최근에는 네티즌들의 반응이 일차적으로 그 입소문의 진원지 역할을 한다. 일차적인 이런 반응들은 어떤 흥행물을 죽였다 살렸다 하는 역할이 큰 존재가 되었다. 출판사로서는 이런 큰 존재에게 잘 보여야 생존이 가능하게 되었다. 사실 산업사회의 주체는 소비자 아닌가. 하지만 나는 이런 생산과 소비의 관계가 결국 소비자의 어떤 점을 호도할 수 있다는 점에서 두려움을 느낀다. 물론 나는 책을 단순한 흥행물로만 정의하는 데는 반대다. 그런데 오늘날과 같은 이런 네티즌과 인터넷 환경이 없었을 때에는 입소문이 어떻게 났을까?

전에 시나이 사막에 살았던 내 친구는 베두인족 남자들이 매일 오후 '마가드'에 모여 어떻게 교류를 하는지 나에게 얘기해주었다(마가드는 사교 모임을 위해 사용하는 중앙의 천막이다). 그들은 오후 내내, 그리고 밤이 깊도록 작은 모닥불 주위에 모여 앉아 얘기를 나누었다. 무엇에 대해 얘기했을까? 인생, 음식에 관한 이야기는 물론이고 어디서 무엇을 사는지, 가스와 담배의 가장 좋은 가격은 얼마인지, 다음에는 어디로 가야 하는지 등 모든 것에 대해서 이야기했다.

유목민인 베두인족은 자신들이 기르는 양, 염소, 그리고 낙타 떼를 위해 끊임없이 좋은 풀밭을 찾아다닌다. 그들이 사용하는 '마가드'는 컴퓨터가 발명되기 수백 년 전부터 이미 일종의 '뉴스 그룹' 역할을 했다. 시나이 반도의 다른 지역에서 온 어떤 손님이 잠시 들러 자신이 사는 곳 주위에 비가 왔다고 얘기한다. 이 손님이 그런 얘기를 하는 것은 2~3주 후면 그 지역에 좋은 풀밭이 형성될 것이므로 이제는 그쪽으로 이동해야 할지도 모르기 때문이다. 입소문은 늘 두 가지 기능을 수행한다. 정보를 퍼뜨리는 것과("여기서 멀지 않은 곳에 비가 왔다") 그 정보를 분석하는 것이다("따라서 그곳으로 가야 할 것 같다").
—『입소문으로 팔아라』 54쪽

홍보는 단순히 정보를 퍼뜨리는 데 의미가 있는 것이 아니라 그 과정에서 어떤 이야기, 감동을 만들어낼 때 진정 의미가 있다. '이야기화'는 이럴 때 긴요하다. 위의 인용에서도 정보의 의미를 확산과 분석으로 나누어 살피고 있거니와 잘 준비된 홍보는 큰 수확을 맺을 수 있다. 그런데 여기에서 잘 준비되었다 함은 정보 자체가 얼마간의 감동과 특이점을 지니고 있어야 한다는 말도 된다. 결국 독자들도 어떤 책에 대한 정보를 받아들임에 있어서 무방비 상태로 받아들이지는 않기 때문이다. 따라서 편집자가 홍보 후, 독자들이 얻게 될 정보에 대해서 비교적 정확하게 그 결과를 예측하게 할 수 있을 때 비로소 노련한 편집자로 완성된다고 할 수 있다.

책의 기획, 출판의 어려움에서 누누이 말했지만 홍보의 어려움도 책이라는 매체가 가지는 특수성에서 기인하는 것 같다. 책의 홍보와 판매는 냉장고나 완구, 자동차의 홍보와 판매와도 다르다. 책은 매번 그 의미와 세계가 달라진다. 냉장고는 사양과 크기가 바뀌어도 그 핵심적 성격(음식을 저온 저장하고 냉동시키는 역할)에는 변화가 없다. 책도 마찬가지라고? 그렇지 않다. 콘텐츠가 바뀜에 따라 책의 평가는 천양지차로 벌어질 수 있다. 똑같은 원작의 『어린 왕자』라 해도 출판사마다 판매 상황에 큰 스펙트럼이 존재하는데, 하물며 소설책과 실용서, 문학과 매뉴얼 사이에 존재하는 간극에 대해서는 더 무엇을 말할 것인가.

리뷰를 판매와 연결시켜라

책에 대한 독자들의 평가 전체를 일러 리뷰라 부를 때, 편집자는 리뷰를 판매에 잘 연결해야 책을 성공적인 마케팅으로 가져갈 수가 있다. 타산지석의 예로 리뷰의 중요성을 인식하고 있는 미국 출판계의 경우를 한번 엿보기로 하자.

책 리뷰라는 주제가 나올 때면, 《뉴욕타임스》의 책 리뷰란이 늘 제일 먼저 떠오른다. 수년 동안 《뉴욕타임스》는 책 리뷰에 있어 최고의 권위를 자랑하고 있다. 태평양 지역 주에서 판매되는 책이 뉴잉글랜드와 중부 대서양 지역 주들의 판매고를 합친 것보다 많다지만, 그래도 리뷰에 있어서는 《뉴욕타임스》가 최고의 권위를 갖는 것이다. 일요일에 판매하는 대부분의 신문에는 생활이나 엔터테인먼트란에 책 리뷰 코너가 있으며, 무료로 배포되는 신문들에도 책 리뷰 코너가 있다. 《로스앤젤레스 타임스》의 책 리뷰 코너도 신간도서 안내 코너로 명성을 쌓았다. 모든 잡지에 책 리뷰 코너가 있으며, 그 중에서 《퍼블리셔스 위클리》는 책이 출간되기 전에 리뷰 기사를 싣고 있다.

《뉴욕타임스》의 책 리뷰 리스트는 서점들에게는 볼 것도 없이 책을 구입, 그것도 다량으로 구입하라는 신호나 마찬가지가 되었다. 그 결과, 출간되는 책에 대해 엄청난 양의 선주문이 들어온다. 언론으로부터 리뷰를 받고자 하는 책들은 최종형태로 출간되기 전부터 신문과 잡지, 인터넷 리뷰 사이트에 보내진다. 일부 경우, 이러한 책들은 가제본 상태의 원고 복사본이어서 종종 오류가 있는 채 전달되기도 한다. 출판사가 의도하는 목적은 마케팅의 계기를 얻는 것뿐 아니라 책의 겉표지에서 볼 수 있는 추천사를 얻기 위한 것이기도 하다.

추천사는 저명한 작가에게 부탁하기도 한다. 어떤 작가들은 지인의 책을 홍보해주기 위해 기꺼이 추천사를 써주기도 하지만 대개는 출판사에서 추천사를 써준 사람에게 소정의 사례금을 지불한다. 추천사는 독자가 책을 선정하는 데 도움을 주기도 한다. 이를테면 사람들은 '스티븐 킹이 그 책을 좋아한다면, 나도 그 책이 마음에 들 것이다'라고 생각하는 것이다. 실제로 이런 경향이 너무 많이 나타나자 스티븐 킹은 더 이상 추천사를 쓰지 않기로 했다.

〈아마존닷컴〉 같은 웹사이트에서 볼 수 있는 독자 리뷰의 양향력도 날로 커지고 있다. 책의 독자들이 올리는 리뷰는 어떤 때에는 아주 무난하지만, 어떤 경우에는 매우 날카롭고 아슬아슬하다. 하지만 이런 서평이 항상 영향력이 크다. 출판사에서는 책을 사장시켜버릴 수도 있는 부정적인 리뷰를 늘 두려워한다. 하지만 역논리 역시 성립한다. 즉, 많은 출판사들이 〈아마존닷컴〉 같은 사이트의 리뷰에서 별 다섯 개를 받기 위해 더 많은 노력을 기울이고 있는 것이다.

—『엔터테인먼트 마케팅 혁명』264쪽

미국의 경우와 마찬가지로 우리의 경우도 입선전, 혹은 리뷰는 출판물의 흥행에 있어 결정적인 역할을 한다. 지금 우리나라 인터넷 서점에서도 독자들이 별점을 매겨 출판물의 성과를 따지고 있다. 성실한 독자 리뷰가 있는가 하면 불순한 의도가 숨어 있는 리뷰(가령 아르바이트생을 동원한 자화자찬용 리뷰, 특정작가 특정출판사 안티세력의 의도적 평가절하 리뷰)도 있다. 문제는 많은 독자들이 책을 구입할 때 그 독자서평을 읽어본다는 것이다. 책은 독자에게는 불확실한 상품이다. 수치로 객관적인 평가를 받는 공산품과는 매우 다른 것이다. 자동차는 연비, 가속성능 등의 비교가 분명히 제시되지만 책은 읽은 사람의 주관적인 선호도에 따라 큰 차이가 난다. 더구나 책은 구입하기 전에는 다 읽을 수 없다(당연한 이야기다). 이렇게 불확실한 상품으로서의 책을 독자들에게 팔기 위해서는 매체홍보나 서평의 유혹이 필요하다. 독자가 좋아하는 저자의 책, 신뢰받는 출판사의 책인 경우 서평이 크게 개입되지 않지만 주제나 소재에 끌려 책을 구입하려는 독자에게는 다른 사람의 서평이 영향을 미친다. 한 출판사의 충성독자를 늘려가는 일은 그런 점에서 값진 일이다.

책 뒤표지에 실리는 유명인사 추천글에 대해 '주례사비평'과 더불어 논란이 있는 것은 사실이다. 몇 줄의 추천사에 고혹적인 단어들의 나열이 책의 본질을 훼손한다는 것이다. 그 논의의 진정성은 논외로 하고 홍보 측면에서 이 뒤표지글은 여전히 유효하고 중요하다.

독자 리뷰의 중요성 특히 전문가의 리뷰는 독자들에게도 아주 중요한 역할을 한다는 점을 강조하고 싶다. 책의 구성이나 내용의 아주 세밀한 곳까지는 독자들도 미처 눈치채지 못할 수 있기 때문이다. 하지만 그 전문성의 장벽도 아주 빠른 속도로 허물어지고 있다. 그런 점에서 나는 독자들이 책에 대한 리뷰를 올릴 만한 장소가 많아졌으면 하는 바람을 갖고 있다. 현재는 온라인 서점 등에서 독자 서평을 우대하고 있는 것으로 알고 있는데, 주요 출판사의 홈페이지에서도 이런 독자 리뷰가 활성화되었으면 하는 생각이다.

남이 안해주면 내가 한다

편집자들은 자신이 만든 책에 대해서 누구보다도 잘 알고 있다(알아야 한다). 그러므로 자신이 만든 책을 누구보다도 잘 홍보할 수 있다(있어야 한다). 그러나 실제는 어떤가? 고백하자면 사실은 나 역시 그렇지 못하다. 책은 내가 아닌 다른 사람들, 때론 기자일 수도 있고, 일반 독자일 수도 있고, 전문가일 수도 있는 그런 사람들에 의해서 더 잘 발견되고, 알려지는 듯하다. 앞장에서도 누누이 말했지만 특히 출판은 그 속성상 입선전이 아주 중요한 문화산업이다. 그러므로 누가 그 책을 발견해서 입선전을 해줄 때 비로소 그 책의 진가는 완성된다. 책은 그 자체로 독자적인 생물체여서, 편집자가 만든 의도와 컨셉트 그대로 독자에게 전달되기보다는 독자가 발견한 책의 새로운 의미대로 받아들여져 완성되는 것이다.

그러나 독자의 발견만이 중요하다고 손을 놓을 수는 없다. 비근한 표현을 쓴다면 자가 발전이 이래서 필요하다. 남이 안해주면 나 자신이 해야 하지 않겠는가. 그렇다면 어떻게? 이론적인, 원론적인 부분은 앞서의 두 장에서 이야기했으므로 이번 글에서는 사례를 통해 홍보 이야기를 해보겠다.

내가 처음 출판계에 입문하던 20여 년 전과는 달리 출판 홍보도 크게 변했다는 것을 실감하고 있다. 1980년대, 1990년대의 출판 홍보가 소극적인 독자를 계몽시키는 차원에서 '좋은 책을 읽으라'는 데 초점이 맞춰졌었다면, 지금은 독자의 욕구를 적극적으로 찾아나서는 상황인 것이다. 좋은 책은 독자가 먼저 알아본다는 개념의 출판 홍보가 이제는 독자의 읽고 싶은 욕구를 자극하고 소유하고 싶도록 만드는, 보다 역동적인 성격을 지니게 되었다.

지금은 많은 출판사가 인터넷 홈페이지를 운영하고 있으며, 정보의 생산뿐만 아니라 파급에도 큰 비중을 두고 개성껏 홍보를 하고 있다. 결론적으로 이제 홍보는 '정보력 + 네트워킹 + 자본력(재화)'의 싸움처럼 느껴진다.

그러나 동시에 출판이 산업이되 예술적, 관념적 지향도 있는 법인데 너무 세속적으로 접근하는 게 아닌가 하는 불만도 든다. 어떤 광고는 왜 예술이라고 평가되기도 하는가, 베스트셀러가 되지 않는 책을 수년 동안 내고도 일가를 이룬 출판사도 있지 않은가 하는 반문도 하면서. 따라서 홍보에도 차별화가 이뤄져야 한다는 생각을 요즘 하곤 한다. 그저 많은 매체에 크게 소개되는 것만이 능사가 아니라 좀 더 차별화된 정보, 품격 있는 정보의 제시에 관심을 둬야 할 때라고 생각하는 것이다.

　현실적으로 보면 출판과 관련한 홍보매체나 방식에는 어떤 일정한 한계가 먼저 주어져 있다. 쉽게 말하면 늘 하던 대로 홍보하고, 광고한다는 말이다. 그렇다면 어떻게 차별화된 홍보와 광고를 할 것인가? 문제가 아닐 수 없다. 그렇다고 너무 기존의 방식들을 도외시하고 '튀는' 방식만을 고집하는 것도 좋은 해결책은 아니다. 독자들이 '책'에 대해 갖고 있는 관념, 보수적인 성향을 존중해야 한다. 가령 서점 입구에서 샌드위치맨 스타일의 홍보를 한다면 책의 품위를 오히려 훼손하지 않을까 하는 느낌이 든다. 책의 상품성을 높이는 방법은 독자가 그 책을 읽으면 지적 교양 향상에 도움이 될 것이라는 믿음을 심어주는 것이다. 그러므로 무조건 많은 정보를 알리는 홍보보다는 필요한 정보를 적재적소에 알려주는 홍보를 지향해야 한다.

타 깃 을   정 하 라

편집자는 언제나 자신이 만든 책을 과장 없이 진솔하게 알릴 수 있
는 방법이 무엇일까 고민을 한다. 많은 재화가 들어가는 광고를 할
수 있다면 좋지만 모든 책들이 광고를 해야 할 만큼 대중성을 확보하
고 있는 것도 아니고 대중성을 확보했다고 판단되는 책도 광고를 했
다고 다 효과가 있는 것은 아니기에 새로운 매체, 새로운 방식의 홍
보에 늘 관심을 갖는 것이다.

몇 해 전 나온 『단순한 기쁨』(피에르 신부 지음, 백선희 옮김, 마음산
책)의 경우를 생각해본다. 피에르 신부는 프랑스 국민들이 가장 좋아
하는 인물로 이 조사가 행해진 지 수십 년 동안 17회에 걸쳐 1위로
선정된 인물이다. 그의 메시지는 언제나 프랑스 사람들의 가슴속에
살아 숨쉰다. 신부는 단지 언표로서가 아니라 직접 행동하고 실천하
는 삶을 사는 인물로 존경받았다. 그의 『단순한 기쁨』은 자신이 선이
라고 믿는 삶을 투철하게 살아온 92세 된 한 노신부의 삶의 결정들이
생생히 살아 숨쉬는 자서전이다(원제는 '비망록'이었다).

이 책에 대해서 너무 직설적이라는 평을 해오는 독자들(아마 연성
의 메시지를 던져주는 책에 익숙한 독자일 것이다)도 있었는데 이 책이
다소 직설적인 어조를 취하고 있는 것은 피에르 신부가 세상에 와서
남기고 싶은 이야기, 또 남겨질 사람들에게 당부하고 싶은 이야기의
총합이라는 점 때문이다.

이 책의 첫머리에 놓인 화두는 "혼자 행복할 것인가, 더불어 행복
할 것인가"이다. 어떻게 생각해보면 해법이 뻔한 이 이야기는 그러나
결코 단순한 물음은 아니다. 피에르 신부는 자신의 삶 전체를 통해

온몸으로 이 문제에 응답하고 있기 때문이다. 처음 이 책을 선택하면서 나는 이 점에 매료되었다. 앞서도 적었지만 편집자의 기획 의도가 잘 살아 있는 책이 홍보도 잘될 가능성이 높다. 『단순한 기쁨』을 그 한 예로 소개하고 싶다.

보도자료를 쓸 때에도 인간 피에르 신부에게 초점을 맞추었다. 마치 20세기의 위대한 철학자 비트겐슈타인처럼 또 문예평론가이자 철학자인 게오르그 루카치처럼 그는 가계의 유산 상속을 거부하고 19세에 수도사가 되어 일생을 사회 빈민층을 위해 그야말로 이타적인 삶을 살아온 것이다. 나는 '싸우는 성직자' '국회의원 성직자'로서의 그를 부각시키는 것이 무엇보다도 긴요하다고 보았다. 또한 그의 일생은 영화로도 만들어져 이미 프랑스어권 내에서는 스타성을 확보하고 있었다.

책이 출간되자 일간지에서 우선 주요 기사로 다루어주었다. 주로 북섹션에 보도되었지만 이후에는 문화면 등에서 기고를 받아 실어주었다. 주요 필진들은 이해인 수녀, 소설가 최인호, 구호활동가 한비야 씨 등이었다. 이기심이 팽배한 각박한 세상 속에서 샘물 같은 피에르 신부의 이야기가 청량감을 주지 않았을까. 특히 지명도가 높은 필자들의 리뷰는 곧바로 판매에도 좋은 영향을 끼쳐 가볍지 않은 내용에도 불구하고 많은 사람들이 찾는 결과를 불러왔다.

대형서점의 베스트셀러로 진입할 무렵, 피에르 신부의 얼굴이 찍힌 티셔츠 1,000장을 만들어 책을 구입하는 독자에게 증정하는 이벤트를 펼쳤다. 티셔츠 뒷면에 피에르 신부의 사진을 작지만 강하게 부각시키고, 상업적인 느낌이 나지 않도록 배려했다.

『단순한 기쁨』독자증정 이벤트— 티셔츠와 수첩

그 사이 책을 본 독자들의 입소문이 서서히 퍼지기 시작했는데 여
기에는 티셔츠를 통한 간접광고(당시에는 티셔츠를 통한 책 광고가 그
리 일반화되어 있지 않아 신선한 감도 있었다. 또 티셔츠에 등장한 피에
르 신부의 사진도 젊은 시절, 풋풋한 모습을 담아 신부라고 하면 보통 연
상되는 엄숙하고 근엄한 모습을 많이 탈색한 점도 호소력이 있었다)와
신부의 삶의 여러 격렬한 선행들이 상승작용을 했다고 지금도 나는
믿고 있다.

1,000권의 작은 수첩도 만들어서 대형서점에 배포했다. 무료로 받
은 수첩이니 아무래도 쉽게 버릴 수도 있겠다 싶어서 수첩 안에『단
순한 기쁨』내용을 부분 발췌해서 실었다. 글과 사진이 여백과 함께
편집된 수첩이니 그냥 버리지는 않겠지라는 기대와 읽고 좋으면 책
도 구매해주었으면 하는 바람도 있었다.

서울 시내 모 대형서점 입구의 큰 기둥에 최초로 피에르 신부의 얼굴이 인쇄된 초대형 현수막이 둘러쳐졌다. 이후로 그 서점의 큰 기둥은 많은 출판사의 홍보물이 게시되는 인기 장소가 되었다.

또 우리나라에 있는 주요 성당 50여 곳의 주임신부의 성함과 주소를 알아내 신부들이 강독할 때 혹여 기회가 있으면 추천해달라고 보냈다. 단지 장삿속이 아니었음은 물론 증정하겠노라고 의사를 분명히 밝혔음에도 책을 팔려고 한다는 식으로 오해하는 곳도 있었다. 아마 어느 얌체 출판사에 당한 경험이 있었을 것이다.

『단순한 기쁨』이 종교인이 쓴 책이다 보니 직접적으로 종교계에 홍보할 필요성도 대두되었다. 매주 일요일마다 모든 성당의 교인들이 받아보는 8페이지 주보에 책 출간 소식을 싣기 위해 노력했다. 그러나 편집진으로부터 다른 소식들이 넘쳐나고 또 책 출간 소식은 가톨릭 출판사에 국한된다는 전언만을 들을 수 있었을 따름이었다. 그러나 포기하지 않고 신도를 통해 간곡하게 『단순한 기쁨』의 출간의 의의를 설명한 결과, 마침내 2001년 7월 29일자 주보에 책 출간 소식이 게재되는 행운도 따랐다. 그리고 그간 거래가 없었던 가톨릭 서점에도 책을 배본했다. 종교적 색채에다 감성적인 접근 방식 때문에 가톨릭 신자들이 가장 큰 구매자가 될 걸로 생각했는데 역시 주효했다.

당시 광고는 하나도 하지 않았음에도 지면이나 방송 등으로 책의 노출 횟수가 증대하자 책의 판매가 꾸준히 신장되었다. 주보를 이용한 홍보, 가톨릭 서점의 게시, 입선전 등이 상승작용을 일으켜 상당한 시간이 흐른 지금까지도 〈마음산책〉의 대표 도서 역할을 하고 있다. 기획 단계에서부터 예상 독자 타깃을 정하고 저자를 강력하게 부각시킴으로써 효과를 보았다고 판단한다.

많이 알리고 제대로 알리자

홍보의 어려움은 홍보 그 자체에서 나오기도 하지만 홍보하는 내용이 너무 까다로울 때 발생하기도 한다. 첫 독자인 매체의 기자들에게 그 책이 나오기까지의 과정, 함의 등등을 이해시키기 위해 자세히 설명해야 할 때 홍보의 어려움은 배가된다.

홍보란 책을 널리 알리기 위해서 긴요하다는 원론적인 의미와 함께 책 그 자체로서의 의미를 선명하게 하는 성격을 갖는다. 홍보 과정을 통해 그 책의 사회적 의미는 더 강화된다. 홍보는 넓이의 문제뿐 아니라 깊이의 문제까지도 아우르는 것이다.

2003년에 출간된 『조경란의 악어이야기』(조경란 지음, 준코 야마쿠사 그림, 마음산책)는 편집자의 의도와 홍보의 어려움의 일단을 보여준다. 이 책의 기획은 일본 '도쿄 TV'에서 25회에 걸쳐 방영하여 화제가 된 애니메이션 〈악어 제이크〉에서 시작되었다. 악어는 인생의 터닝포인트와 반전의 내용을 암시하는 것으로 처음부터 나는 이들 이야기에 큰 매력을 느끼고 책으로 만들어야겠다는 결심을 하게 되었다.

그러나 기존의 번역 계약만으로는 뭔가 이 책의 아우라를 잘 옮겨놓을 수 없을 것이라는 의구심이 들었다. 자, 그럼 어떻게 할 것인가. 편집자로서의 내 생각은 책을 한국의 작가가 자신의 이야기로

완전히 새롭게 풀어내야 한다는 것이었다. 예컨대 아이디어와 그림, 컨셉트만 받아들이고 완전히 다른 것으로 만들자. 그러나 이미 평가된 애니메이션의 자장에서 너무 일탈하지 않는 방식이어야 한다고 생각했다.

오랫동안 이런 아이디어를 구체화할 현실적 방식을 잘 찾아내지 못하고 있다가 어느 날 뇌 속에 불이 켜지듯 조경란의 소설 「코끼리를 찾아서」가 생각났고, 이 작가라면 이 이야기를 현실화할 수 있겠다는 판단이 들었다. 이 소설 속에서 주인공은 코끼리를 찾는 행위를 통해 고독한 자신의 내면을 응시하고 있었다.

어렵게 청탁에 성공한 후 나는 어떤 작품이 나올지 몹시 궁금했다. 일본의 애니메이션과 한국의 대표적인 젊은 작가가 한 감성으로 뭔가 공동작업을 이뤄낸다는 것에 대해 큰 성취감도 느꼈다. 드디어 원고가 왔다. 기대했던 이상으로 작가의 진솔한 내면 풍경이 손에 잡힐 듯 잘 그려져 있었다. 나는 중요한 한 단계가 넘어갔음을 깨달을 수 있었다.

제작 마지막 단계에서 이 책의 특성이 될 '일본과 한국의 합작품' 임을 강조하는 띠지를 만들었다. 〈마음산책〉은 작가의 글에 삽화를 넣는 식의 기존의 출판 방식이 아니라 전체의 컨셉트를 이해하고 작가가 그 속에서 영감을 얻어 생산된 글과 애니메이션을 결합하는 방식의 책을 냈다'는 의미를 강조한 것이다. 〈마음산책〉은 그 전에 이런 컨셉트와 유사하면서도 약간 차별화되는 기획으로 『김영하·이우일의 영화이야기』『김승희·윤석남의 여성이야기』 등을 출간한 적도 있었기에 나는 큰 기대를 했었다. 일본어판 '악어이야기'와 한국어판 '악어이야기'가 같으면서도 다른 성격을 지니게 되었다는 데 대한 자부심도 있었다.

책이 나가자 매체에서는 큰 반응이 있었다. 하지만 한국작가 개인에게 포커스가 맞춰진 것이 약간은 아쉬웠다. 바로 그해에 유수한 문학상을 수상한 작가의 지명도가 아마 이런 반응의 주된 이유였을 것이다. 작가와 악어가 조금 따로 논다는 느낌이 들 정도였다. 인생의 터닝포인트에 나타난 악어에 대해 편집자로서 독자들에게 잘 전달하지 못한 것에 대해서는 미안함마저 들었다.

포스터와 POP를 준비하고 또 '애니메이션 DVD' 사은 행사를 계획하던 당시를 떠올리며 나는 다시 한번 홍보와 판매의 문제들을 생각해본다. 판매가 잘되려면 홍보가 잘되어야 한다. 그러나 홍보가 잘된다고 해서 꼭 판매가 잘된다는 보장은 없다. 아마 편집자로 사는 이상 홍보의 문제를 떠나서 출판의 제문제들을 해결할 수는 없을 것 같은 생각이 든다.

브랜드의 가치를 높여라

바람직한 홍보를 위해서는 어떻게 해야 할까? 나는 단적으로 이 방법은 단기적, 장기적으로 그 출판사의 브랜드의 가치를 올리는 방법밖에 없다고 생각하고, 또 브랜드의 가치를 높이는 홍보 및 광고가 그 출판사의 최고의 가치가 되어야 한다고 생각한다. 사실 우리 출판계에서는 출판 브랜드의 가치를 너무 소홀히하는 경향이 있다. 『브랜드 전쟁』(데이비드 댈러샌드로 지음, 이수정 옮김, 청림출판)을 보면 브랜드의 가치를 높이는 10가지 방법이 제시되어 있다. 그 가운데 출판사와 관련하여 주목해볼 몇 대목을 살펴보면 다음과 같다.

먼저 브랜드 제일주의를 표방하라는 것이 있다. 브랜드 제일주의라 함은 앞서 적은 것처럼 브랜드의 가치를 소비자(독자)들이 뚜렷이 인지할 수 있도록 판촉하는 행위를 말한다. 어떤 출판사의 브랜드 명을 떠올릴 때 우리의 뇌리를 스치는 어떤 가치, 무엇보다도 그 출판사의 지향이 드러나 있는 목록들, 그것만이 출판사의 무형의 자산이 된다. 따라서 출판사는 브랜드 제일주의 마인드를 지닐 필요가 있는 것이다.

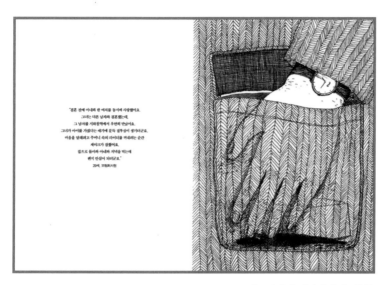

『조경란의 악어이야기』 본문

　다음으로 브랜드족을 공략하는 것이 있다. 사실 우리 독자들은 어떤 출판사의 책을 고를 때 출판사의 브랜드 가치에 크게 주목하지 않는 편이다. 그러나 이런 경향도 타문화산업들이 그러하듯이 빨리 변화하리라고 본다. 앞으로는 좋은 브랜드의 제품을 구입하듯 좋은 브랜드의 책을 구입할 것이다. 어떤 브랜드의 책을 어떻게 읽었는가 하는 점은 그들 공유자들끼리만의 독특한 일체감을 줄 수 있으리란 것이 내 생각이다. 가령 70년대 최인호의 소설을 읽은 사람들만의 독특한 정서, 하는 식으로 말이다.

　브랜드의 가치를 지키고 명성을 유지하기 위해서는 까다로운 소비자의 기호를 파악할 필요가 있다. 가령 한번 독자의 눈 밖에 나면 다시 재진입하기가 아주 어렵다. 그러므로 독자의 성향과 자사의 브랜드 가치를 조정하는 절차도 필요하다고 본다. 그 외 최고의 브랜드는 최고의 인력을 끌어온다, 또 브랜드에 관한 책임은 CEO의 몫이다 하는 항목도 출판사에 그대로 적용될 만한 항목이라고 할 수 있다. 가령 출판사에 입사하고자 하는 사람들 가운데는 그 출판사에서 나온 책들을 보고, 그 책들과 함께 성장한 세대가 많다. 따라서 한 권의 책을 낼 때에도 신중히, 이 책이 우리 출판사의 목록에 있어야 할 이유에 대해서 숙고하는 과정이 필요하다. 브랜드의 가치가 CEO의 몫이라는 점도 더 부연 설명할 필요는 없으리라. 최고 경영자가 결국 그 브랜드의 가치를 담보해야 한다는 말이니까.

출판편집자로 산다는 것

출판계에 몸 담고 있는 처지에서 생각해보니, 언제부턴가 편집자로 불리는 내 자신에 대해 너무나 당연하게 느끼며 살고 있다는 사실 앞에서 깜짝 놀라게 된다. 편집자가 된다는 것은 무슨 의미일까. 책을 만드는 일에 생의 많은 시간을 내어놓은 형편에 굳이 정체성까지 생각해야 한다니 너무 새삼스러운가. 아니, 마땅히 내가 서 있는 이 자리에 대해 사고하기를 멈출 수가 없다는 것이 평소 나의 신념이다. 따라서 편집자가 된다는 것은 무슨 의미가 있는지 현 단계에서, 그리고 오늘의 우리 상황 속에서 궁구해보기로 하자.

편집자가 자유의지에 의한 선택이라는 점에서는 편집자라는 정체성은 '내 것'이다. 하지만 편집자가 과연 나의 의지의 결과인지, 또 여러 선택 가운데 하나인 편집자의 일이 과연 내 것인지 따져볼 필요가 있다.

영화 〈매트릭스〉 같은 환경 속에서 살고 있지 않은 바에야 우리는 누구나 조금은 자기의 의지로 삶을 살고 있다는 착각 속에서 살고 있다. 하지만 그 한계는 명확해보인다. 영화 전편을 통해 '인류의 삶에 대한 당위성'으로 무장(선택)하고 있는 모피어스조차 결전의 날이 오자 '섭리'와 '소명' '운명'을 강조한다. 섭리라 함은 종교적인 차원에까지 이르는 운명론적인 인식을 의미한다. 과연 편집자의 정체성을 이런 데까지 거창하게 대입해보는 것이 가당한가 하는 문제가 있을 수 있지만 한 사람의 삶이 걸린 문제이므로 조금 더 이 점을 분명히 밝혀보자.

대부분 우리 삶은 확고한 인식이 결여된 상태에서의 결정, 결정들로 넘어간다. 내가 편집자가 되는 과정도 그러하였다. 하지만 완전한 자신만의 선택이 없듯이 인식이 전혀 없는 수동적인 삶만이 있었던 것도 아니다. 우리는 거대한 누군가의 연출에 의해서 연극을 하고 있는지 모르지만 한번도 그 대본을 본 적이 없다는 점에서 매트릭스는 삶이고, 삶은 곧 매트릭스다. 편집자는 이 매트릭스 같기도 하고 아닌 것 같기도 한 삶에서 주체적으로 꿈꾸는 존재가 되어야 한다. 그런 점을 각성할 때 서서히 저자도 아니고 교정자도 아니고 영업자도 아닌 편집자의 몫이 발생한다.

매트릭스를 인식할 수 있는 자는 매트릭스 밖에 있는 자다. 한번도 바깥의 사유를 발전시켜본 적이 없는 우리는 끊임없이 일상으로부터의 탈주를 꿈꿔야 한다. 책을 통해 나는 이 사유가 가능하다고 믿는다. 책의 의미와 수용의 형태가 그 지평을 활짝 열어주리라고 믿는 것이다.

편 집 은   힘 이   세 다

결론적으로 편집자는 편집을 판다. 모든 것이 교환가치로 환원되는 후기 자본주의적 삶 속에서 편집자도 그 무엇을 팔아야 생존이 가능하다. 편집자는 편집하는 자다. 따라서 그가 팔 수 있는 것은 편집에 불과하다. 하지만 나는 이 편집이야말로 힘이 세다고 믿는다. 따라서 마쓰오카 세이고 식으로 말하면 '지식을 편집하지 말고 편집을 지식으로 만들어야 한다'고 믿는다.

그가 『지의 편집공학』에서 누누이 말하고 있는 것이지만 우리의 편집 능력은 생래적인 것이다.

편집의 본질은 놀이이고, 놀이의 본질은 편집에 있다. 가까운 곳에 있는 도구나 공간을 이용해 놀이를 해보기 바란다. 스포츠라도 상관없다. 어느 정도 사람이 있어야 하겠지만, 그로 인해 규칙이 자생하는 일도 일어날 수 있다. 만일 좀처럼 놀이나 게임이나 스포츠가 생각나지 않는다면, 이미 놀아 본 게임이나 스포츠를 손보는 것이다. 럭비가 그렇게 해서 태어났고, 록도 그렇게 해서 생겨났다. 그래도 놀이를 발견할 수 없으면 아이들 속에 들어가 놀이를 만들어주면 좋을 것이다. 어떤 것이 놀이인지 아이들이 잘 알고 있다. 편집은 어디에서나 어떻게든 시작된다.

—『지의 편집공학』(넥서스), 284쪽

이렇게 기존의 앎이나 사실을 해체하려는 노력 속에서 편집자는 탄생한다. 끊임없는 자기 갱신과 함께.

이런 식으로 이념적인 좌표(?)를 정했다면 구체적으로 그것을 현실 속에서 어떻게 구현할 것인가를 궁구해야 마땅하다. 새삼스럽게 더 적을 것도 없이 우리의 출판 현실은 낙후되어 있다. 글을 숭상하고 지혜를 가장 중요한 제일의 가치로 인정해온 우리 민족이 어느새 대표적인 문자 문화 수입국으로 자리잡고 있다. 물이 높은 곳에서 낮은 곳으로 흐른다는 오직 그 물리적 현상 하나로 우리의 지적인 풍토는 얼룩지고 있다. 마땅히 버려져야 할 것들이 우리 현실에서 넘쳐나는 이 상황을 어떻게 교정하면 좋을 것인가. 우리 현실은 일본과 같은 소출판도 허용되지 않고, 소위 마니아나 오타쿠의 지층도 말할 수 없이 빈약하다. 게다가 콘텐츠까지 허약하니 무엇으로 편집자가 정체성을 말하고 정체성을 세울 것인가.

편집자는 저자가 아니다. 그렇다면 편집자는 관리자인가? 그렇지도 않다. 편집자는 출판경영자(시장을 인식한다는 점에서)이며, 출판영업자(독자에게 팔아야 한다는 점에서)이고, 또 독자(원고를 평가한다는 점에서)이며, 그 모든 것이다. 편집자의 정체성은 그 스스로가 자신의 존재감을 찾아내려는 노력 가운데 발생한다. 마치 비온 뒤 잠시 나온 무지개처럼.

편집자는 독특한 잡식성의 동물이다. 뭐든지 취하지만 결국 자신만의 취향에 몰두하니까. 새삼 편집광적인 자질을 가진 사람이 명편집자가 된다는 식의 말은 하고 싶지 않다. 지적인 호기심과 창의력, 편집적인 몰입과 추구 등등이 편집자에게 요구되는 자질인 것만은 분명하다.

출판을 살리는 길

한 나라의 출판이 출판사나 독자만의 문제가 아니라는 점은 더 말할 나위가 없을 것이다. 이즈음처럼 소위 몇 권의 책만 잘 팔리는 불균형의, 출판 빈곤 시대를 맞아 이런 느낌이 부쩍 더한 것은 비단 출판계에 종사하는 사람만의 소회는 아닐 것이다. 출판이 진흥되어야한다는 것은 출판 내적인 문제이기에 앞서 급격하게 이뤄지는 세태변화 속에서 어떤 최소한의 중심, 혹은 좌표를 잡아야 한다는 점에서도 아주 중요한 사항이라고 믿는다. 예컨대 디지털과 아날로그적 삶의 균형, 온라인과 오프라인의 균형, 몸과 정신의 균형, 실리와 항구적 가치에 대한 균형 등등 모든 균형을 잡는 데 책처럼 실질적인 대안이 많지 않다는 것이 나의 생각이다. 물론 과도한 외부의 손길(정부 지원 등 공적 지원)이 출판의 균형, 바람직한 출판의 방향을 설정하는 데 어떤 변수로 작용하여 출판계 자생력 상실을 가져온다는 우려도 있지만 결론적으로 출판을 방치하는 것보다는 적극적으로 관심을 기울이는 가운데 어떤 모색이 이뤄져야 한다고 믿는다. 게임산업이나 애니메이션 산업과는 달리 당장은 돈으로 환원하기 어려울지모르고 또 운용 방식으로 보면 사양산업 같은 점도 있을지 모르지만조금 긴 안목으로 보면 투자에 비해 몇십 배, 아니 몇백 배 더 큰 결실을 얻을 수 있는 것이 바로 이 출판산업 지원이다.

이즈음 청소년기의 인성 교육과 관련하여 과도한 학습 욕구와 경쟁력 강화 같은 문제들이 현재 중고교생들의 책읽기를 몹시 힘들게하고 있다. 바람직한 방향으로의 개혁이 없으면 입시 제도는 해결이불가능한 사안일 수도 있다. 그러나 너무 거창하게만 생각해서 아무런 준비도 하지 않는 가운데 대책없이 있을 것도 아니다. 최근 문화관광부에서는 예술영화를 연간 며칠 이상 상영하는 영화관에 대해 국가에서 얼마간 지원해주는 형태의 아주 구체적이면서도 실속 있는 지원을 발표했다. 미약하나마 이런 지원이 있으면 상업영화가 아닌 예술영화를 극장에서 볼 수 있는 최소한의 소통로는 생긴다. 이런 소통로가 많아진다면 우리의 다양한 예술적 수용 욕구는 채워질 수 있을 것이고, 또 문화 전체의 질적인 향상도 가능해질 것이다.

많은 전문가들이 출판발행물의 편향에 대해 지적하고 있다. 영화보다 몇 배는 더 판정이 쉬울 것이 분명한 양서 출판(구체적으로 예를 들면 독자가 한정되기 쉬운 과학 서적이라든가, 문화적인 향취가 우수한 책 등)에 대해서 보급의 주체가 관이 되는 정도의 과감한 진흥이 이뤄진다면 그 출판의 과실은 더 풍성하게 열리게 될 것이 분명하다. 그리고 아직까지 하드웨어(예컨대 도서관 건립 등) 위주로 이뤄지는 진흥도 소프트웨어(구체적으로 양서의 보급 방식)로 전환되어야 한다고 믿는다.

다른 출판 선진국의 예를 통해 이 점을 더 살펴보자. 도서정가제가 실시되고 있는 프랑스의 경우를 보자. 멀티미디어의 발달과 디지털화의 빠른 진행으로 독서 인구가 감소할 것으로 내다봤지만 정부의 지원과 독자들의 후원으로 출판시장이 나름대로 안정과 균형을 보이고 있다고 한다. 여전히 읽는 문화와 보는 문화가 공존하고 있는 가운데 기본적인 콘텐츠를 제공하는 출판의 중요성이 나름대로 지켜지고 있는 것이다. 프랑스의 출판 산업 지원은 출판 지원을 담당하는 국가 기관인 CNL에서 주도한다. 출판 지원은 도서의 질과 출판사의 재정적인 위험도에 따라 결정되는데 전자의 경우에는 보조금의 형태로 지원하고, 후자의 경우 보조금과 무이자 대출 및 출간되지 않은 책에 대한 선지급 형태로 지원한다고 한다.

CNL에서는 모두 네 부문으로 나눠 출판 진흥에 애쓰고 있는데, 작가에 대한 지원, 출판 지원, 출판사 지원, 해외 출판에 대한 지원으로 나눌 수 있다. 이 가운데 출판 지원 부문만 따로 살펴본다.

문화통신부(프랑스)의 도서독서국과 CNL이 주로 전담하는 출판 지원 사업은 두 가지로 크게 나누어볼 수 있다. 첫째, 연극, 시, 학회 보고서 등과 같이 사영 출판사가 커버하기 힘든 분야에 대한 지원인데 주로 보조금의 형태로 많이 지원한다. 둘째, 문학, 과학도서, 철학, 아동도서, 만화와 같이 수익성이 많이 떨어지는 것은 질적 향상을 위해 지원한다. 지원 기준은 도서의 질과 재정적 리스크 정도며 지원 CU형태로는 보조금도 있지만 주로 무이자대출이나 입도선매를 통한다. 이 외에도 번역서 지원이 있는데 그 양은 점점 줄어들고 있다. 그 예로 한 출판사가 기획하기 어려운 철학전집, 혁명 200주년 기념출판, 유럽사상 시리즈 번역, 출판 등을 지원하기도 하는데 이경우 번역료의 80퍼센트를 지원한다. 지원 기준은 저작물의 질과 위험도, 그리고 출판사의 배급력에 따른다. 프랑스의 주요 작품 중 수익성이 떨어지는 출판물의 경우 해당 외국출판사의 번역료를 지원하기도 한다.

지원 방법으로 가장 일반적인 것은 무이자대출로 출판 비용의 50퍼센트까지 지원한다. 보조금을 주는 경우는 시, 희곡, 서지학처럼 매우 한정된 시장을 갖고 있는 문학 장르에 국한한다. 번역료 중 40~60퍼센트를 지원하는 것도 일반적인데 특히 출판사에 지원할 경우 출판사 / 번역자의 관계를 정한 1984년 법을 잘 지키는지를 감시한다. 또한 CNL이 미리 지정한 멸실 도서, 수년간 준비해야 하거나 문화재적 의미가 있는 대형 프로젝트 및 무용서적, 또는 건축, 도시 분야의 서적처럼 우선권이 부여되는 프로그램 등에 지원한다.

—송도영·이호영·조헌영 지음, 『프랑스의 문화산업체계』(지식마당) 286쪽

이처럼 프랑스의 출판 진흥은 사업 경제적으로 수지 타산을 맞추기 어려운 책에 지원하던 초기에서부터 거의 모든 출판사업에까지 확장되었다. 이처럼 물샐틈없는 지원까지는 아니더라도 국가는 외환위기 당시의 국가적인 콘텐츠가 다 붕괴되던 출판계 위기감의 10퍼센트만이라도 되새기는 노력을 해야 한다. 거품이 빠지면서 유통의 붕괴로 나타난 외환위기 당시처럼 지금의 출판 현실 역시 전부문에서 결코 유리하다고 할 수 없는 상황임을 자각해야 할 것이다. 책은 계속 출간된다. 그러나 출간되는 책의 내용이 문제다.

진정한 책주인을 찾아서

가장 좋은 출판 진흥의 방법은 자발적인 독서인구의 확산이다. 그러므로 책을 읽는 방법론에 대해 한번 말해보자.

저자와 독자의 구별이 애매해진 것은 어쩌면 IT산업 최대의 결실

인지도 모른다. 책을 읽는 데도 생산자인 저자의 메시지를 소비자인 독자가 수동적으로 받아들이는 이분법적 태도는 이미 깨졌다. 저자는 일방적으로 우월한 위치에 있지도 않고, 따라서 독자도 저자의 언설에 묶여서 헤어나지 못할 이유가 사라지게 된 것이다. 이를 실현하는 가장 구체적인 방법론의 하나는 대안적, 비판적 읽기다. 비판적 읽기란 사고작용과 이를 통한 비판, 창의적인 대안 제시 순으로 이행되는 프로세스의 전반을 지칭하는 말이다.

책읽기에는 어떤 시간적인 인과원리가 작용하는 것 같다. 10대에 읽었던 책과 20대에 읽었던 책, 3, 40대 읽었던 책이 똑같이 작용될 리는 만무하다. 따라서 10대에는 10대식 비판적 읽기가, 20대에는 20대식 비판적 읽기가 마땅하다. 또한 동화의 비판적 읽기와 소설의 비판적 읽기가 다를 것이고, 시의 비판적 읽기와 실용서의 비판적 읽기가 다를 것이다. 그리고 모든 책의 비판적 읽기는 서로 조금씩 다를 것이다. 결국 모든 비판적 읽기 노력이 모여 새로운 책읽기가 가능해질 것이다.

그런데 특히 여기에서 중요시되는 책읽기는 10대의 책읽기다. 10대 시절 책읽기의 기억은 한평생을 간다. 그후에는 여유롭게 책읽기에 몰입할 수 있는 시간이 그리 많지 않기 때문이다. 시간의 밀도가 높은 10대에 책을 읽어야 한다는 것은 바로 이 점에서 비롯된다.

책읽기의 방법론도 어떤 강요된 것보다는 스스로 발견하는 가운데 계발되면 그것보다 좋을 수는 없다. 하지만 처음부터 그런 것이 생길리 없으므로 처음부터 비판적으로 읽으려는 노력을 하는 것이 좋다. 배경지식이, 또 앎이 충분하지 않으면 어떠랴. 처음부터 이런 것들이 생길 리가 없지 않겠는가. 누구나 처음이라는 생각으로 비판적 읽기를 시작해야 하고 그러다 보면 언젠가는 학습될 것이다. 또한 비판적 읽기를 하는 과정에라도 저자의 주장에 설복된다면 그것은 또 그것대로 받아들이면 될 것이다. 단순하게 말하면 버팅겨 읽으려는 적극적 자세가 아니면 아무것도 얻지 못한다는 것이다. 이런 학습의 가장 빠른 길 중의 하나는 책을 읽고 기록을 남기는 것이다. 어떤 식으로든, 조그마한 메모 형식으로라도 독후감을 남기는 것은, 아무 기록도 남기지 않은 것과는 천양지차의 격차가 있다. 그래서 이런 독후감을 남기는 사람이 바로 그 책의 임자라고까지 말한다.

독후감은 말 그대로 읽고 나서 느낀 소감을 적는 것이다. 책의 내용이나 얼개만 정리하는 게 아니라는 뜻이다. 그 책을 나의 삶이라는 문맥 속에 넣을 때 어떤 감흥이나 문제의식이 떠올랐는지가 주제가 돼야 한다. 좋은 독후감이 대체로 1인칭으로 씌어진 이유가 여기에 있다.

돈을 주고 사왔든 도서관에서 빌려왔든 그 책의 주인은 읽는 이다. 책에 담긴 내용이나 주제도 그 책의 주인에 의해 자유롭게 해석되고, 그 의미가 새롭게 조명될 수 있다.

더욱이 지은이가 애초에 의도했던 바와 달리, 철저히 자신의 입장에서 그 책에 반응할 수 있다. 주인이면 그렇게 할 수 있다.

─이권우, 〈책을 먹어 치우는 독후감〉(《신동아》 2003년 11월호 부록)

책의 주인은 그 순간 책을 읽는 독자라는 주장이다. 책에는 임자가 없다는 점에서 보면 이런 주장은 조금 과격하지만 결국 책은 읽는 사람에 의해서 재발견된다. 좋은 책을 읽고 개안했다면 그 책의 진정한 발견자는 읽는 사람, 바로 독자다.

독자는 책을 '읽는다'. 서점은 책을 '판다'. 편집자는 책을 '만든다'.
너무나 단순한 명제인가? 그러나 그 관계그물망은 단순하지 않다!

디지털 시대, 책에 대한 생각

책은 죽지 않는다

책의 장래에 대해 걱정스러운 목소리들이 집중적으로 들려온 것은 인터넷의 사용이 막 활발해지기 시작하던 1990년대 중반부터이다. 월드와이드웹이 인터넷의 표준으로 자리잡기 시작하면서, 책의 위기론도 본격화되기 시작했다. 당시의 활발한 논의에 비하면 현재는 소강상태라고 해야 하겠다. 결론적으로 하이퍼텍스트hypertext도 강점이 있고, 책도 나름대로 강점이 있다는 걸 서로 인정한 정도의 소강상태라고나 할까.

도서관에 소장된 책과 월드와이드웹을 비교해보자. 책은 한 명이 보고 있으면 다른 사람은 볼 수 없지만, 대여폭과 전송량이 허용하면 월드와이드웹의 문서는 수천 명이 동시에 볼 수 있다. 책과 달리 웹의 문서는 즉각적으로 복사가 되며, 수천 번 복사를 해도 원본이 상하지 않는다. 즉 배포와 복사가 용이하다. 물론 책의 이점도 있다. 무엇보다도 책은 읽기에 좋다. 컴퓨터 모니터로는 짧은 논문도 읽기 힘들다. 그렇지만 책의 큰 단점은 필요한 내용을 찾기가 쉽지 않다는 것이다. 세상이 복잡해지고 정보가 넘쳐나는 사회에서 수백 쪽에 달하는 책을 꼼꼼히 읽으면서 필요한 정보를 찾기에는 우리들 대부분이 시간의 제약에 쫓기며 살고 있다. 책이나 논문이 웹상에서 전자문서로 바뀌면 주제어 검색이 쉬워진다.

—홍성욱, 『네트워크 혁명, 그 열림과 닫힘』(문예출판사) 47쪽

　인터넷 서핑이 일반화되면서 글쓰기의 지형도와 책의 위상도 크게 변하였다. 책의 지위는 크게 보아 백과사전으로 대표되는 정보의 보고寶庫라는 점과 도서관으로 대표되는 정전正典의 역할을 담지하고 있는 데서 나온다. 하지만 최근 들어 책의 백과사전적 성격과 도서관적인 성격은 크게 위협받고 있다. 이에 반하여 책의 아날로그적 특성은 다시 부각되고 있다. 하이퍼텍스트의 등장이 이런 책의 위상에 충격을 가한 대표적인 사례라고 할 수 있다.

　컴퓨터와 네트워크의 기술적 지원을 받는 하이퍼텍스트는 한 시간, 한나절이 걸릴 (위의) 작업들을 마우스 클릭으로 몇 초 만에 가능하게 해준다. 하이퍼텍스트에서는 마디를 잇는 모든 끈들이 전선과 전파로 구현된다. 그리고 이로 인한 시간의 단축은 단순히 시간의 단축으로 끝나지 않는다. 텍스트를 대하고, 다루고, 처리하고, 정리하는 방법과 태도의 변화를 동반한다. 양의 변화는 질의 변화를 동반한

다. 한 예로 책과 책 사이의 경계가 사라지고 책의 정체성도 새롭게 조명되지 않으면 안된다. 그렇다면 우리의 질문은 다음과 같이 발전할 수 있다. 양의 변화가 이끌 그 질의 변화는 과연 어느 정도인가? 쿠버의 말처럼 우리는 과연 '선으로부터 완전히 해방'될 수 있는가? 과연 '책의 종말'은 올 것인가?

— 배식한, 『인터넷, 하이퍼텍스트 그리고 책의 종말』(책세상) 37쪽

이제 책의 종말까지 논의가 나왔다. 그러나 그 전에 하이퍼텍스트라고 해서 언제나 우월한 지위를 차지하는 것인가 하는 그 점을 살펴보자. 또 수직적 위계질서라는 그런 선형적 사고야말로 온라인 시대를 살아가는 우리들이 타기해야 할 그 무엇이 아닌가 하는 점에 착안해보자. 그 외 또 하이퍼텍스트를 대체할 새로운 운용 방식이 나올 가능성은 없는 것인지를 한번 더 따져보고 나서 책의 종말을 응시해보자.

나는 오랫동안 컴퓨터에 의존하여 조사, 서신 왕래, 글쓰기 작업을 해 왔지만 점차 불편함을 느끼고 있는 작가이다. 나의 재택 사무실에서 온라인으로 연구를 수행하면서, 나는 내가 조사하고 있었던 모든 주제에 관한 거대하고 다루기 힘든 정보들을 수집하기 위해 특별한 재능을 발전시켜 왔다. 예를 들어 한번은 소년 노동에 관해 내가 썼던 짧막한 칼럼 하나를 위해, 나는 몇 분 만에 그 주제에 관해 166쪽 정도의 글들을 다운로드받을 수 있었다. 그런데 자료가 너무 많아서 그것은 행운인 동시에 짐이 되었다. 한편으로 나는 나의 이런 데이터

광산의 어딘가에 내가 찾던 귀중한 정보 더미가 있다고 확신할 수 있었다. 그러나 탐색 자체가 답답한 일이었으며, 절대적으로 최선인 자료를 발견할 수 없다는 불확실성을 안고 있었음에도 불구하고, 모든 가용한 정보를 세밀히 조사할 때까지 나는 탐색에서 벗어나지 못했다.

어떤 돌도 뒤집어보지 않고 놓아두지 않는 것은 우리의 본성이다. 그러나 끝없는 돌밭에서 이런 완고한 의지가 어떻게 조화될 수 있을 것인가?

—데이비드 솅크 지음, 정태석·유홍림 옮김, 『데이터 스모그』(민음사) 52쪽

너무 많은 정보는, 검증되지 않은 정보만큼이나 우리를 혼돈스럽게 한다. 그렇다, 우리는 오늘날 데이터 스모그 속에서 살고 있다. 문제는 이 정보들을 체계적이면서도 유용하게 갈무리하는 또 하나의 컴퓨터가 요청된다는 사실이다. 이 컴퓨터가 없으면 모든 숱한 컴퓨터 속의 정보들은 무용지물이다. 위의 글이 바로 이 점을 구체적이면서도 실증적으로 잘 보여주고 있지 않은가.

그런데 이 또 하나의 컴퓨터는 그 전의 컴퓨터와는 질적으로 훨씬 우수하고, 사고까지 가능한 컴퓨터여야 한다. 따라서 현재로서 이 제2의 컴퓨터가 인간의 뇌일 수밖에 없다. 그리고 이 뇌에게 충격을 가할 수 있는 것은 첫째 합리성에서, 둘째 체계성에서 가장 우수한 매체인 책일 수밖에 없다. 따라서 책의 죽음은 현단계에서 불가능하다. 왜냐하면 여전히 책의 우수성을 대체할 그 무엇이 아직도 이 지상에

도착하지 않았기 때문이다.

책의 죽음은 불가능하다. 너무나 많은 사람들이 그것을 너무나 좋아하기 때문이다. 책이 어려운 시기를 맞이할 것이라는 점은 가능하다. 하지만 그렇게 되리라는 증거를 찾는 일은 생각만큼 만만한 일이 아니다. 한때 책을 사 볼 수 없었던 수백만의 독자들이 손쉽게 소설에 접근할 수 있도록 하기 위해 잡지에 연재했던 연재물로서의 책은 더 이상 존재하지 않으리라는 것은 분명하다. 백화점에서 더 이상 책을 팔지 않는다는 것은 사실이다. 한때는 책방으로 통했던 많은 서점이 선물가게와 비슷해진 것은 사실이다. 많은 상점가에서 픽션으로 분류되는 서가는 긴 벽 전체를 통째로 채우고 있지만 문학이라 불리는 서가는 좁은 공간을 차지하고 있는 것을 보면 약간 끔찍한 것은 사실이다. 이 두번째의 작은 섹션은 주로 죽은 사람들을 위해 지정된 공간이다. 오랜 세월에 걸쳐 언어의 세계가 우리에게 제공해주었던 최상의 것을 대변하는 이들이 바로 이 죽은 사람들이다. 하지만 그들은 죽지 않는다는 것이 궁극적인 진실이다. 책의 작가들은 정말 죽지 않는다. 책의 등장인물들도 죽지 않는다. 심지어 기차에 몸을 던진 인물이나 전쟁터에서 죽은 인물들마저 죽지 않고 소생하여 끊임없이 되돌아온다. 책은 불멸의 수단이다.
—애너 퀸들런 지음, 임옥희 옮김, 『독서가 어떻게 나의 인생을 바꾸었나?』(에코리브르) 111쪽

이렇게까지 단정적으로는 아니지만 우리 사회에서는 컴퓨터의 빠

른 발전을 운위하면서 인간이 아닌 그 어떤 대상에 의해 인간이 지배당하는 상황을 곧잘 상정한다. 예를 들어 영화 〈매트릭스〉가 가한 충격이 있다면 바로 이런 충격일 것이다. 그러나 아직 도래하지 않은 시대에 대해서 너무 단정적으로 말하는 것은 그것 자체가 또 다른 도그마일 수 있다. 그리고 또 이렇게 역으로 생각하는 사람도 있는데, 솔직히 나는 이런 논법에 감동받았다고 고백하는 것이 나을 것 같다.

"지능을 가진 기계들이 우리가 하는 많은 일들을 넘겨받게 될 전적으로 새로운 첨단 시대에 있다고 종종 얘기하곤 한다. 나는 그 반대가 진실일 것으로 예측한다. 우리는 곧 기계의 진정한 한계를 이해하게 될 것이다. 일단 우리가 정보 기술이 진정으로 인간의 경험을 대체할 수 없다는 것을, 그리고 유용한 정보가 증가함에 따라 그것은 또한 각각의 정보 조각들의 의미를 낮추는 데 기여한다는 것을 깨닫는다면, 우리는 기술에 대한 인간의 지배를 거듭 주장하는 길로 들어서게 될 것이다"(『데이터 스모그』 247쪽). 왜냐하면 우리의 미래에 대한 예측은 결국 과거의 시선으로 주어질 수밖에 없기 때문이다. 미래에 대한 정의의 역사는 곧 오류의 역사일 수밖에 없다. 따라서 우리는 마땅히 책의 미래를 말할 때에도 겸허해야 할 것이다. 그 외에는 결국 책의 역사, 책이 걸어온 길을 되돌아볼 수밖에 없다.

책 의 미 래 , 영 상 을 읽 고 활 자 를 본 다
더 적을 것도 없이 현대는 영상 우위의 시대다. 그런데 여기에서

더 생각해볼 것은 영상과 활자매체가 배타적인가 하는 바로 그 점이다. 일반적으로는 영상문화가 활자문화를 침식했다고 생각하는데 과연 그런가 하는 점이다.

활자매체와 영상매체의 차이점에 대해서는 명확하게 인식되어온 편이다. 활자매체는 수용 주체의 상상력을 통해 활용된다는 점에서 영상과 같은 무차별적인 습격(?)과는 질적으로 다른 매체라는 점이 이미 논의가 끝난 듯하다. 그러나 여기에서 깊이 더 살펴보면 영상과 활자매체, 즉 책과는 그리 거리가 멀지 않다는 점을 새삼 발견하게 된다.

책에는 이미 영상적인 요소가 많이 포함되어 있다. 그림 자료의 유입은 책 문화 초기부터 있어왔던 관행이고, 표지나 삽화는 말할 것도 없이 작가의 사진 한 장에 이르기까지 책과 영상문화는 서로 유기적인 관계를 가져왔다. 영상 문화가 책을 대본으로 한 영화나 드라마로 대표된다는 것은 우연이 아닌 것이다. 우리나라에서도 1920년대 중·후반 조선사회에서 소설이 널리 읽히기 시작할 무렵 포르노그래피(요즘과 같은 포르노그래피가 아니라 당시의 시각으로 보면 그렇다는 것이다. 요즘의 시각으로 보면 건전할 정도다)가 대량으로 팔렸다는 것은 읽을거리와 볼거리의 거리가 멀지 않다는 것을 단적으로 보여준다. 그것은 다시 독자와 관객의 관계에 대해 신선한 어떤 사실을 환기시킨다.

독자께서는 어떤 연유로 책을 읽으시는지? '직업적으로 어쩔 수 없이' '버릇이 되었기 때문에' '누군가의 강요로'라면 유감스럽게도 틀림없는 근대인이며, '그냥 재미있으니까' '진짜 좋아해서'라면 심각한 중독자일 가능성이 높다. 여기서 워쇼스키 형제보다 한 세대를 앞서 마셜 맥루한이 매트릭스를 두고 한 발언을 상기할 필요가 있다. 남들 안 먹는 '빨간 알약'을 삼키고 극한 고통을 각오해야만 벗어날 수 있는 문명의 막장으로서의 매트릭스는 문자의 세계로부터 처음 비롯되었다 한다. 영상 미디어와 이동통신과 마찬가지로 문자 또한 인간의 효율을 위해 발전시켜온 테크놀로지일 뿐 자연이 아니며, 관료제와 '중앙집중' 같은 비극도 문자 매트릭스가 빚어낸 것이다. 그런 고로 무식하고 철없어뵈는 인터넷과 영상 중독자도 사실 활자 중독자의 아들이나 후배이지 결코 적이나 남이 아니다. 특히 한국사에서 책 읽는 대중과 영화 보는 대중의 시대는 거의 동시에 개막되었다. 독자와 관객의 탄생, 곧 근대의 도래를 의미한다.
— 천정환, 『근대의 책읽기』(푸른역사) 6쪽

이처럼 독자와 관객의 거리는 아버지와 아들, 또는 근대를 사이에 두고 형인 책과 동생인 영상처럼 밀접한 관계를 가지고 있다. 그런데 아버지나 형이 늙었다고 해서 버릴 수 없는 것처럼, 영상이라는 신세대를 그저 철없다고 방기해서도 안될 것이다. 적어도 책의 범주에서 보면 영상과 활자도 모두 다 한몸인 것이다.

영상은 영상대로 책은 책대로가 아니라 책이면서 동시에 영상일 수 있고, 영상이면서 동시에 책일 수 있는 관계의 설정이 책의 미래라고 나는 감히 생각한다.

책에도 속도가 있다?

편집자들은 늘 책을 생각하고 책을 만들지만 책에도 속도가 있다는 생각은 잘 하지 못한다. 그런데 지난 외환위기 이후 이 점을 뚜렷이 인식할 만한 계기가 생겼는데, 그것은 외환위기가 주로 경제적인 어려움에서 발생했음에도 불구하고, 우리 사회 전반의 변화를 추동했다는 그 점에 있다. 책의 속도라 함은 책이 세상을 반영하는 속도, 책과 세상의 길항관계에서 비로소 나온다. 변화에 관한 강박관념이 심화되면서 우리 사회에서도 속도감 있게 변화를 추동하는 책들이 많이 나왔다. 양적으로도 그렇고 또 그 전에 나온 책들 가운데 새롭게 발견된 책들도 있다. 예컨대 『누가 내 치즈를 옮겼을까』 같은 변화 그 자체에 대한 부추김을 다룬 책들과 『부자 아빠 가난한 아빠』 『렉서스와 올리브나무』 같은 새로운 패러다임의 경영서들이 바로 그것이다.

이런 속도감은 우리 출판계 전반에 걸쳐 실용서와 이재에 대한 책들의 붐을 가져왔다. 그런데 여기에서 생각해볼 것은 그 과정에서 우리가 버리지 말아야 할 것까지 다 버리고, 변화 그 자체만 가져가자는 강박은 없는가 하는 점이다. 그런 점에서 변화는 우리들의 정체성만 변화시키고 정작 변화해야 할 잘못된 관행은 그대로 두는 우를 범할 가능성도 있다.

만일 이런 우려가 기우에 그치는 것이 아니라면 책은 이런 변화에 마땅히 제동을 거는 모습을 보여주어야 한다. 최근 느림과 환경, 명상, 가치 조정에 대한 책들이 조용한 가운데 약진하고 있는 모습은 이미 우리 사회가 변화에 대한 변화를 시작했음을 말해주고 있다. 아무리 실용서라도 책은 주체의 입장을 통해 다시 한번 되새김하는 작용을 하게 한다. 이런 과정을 통해 우리 스스로 변화를 못 이기고 내파하게 되는 잘못을 저지르지 않게 해준다. 그리고 변화의 목적도 자신이나 타인, 혹은 사회 발전이지 변화 그 자체를 목적으로 한 것은 아니라는 필연성에 대해 눈뜨게 해준다. 가령 자신이나 타인, 사회의 발전에 변화의 목적이 있다면 약간의 관용과 반성이 언제나 허용될 것이다. 그렇다면 그 변화는 성공하기가 그만큼 더 쉬울 것이다.

책의 활용법의 하나로 나는 자신을 알고 싶으면 책을 펴라고 말하고 싶다. 아무 책이나 좋겠지만 사색을 할 수 있는 책이라면 더 좋을 것이다. 변화에 대한 적당한 제동은 변화가 그렇듯이 불가피하다. 인간의 삶에는 좀처럼 바뀌지 않는 것이 언제나 있는 법이다. 새삼 그것의 예를 들 필요는 없으리라. 책을 통해 우리 사회의 변화의 강박을 치유할 수 있지 않을까.

출판경력을 쌓는 것은 무엇을 의미하는가

다시, 출판이란 무엇인가 되물어보자. 나는 크게는 세상 읽기고, 작게는 세상 읽기를 통해 얻은 경험적 진실을 책을 통해 구현하는, 즉 '무엇을 어떻게 만들 것인가'를 고민하고 실행하는 과정이라고 정의하고 싶다. 출판계에 들어와서 실무를 익히고, 저자를 한 명 두 명 만나고, 보도자료를 좀더 요령껏 쓰는 등등의 업무가 조금씩 진전되어도 언제나 남아 있는 어려움은 무엇을 어떻게 만들 것인가, 어떤 방법으로 독자에게 의미 있게 다가갈 것인가 하는 문제라고 생각한다.

출판계에 들어온 이후 내가 했던 많은 회의와 반성들이 뇌리를 스친다. 그런 것들을 생각하면 이 글을 한 자도 적지 못했으리라. 어느 날은 기획회의가 끝나자마자 바로 사표를 쓴 적도 있었다. 수리되지 않은 사표에 관한 한 모든 출판인들이 할말이 많을 것이다.

출판계의 경험을 통해 내가 갖게 된 신념 중 하나는 앞서 말한 나 자신의 미흡한 출판 경험을 후배들과 공유하겠다는 약속이다. 이 책도 그런 신념에서 씌어졌다.

나는 여전히 세상사를 접할 때마다 저거 출판기획거리네, 아니네 어쩌구 하며 중얼거린다. 아마 넓은 의미의 직업병 환자일 것이다. 그러나 나는 그 병이 두렵지도 않고 부끄럽지도 않다. 나는 잠시잠깐 찾아오는 직업적 회의를 제쳐두고는 대부분의 경우 일하는 즐거움에 빠져 지낸다. 한 권 한 권의 책이 나올 때마다 느꼈던 희열을 무엇과 비교할 수 있겠는가.

출판편집자는 어떻게 경력을 쌓아가야 하고 그것은 무슨 의미가 있는 것일까. 나는 몇 가지로 그 의미를 되새기고 싶다.

첫째, 출판편집자는 경력을 쌓는 동안 자신을 유능하고 성실한 편집자로 전폭적으로 신뢰하는 저자를 적어도 수명 이상은 확보해나가야 한다. 출판편집자와 행보를 같이하며 지속적인 저술활동을 할 수 있는 저자를 얻는다는 것은 세상을 얻는 것과 진배없다. 출판편집자가 전직을 하여도 그 저자는 그와 함께 작업하기를 원할 것이다.

저자들 중에는 편집자들의 잦은 전직에 대해 부담을 느끼는 사람도 있다. 심지어는 그 출판편집자를 믿고 원고를 주었는데 끝마무리를 못하고 전직하는 것에 대해 분개하기도 한다.

그래서 출판편집자는 전직을 할 때 현재 진행하고 있는 일에 대해 충분히 고려해야 한다. 끝마무리를 잘해야 하는 것이다. 그렇다면 신뢰에 금이 가는 일이 생기지 않고 이후의 다른 직장에서 또다시 그 저자의 원고를 편집할 수 있다. 그리고 저자의 그런 평가들이 발행인에게도 영향을 미쳐서 '좋은 편집자'라는 인상을 남길 수 있다. 유수한 저자가 좋아하는 편집자를 마다할 발행인이 있겠는가.

둘째, 출판편집자는 경력을 쌓는 동안 자신과 함께 작업하고 싶은 편집자를 확보해나가야 한다. 편집기획일은 협업이다. 홀로 고민하고 결정해야 할 부분도 많지만 실무 차원에서는 반드시 협력자가 필요하다. 이때 자신과 팀을 이루어나갈 팀원을 제대로 갖추면 어떤 어려움도 헤쳐나갈 수 있다.

그런데 이는 인간적으로만 친해지라는 의미는 아니다. 후배나 동료 사이에서 인간적으로 좋은 평가를 받는 일은 매우 어렵다고 미리 생각하는 것이 좋다. 나는 항상 '일을 사이에 두지 않으면 대부분 사람들은 서로를 좋게 평가한다'고 생각한다. 사실 일 때문에 상대방을 자극하는 말을 해야 하고 싸우기까지 한다. 그러나 의미 있는 일을 하기 위해서 서로 격론이 이는 것은 어떤 면에서는 불가피하다. 논쟁이 두려워 일을 두고 적당히 타협하면 언젠가는 후회할 일이 생기기 때문이다. 어떤 사람과 일을 할 경우, '편안하다'가 아니라 '의미 있다'고 생각하게 만드는 것이 더 중요하다.

셋째, 출판편집자는 경력을 쌓는 동안 자신이 한 출판 작업에 대해 비판받는 것을 두려워하지 말아야 한다. 편집자로서 1, 2년차 때는 웬만큼 잘한 일에 대해서도 칭찬받는 경우가 많다. 그것은 격려의 의미일 때가 많다. 그러나 경력이 쌓일수록 출판사 내부나 외부에서 칭찬보다는 비판이 더 많아진다. 그러나 그것을 두려워해서는 어떤 일도 시도할 수 없다. 비판은 달게 받되 그 비판이 약이 되도록 자신을 컨트롤해야 한다. 경력이 쌓이면 자신이 작업하여 출간하는 책 종수가 많아져서 그만큼 후회할 일이 많아진다. 그러나 생산적인 반성은 하되 자책하여 발목이 잡히는 퇴행적 후회만은 피해야 한다.

또한 편집일 자체도 주관적인 미적 감각에 의존하는 일이라서 반드시 비판자가 생긴다. 자신이 선택한 서체와 편집 스타일을 모든 사람이 좋다고 할 수 있겠는가. 중요한 것은 자신이 그것을 선택했을 당시에 최선을 다했는가 하는 자기 검증이 필요하다는 것이다. 칭찬받기만을 원하는 사람이라면 우울증에 먼저 빠지게 되는 것이 바로 이 편집일이다.

넷째, 출판편집자는 경력을 쌓는 동안 자신에게 맞는 출판사를 찾아내야 한다. 팀별로 나뉘어 온갖 장르를 출간하는 종합 출판사에서 출판계의 중심에 서고 싶은 출판편집자와, 작고 전문적인 장르를 집중적으로 출간하는 전문출판사에서 자신의 관심 분야를 깊이 있게 파고들며 그 영역의 발전에 보탬이 되겠다는 사명감을 갖고 있는 출판편집자는 꿈이 다른 만큼 선택하는 출판사도 다를 것이다. 출판편집자는 경력이 쌓일수록 '자기만족'이 일의 중요한 동기가 되므로 반드시 자신의 꿈을 실현할 수 있는 출판사에 입사하기 위한 노력을 경주해야 한다.

다섯째, 출판편집자는 경력을 쌓는 동안 자신이 잘할 수 있는 장르를 개발하고 그에 대한 공부를 게을리하지 말아야 한다. 경력이 쌓이면 무슨 장르의 책이든 만들어낼 수 있다고 생각하기 쉽다. 그러나 책을 만드는 작업은 대부분 자신을 오체투지하듯 매번 힘과 정성을 다해야 하는 것이기에 자신이 잘할 수 있는 장르의 작업 성과가 훨씬 더 좋게 나타난다고 할 수 있다. 시간이 흐를수록 자신의 장점을 파악해서 특정 분야의 트렌드와 특성에 대해 끊임없이 공부해야 한다.

그래서 그 장르의 편집자로서 전문가가 되어야 한다. 이를테면 그 분야의 전문가와 지식을 공유하고 대화하고 생산적인 결과물로서 책을 편집한다면 새로운 출판의 진경을 발견할 수 있으리라.

여섯째, 출판편집자는 경력을 쌓는 동안 찾아오는 전직의 기회에, 전직 전과 후에 할 수 있는 작업들을 떠올려보아야 한다. 회사의 비전 여부, 대우 문제 등이 전직의 한 이유는 될 수 있다. 그러나 더욱 중요한 것은 자신이 하고자 하는 작업을 그 출판사가 받아들일 정도로 자신의 역량을 제대로 평가해주는가를 신중히 판단하는 일이다. 자신을 신뢰하는 출판사에서 일하는 것이 무엇보다 중요하다. 현재 자신이 몸담고 있는 출판사에서 자신을 신뢰하고 있다면 쉽게 전직하지 말아야 한다고 나는 생각한다. 그러나 자신이 다니는 출판사가 자신의 뜻을 펴는 데 적합하지 않다면 전직을 고려해야 한다.

이상의 생각들은 물론 지극히 주관적인 것들이다. 혹시 이 길을 걸을 후배가 있다면 들려주고 싶었던 평소의 느낌들을 정리했다. 모든 일이 그렇듯 신념을 갖고 최선을 다하는 것, 그것이 출판편집자가 지향해야 할 길이라고 생각한다. 그리고 이 말의 첫 청자聽者는 바로 나 자신이다.